UN ACTE DE GLOIRE

FERDIA LENNON

UN ACTE DE GLOIRE

Traduit de l'anglais (Irlande)
par Jean Esch

BUCHET • CHASTEL

Ce livre a été publié avec le soutien de Literature Ireland.

LITERATURE IRELAND
Promoting and Translating Irish Writing

Titre original : *Glorious Exploits*
Éditeur original : Fig Tree

ISBN : 978-2-283-03784-3

À Emma

Ce qui nous dépasse,
ce qui est plus grand que l'humain,
l'inaccessible, est pour le fou,
ou pour ceux qui écoutent les fous, et les croient.

EURIPIDE, *Les Bacchantes*

La Mort ne peut être ce qu'est la Vie, mon Enfant :
La coupe de la Mort est vide,
et la Vie contient toujours de l'espoir.

EURIPIDE, *Les Troyennes*

SYRACUSE

412 av. J.-C.

Chapitre premier

1

Alors, Gélon me dit, « Allons nourrir les Athéniens. C'est un temps idéal pour nourrir les Athéniens. »

Gélon dit vrai.

« Car le soleil brille d'un éclat blanc et minuscule dans le ciel, et nous sentons la chaleur des pierres sous nos pieds. Les lézards eux-mêmes se cachent, ils sortent la tête derrière les rochers et les arbres comme pour dire : Tu déconnes, Apollon ? J'imagine les Athéniens entassés les uns sur les autres, cherchant partout un peu d'ombre, la langue sèche, haletants.

– Gélon, tu dis vrai. »

Il acquiesce. Nous nous mettons en route avec six outres – quatre d'eau, deux de vin –, un pot d'olives et deux gros morceaux de ce fromage malodorant que fait Mère. Ah, c'est une belle île que la nôtre, et parfois, je me dis que la fermeture de la fabrique m'offre l'occasion de tout chambouler. Je pourrais quitter Syracuse et me trouver une petite maison au bord de la mer : finies les pièces sombres, l'argile et les mains rouges, uniquement la mer et le large, et quand je rentrerai en portant ma pêche sur mon épaule, elle sera là, qui qu'elle soit, à m'attendre en riant. Ce rire, je l'entends déjà, doux et délicat à mes oreilles.

« Ah, Gélon, je me sens bien aujourd'hui ! »

Gélon me regarde. Il est beau, ses yeux ont la couleur de l'eau peu profonde éclairée par le soleil. Ils ne sont pas caca d'oie comme les miens. Il ouvre la bouche pour parler, mais rien n'en sort. Il est souvent déprimé, Gélon : il voit le monde à travers un filtre de fumée, rien ne brille. Nous continuons à avancer. Bien que les Athéniens aient été écrasés, leurs navires transformés en bois de chauffage, bien que leurs morts servent à nourrir les chiens, quelques hoplites continuent à patrouiller. Au cas où. Dioclès a prononcé un discours, l'autre jour, pour dire qu'il fallait toujours se méfier de ces Athéniens : une nouvelle fournée pouvait débarquer du jour au lendemain. Il a peut-être raison. La plupart des Spartiates sont partis. On raconte qu'ils se dirigent vers Athènes elle-même, bien décidés à l'assiéger, de manière légitime. Pour mettre fin à cette guerre. Mais il en reste quelques-uns ici. Rongés par le mal du pays et impuissants. D'ailleurs, quatre d'entre eux marchent devant nous à cet instant, leurs capes traînant derrière eux telles des blessures.

« Bonjour ! »

Ils se retournent. Un seul nous salue. Quelle arrogance, ces Spartiates. Mais je suis de bonne humeur.

« À bas Athènes ! »

Deux autres saluent maintenant, sans énergie. Ils paraissent fatigués et tristes, comme Gélon.

« Périclès est un connard !

– Périclès est mort, Lampo.

– Oui, je le sais bien, Gélon. Je dis juste que Périclès est un connard mort ! »

Cette fois, deux des Spartiates rient, et tous les quatre nous saluent. Ah, je me sens d'humeur si joyeuse aujourd'hui. Je ne peux pas expliquer pourquoi, c'est une impression. Ce sont les meilleures. Celles qu'on ne peut pas expliquer. Et nous n'avons même pas encore nourri les Athéniens.

« Quelle carrière on va choisir aujourd'hui, Gélon ? »

Nous venons d'atteindre un embranchement, et nous devons prendre une décision. Gélon hésite.

« Lavrio ? suggère-t-il finalement.

– Lavrio ?

– Oui, je pense.

– Lavrio ! »

Nous prenons à gauche. Lavrio, c'est ainsi que l'on nomme la principale carrière désormais. Quelqu'un a trouvé que ce serait amusant de lui donner le nom de la mine d'argent de l'Attique, utilisée par les Athéniens pour financer cette expédition. Et le nom est resté. C'est un immense trou entouré de parois de roche calcaire laiteuse, si hautes qu'il a suffi d'installer une clôture à deux endroits. On entre par une des deux, munie d'un portail, surveillé par quelques gardes qui jouent aux dés assis par terre. Gélon leur tend une outre de vin et ils nous font signe de passer. Il faut descendre par un chemin tortueux qui brise les chevilles. Quand la muse lui rend visite, Gélon le compare à un serpent marron qui s'enroule sur lui-même. Nous sentons les Athéniens avant de les voir. Les boucles du chemin cachent la vue, mais l'odeur est épouvantable : une pourriture épaisse, une brume de puanteur flotte dans l'air. Je dois m'arrêter un instant car j'en pleure.

« C'est pire que d'habitude, on dirait.

– C'est la chaleur.

– Oui. »

Je me pince le nez et nous continuons. Ils sont moins nombreux que la fois précédente. À ce rythme, ils auront tous disparu quand viendra l'hiver. Je repense au soir où ils se sont rendus. Le débat a duré des heures. Dioclès faisait les cent pas, en rugissant. « Où va-t-on mettre ces sept mille salopards ? » Silence. Alors, il repose la question. Cette fois, ce connard de Hermocrate évoque un traité, en parlant dans sa barbe. Traité, mon cul, pensé-je, et c'est ce que répond Dioclès. Pas en ces termes, mais ça veut dire la même chose. Il demande : « Est-ce qu'on signe un traité avec un cadavre ? » Les rires se propagent, des doigts menacent, alors Hermocrate se rassoit et ferme son bec. Et pendant tout ce temps, Dioclès continue à marcher de long en large, en nous demandant ce qu'on doit faire. Silence. Un silence lancinant maintenant. Prêt à éclater. Soudain, Dioclès s'arrête et déclare qu'il a une idée. Une idée nouvelle et bizarre. Qui montrera à toute la Grèce que nous ne plaisantons pas. Que nous sommes Syracuse, et pour longtemps. Veut-on connaître son idée ? demande-t-il. « Nous le voulons, Dioclès ! » Il secoue la tête. En fait, c'est trop. Trop bizarre. Quelqu'un d'autre devrait prendre la parole. Mais c'est bien trop tard pour ça. Car nous sommes Syracuse, pour longtemps, et c'est ce que nous lui répondons. Alors, il se penche vers nous et murmure. Aucun son ne sort de sa bouche. Nous voyons juste ses lèvres bouger. « On ne t'entend pas, Dioclès ! » Alors, il répète. Tout bas, mais suffisamment fort cette fois pour se faire entendre : « Mettons-les dans les carrières. » Il le crie : « Les carrières ! » Et très vite, presque toute la ville de Syracuse résonne de ces deux mots : les carrières.

Et c'est exactement ce que nous avons fait.

De loin, ils ressemblent à une multitude de fourmis rouges qui grouillent sur les rochers, même si on ne peut pas dire que ces Athéniens s'agitent. Ils sont couchés, tapis, ou bien ils rampent à la recherche d'un peu d'ombre. Mais je dois avouer que ma vue n'est pas excellente, et peut-être que certains parmi les plus immobiles sont morts.

« Bonjour ! »

Quelques yeux se lèvent vers nous, mais personne ne me rend mon salut. Désormais, à mesure que le temps passe, certains en ville pensent que nous avons commis une erreur. Qu'en les gardant dans ces carrières, nous avons exagéré, que nous avons dépassé le cadre de la guerre. Ils disent que nous devrions les tuer, simplement, ou en faire des esclaves, ou les renvoyer chez eux. Moi, j'aime bien les carrières. Elles nous rappellent que tout change. Je me souviens des Athéniens tels qu'ils étaient il y a un an, avec leurs armures qui étincelaient comme des vagues sous l'éclat de la lune, leurs cris de guerre qui vous empêchaient de dormir la nuit et faisaient hurler les chiens : et ces navires, des centaines de navires qui tournaient autour de notre île : magnifiques requins prêts à festoyer. Les carrières nous montrent que rien ne dure toujours. C'est ce que dit Dioclès. Elles nous montrent que la gloire et le pouvoir ne sont que des ombres sur un mur. Ah, j'adore leur odeur. Elle est épouvantable, mais merveilleusement épouvantable. C'est l'odeur de la victoire, et bien plus. Chaque habitant de Syracuse en a conscience quand il la sent. Même les esclaves en ont conscience. Que vous soyez riche ou pauvre, libre ou asservi, quand vous respirez l'odeur de ces carrières, votre vie vous paraît plus riche, vos couvertures plus chaudes, votre nourriture plus savoureuse. Vous êtes sur la bonne voie, ou du moins, une meilleure voie que ces Athéniens.

« Bonjour ! »

Un pauvre diable remarque mon gourdin et lève les bras. S'ensuit un flot de paroles dont je ne comprends pas la moitié car sa voix n'est qu'un faible croassement, mais je saisis « Zeus », « par pitié » et « enfants ».

« N'aie crainte, lui dis-je. Nous ne venons pas pour vous punir, même si vous autres, chiens d'Athéniens, vous méritez d'être châtiés. Gélon et moi sommes des personnes clémentes. Nous venons…

– La ferme.

– Qu'y a-t-il, Gélon ? Je dis vrai.

– Tais-toi. »

Je ricane.

« Ah, je vois, tu n'es pas d'humeur. »

Il s'est agenouillé près du pauvre diable et lui donne de l'eau.

« Tu peux citer Euripide ? » lui demande Gélon.

Le type tète l'outre en peau de chèvre comme si c'était le sein d'Aphrodite, de l'eau coule dans sa barbe. Il a la peau rose. Véritablement rose. Ils sont presque tous roses, certains sont même rouges.

« Alors, tu peux citer Euripide ? »

L'homme hoche la tête et continue à téter. D'autres Athéniens s'avancent maintenant. Leurs pieds font tinter les chaînes. Ils sont plus nombreux que je le croyais, mais moins que la dernière fois.

« De l'eau et du fromage, annonce Gélon, pour quiconque connaît des vers d'Euripide et peut les réciter. S'ils sont tirés de *Médée* ou de *Télèphe*, vous aurez des olives également.

– Et Sophocle ? demande une minuscule créature édentée. *Œdipe Roi* ?

– On emmerde Sophocle ! Est-ce que Gélon a parlé de Sophocle ? Tu...

– La ferme.

– Ah, Gélon. Je disais ça comme ça. »

Gélon établit les règles.

« Pas de Sophocle, ni d'Eschyle, ni aucun autre poète athénien. Vous pouvez les réciter si ça vous chante, mais l'eau et le fromage, c'est uniquement pour Euripide. Eh bien, mon gars. Qu'est-ce que tu connais ? »

L'homme qui buvait à l'outre se racle la gorge et tente de se redresser. Un triste spectacle. Malgré tous ses efforts, il n'y parvient pas. Son cou retombe, sa tête se balance de droite à gauche : un fruit trop mûr ballotté par la brise.

Il récite : « Nous devons apprendre à comprendre, Roi Priam... »

Il s'arrête.

« C'est tout ?

– Désolé. J'en savais plus, mais j'ai oublié. Ma tête, elle est toute cassée, vous voyez. J'oublie les visages et je ne me souviens pas de... J'en savais plus, je vous le jure. »

L'homme se prend la tête à deux mains. Gélon lui tapote l'épaule et lui laisse boire une dernière gorgée. Je crois que l'Athénien pleure, ce qui ne l'empêche pas de téter l'outre. L'eau coule en lui à mesure qu'elle en jaillit.

« Quelqu'un peut mieux faire ? Une poignée d'olives contre un extrait de *Médée.* »

Gélon est dingue d'Euripide. Il vient surtout pour ça. Je pense qu'il aurait été heureux de voir les Athéniens l'emporter si Euripide était venu pour faire coucou et monter quelques pièces. Une fois, il avait dépensé un mois de salaire pour payer un vieux comédien afin qu'il vienne réciter des scènes dans notre fabrique pendant que nous façonnions des pots. Le contremaître a déclaré que ça faisait baisser la productivité et il a flanqué le comédien à la porte, mais Gélon ne s'est pas avoué vaincu. Il a demandé au comédien de crier les vers de l'autre côté de la rue. On entendait des bribes de poésie dans le flamboiement du four à céramique et si, en effet, je pense que nous avons confectionné moins de pots cette semaine-là, ils étaient étranges, plus beaux. Tout cela, c'était avant la guerre, le comédien est mort aujourd'hui, la fabrique a disparu. Je me tourne vers Gélon. Ses yeux bleus sont nerveux. Il tient un gros morceau de fromage au-dessus de sa tête en braillant. Il est question d'olives. Gélon est fou. Sans parler d'Euripide.

Les volontaires sont nombreux, mais le moment venu, la plupart bredouillent, se plaignent d'un mal de tête ou de la soif, ou bien ils s'écroulent sur le sol, simplement, si bien que nous avons juste droit à un seul vers. Deux avec un peu de chance. Un bluffeur se lance dans une scène où Médée est courtisée par Achille, et même moi je sais qu'il mélange tout. Médée, c'était bien avant Achille. Elle sortait avec Jason.

« Mais jamais ça ne pourra être Achille aux pieds légers ! Oh, hélas, jamais mon père ne l'acceptera. Achille, que… »

Gélon lève son gourdin et le bluffeur s'éclipse. Un autre le remplace. Au moins, celui-ci mentionne Jason, mais c'est un passage que Gélon connaît déjà. Malgré tout, l'homme a droit à quelques olives pour sa peine.

La journée se poursuit ainsi. Le soleil devient obèse, il ressemble maintenant à un jaune d'œuf, sa chaleur faiblit. Des roses et des rouges se déversent dans le bleu. J'abandonne Gélon pour me balader autour du puits. Officiellement, je recherche des comédiens. Plein d'audace, Gélon a proposé de revenir avec un sac de grain s'il réussissait à dénicher cinq Athéniens pour interpréter une scène de *Médée*. Mais il exige qu'ils jouent correctement. Une vraie représentation. Il pourra s'estimer heureux s'il en trouve un. Ces pauvres gars attendent la mort, rien de plus. J'imagine que les pires coins des Enfers ressemblent à ça. Des squelettes velus avec un reste de peau. Outre les cheveux et les poils, les seuls signes distinctifs, ce sont les yeux. Des gemmes vitreuses rendues plus éclatantes par la mort. De nombreux yeux marron ou bleus m'observent. Je n'ai pas encore trouvé de premier rôle, mais je cherche.

En observant ces Athéniens, vous avez l'impression de voir leur esprit s'échapper par leurs narines et leurs lèvres, à chaque expiration. Vous avez l'impression que leur peau flétrit et s'écaille devant vous, et que si vous attendiez assez longtemps, vous les verriez disparaître : il ne resterait que leurs dents et quelques os semblables à des branches fines, des dents blanches et des os blancs qui s'enfonceraient dans le sol de la carrière, et peut-être qu'un jour, une maison sera construite avec cette pierre, votre maison, et la nuit, vous resterez éveillé pendant que les murs gémissent, que le plafond pleure et qu'un deuxième ciel goutte sur votre petite tête, et vous espérerez que ce n'est rien, juste le vent ou la pluie, et ce sera peut-être le cas, ou bien ce sera ces Athéniens qui se tortillent dans vos murs. Voilà d'étranges pensées. Des pensées dignes de l'Enfer. Mais les carrières sont des endroits étranges et un homme n'y est pas lui-même.

Un cri retentit au loin. Une forte dose d'énergie perdue dans un cri. Ce doit être grave. Le cri retentit de nouveau, aussi fort, et vient de l'extrémité de la carrière. Les Athéniens semblent s'en éloigner, si bien qu'à la place de l'habituel mur de peau et de haillons, la pierre apparaît. Je décide d'aller voir de plus près. Un colosse agite un gourdin. Un Athénien est roulé en boule à ses pieds comme un chaton gémissant. En fait, il y a deux Athéniens à ses pieds, mais l'autre est visiblement mort. La tunique de l'homme au gourdin est tachée de sang. Est-ce Biton ? Oui, c'est Biton. C'est toujours Biton. Son fils a été tué au cours de la première bataille contre les Athéniens. Enfin, pas vraiment pendant la bataille. Il a été capturé et torturé à mort. Biton vient souvent ici. Encore plus que nous.

« Tu es redoutable, Biton. »

Il se retourne. Je lui adresse un clin d'œil. Pas lui. Je remarque un tressaillement dans ses joues. Il semble plus mal en point que le pauvre gars à ses pieds, si c'est possible. Le visage de l'Athénien est une masse sanguinolente, mais il reste un espoir étrange dans ces yeux verts. D'un vert saisissant. Vert lézard. Ils brillent et déjà il s'éloigne. Il n'est pas encore prêt à renoncer à la vie.

« Gélon et moi, on est là-haut. On vient chercher un peu d'Euripide, figure-toi. »

Biton ne répond pas. Sa main se referme sur le manche de son gourdin. Les veines de son bras saillent comme des éclairs.

« Il fait une chaleur aveuglante ce matin. »

Toujours pas de réaction. L'Athénien continue à fuir en rampant.

« Tu fais un peu de sport ? Pourquoi a-t-il mérité pareille attention ?

– Je les ai trouvés dans le mur.

– Dans le mur ?

– Ils avaient creusé un trou, ces salopards.

– Ils ? »

Biton décoche un coup de pied au cadavre couché à ses pieds.

« Il dormait dans les bras de ce tas de merde. Enlacés, ces salopards. Comme des amants. »

J'opine du chef. L'Athénien est à bonne distance maintenant. Il laisse une traînée rouge dans son sillage.

« Ils sont moins nombreux que la fois précédente.

– Les salopards.

– Oui, ce sont des salopards. Je leur donne deux mois tout au plus. Un peu moins même si Apollon continue son petit numéro. Je crois qu'ils me manqueront quand ils ne seront plus là. Ils permettent de briser la routine. »

Biton enfouit son visage dans ses mains.

« Tu n'es pas le pire, Biton. »

L'Athénien est toujours visible. Il ne se déplace pas assez vite. Grouille-toi, salopard.

« Dioclès dit que nous devrions les suivre jusqu'en Grèce. Pour achever le travail. Qu'en penses-tu ? Moi, personnellement, je ne serais pas contre une petite balade dans leur Acropolis. Et en profiter pour voir un spectacle peut-être. Il paraît que c'est époustouflant. Bien loin de ce qu'on peut trouver ici en Sicile. »

Biton laisse retomber ses mains et fait un pas de côté.

« C'est un sacré gourdin que tu as là. Héraclès a massé le lion de Némée avec un gourdin comme celui-ci, Biton. Je te salue pour ce gourdin. »

Je salue Biton. L'Athénien se déplace avec la lenteur d'une tortue. À quoi bon ? me dis-je. Laissons faire, mais je ne veux pas le voir mourir.

« Veux-tu venir avec moi vite fait pour dire bonjour à Gélon ? Il serait ravi de te voir. »

Mensonge.

« Trop occupé.

– Ah, oui, je vois que tu es un homme très occupé. C'est évident. Mais j'aime avoir un peu de compagnie quand je me promène. La lumière décroît et, ça me fait mal de l'admettre, je n'aime pas cet endroit à la nuit tombée. Les rats sortent et j'ai peur. Non, ne ris pas, Biton. Oui, je sais que c'est amusant, mais je l'avoue ouvertement. J'ai peur. »

Biton ne rit pas. Il est reparti vers l'Athénien.

« Attends ! »

Il s'arrête et se retourne.

« Tu veux absolument te payer ce pauvre connard ? »

Biton hoche la tête.

« Je te pose la question parce que Gélon cherche un acteur aux yeux verts pour le rôle de Jason. Jason étant connu pour ses yeux très verts. Et ces yeux ont joué un rôle important dans la séduction de Médée au départ, à en croire la légende. »

Biton semble perplexe.

« Je t'offre cette outre de vin fin à titre de dédommagement. »

Il est toujours perplexe, mais c'est une perplexité intéressée. Depuis la mort de son fils, Biton est devenu un disciple de Dionysos, bien que, étant fauché, il communie rarement.

« Pour moi ?

– Oui, en échange de l'Athénien. »

Il ouvre de grands yeux, comme s'il allait se mettre à pleurer.

« Merci.

– Régale-toi, Biton. »

Il prend l'outre et la tète goulûment. Ce n'est pas comme sucer le sein d'Aphrodite, mais cela vaut bien assurément celui d'une nymphe ou de quelque déesse de second rang. Je lui donne une petite tape sur l'épaule et m'en vais. Deux enjambées me suffisent pour atteindre l'Athénien. Il se roule en boule, s'attendant à subir le même sort. Les coups ne venant pas, il écarte les doigts et je vois ces yeux verts qui me regardent : vert lézard.

« N'aie crainte, je ne viens pas pour te torturer, quand bien même tu le mériterais. Je viens t'engager pour une représentation théâtrale ! »

Ses doigts se resserrent devant ses yeux et il se recroqueville de plus belle.

« Bordel de merde ! Si je voulais te faire du mal, je te ferais du mal. »

Les doigts s'écartent et les yeux verts réapparaissent. Je crois qu'il essaie de dire quelque chose.

« Par pitié, ne...

– Assez pleurniché ! Je pourrais changer d'avis. Réponds-moi simplement et il ne te sera fait aucun mal. Est-ce que tu connais Euripide ? »

Il ne répond pas.

« Parle ! Tu le connais ? Euripide ? Un grand poète athénien.

– Oui.

– Connaîtrais-tu des passages de son œuvre ? Je veux dire, serais-tu capable de les réciter si on te rafraîchissait la mémoire ? En sonnant juste ? »

Il hoche la tête.

« *Médée* ? Tu connais *Médée* ?

– Oui, je crois. Je...

– Si tu crois, ça ne me suffit pas. Je pense à toi pour le rôle de Jason. Un rôle important. Alors, réponds-moi franchement.

– Je crois... pardon. Je suis sûr. Je m'en souviens assez bien... s'il vous plaît. »

Je lui tends une outre pour remettre de l'ordre dans ses pensées. Il en vide la moitié d'un trait. Je fais gicler le reste sur son visage pour nettoyer le sang. Ce n'est pas aussi grave qu'il y paraît. Il a une grande entaille sur la joue et une autre sur le front. Rien de cassé. Je ne dirais pas qu'il est beau, mais tout bien considéré, il fera l'affaire. Je lui offre mon bras et il le prend, puis nous marchons. Tout se passe bien *a priori*, jusqu'à ce qu'on arrive devant l'autre Athénien. Celui que Biton a occis. À ce moment-là, le type aux yeux verts s'écroule sur le sol et se met à pleurer, il embrasse le corps en lui parlant tout bas.

« Ça suffit, mon vieux, dis-je. Je suis pressé. »

Il m'ignore, il continue à embrasser le mort et à murmurer, si bien qu'il a le visage plein de sang, dégoûtant. Je vais devoir le laver de nouveau. Toute cette eau gâchée.

« Allez, viens ! »

Pas de réaction. Je lève mon gourdin pour faire mine de le frapper. Ça marche. Il s'écarte du cadavre vite fait. Les bras levés pour se protéger.

« Debout maintenant ! »

Il commence à se redresser, puis s'arrête : il retombe à genoux, arrache des petites mèches de cheveux blonds sur ce qui reste de la tête du mort et les serre dans son poing, puis il se lève. Je me remets en marche, très lentement, et il m'emboîte le pas.

La lune a déjà fait son apparition, sourire argenté dans le ciel, mais le soleil est toujours là. Gros et rouge. Dans quelques instants, il aura disparu derrière les parois de la carrière, puis sous la mer, et alors ce sera la nuit, pour de bon. J'imagine que mon nouvel ami s'en réjouira. Apparemment, le soleil est la principale cause de décès dans ces fosses.

« Tu seras heureux de voir tomber la nuit, hein ? »

Il ne répond pas.

« Réponds-moi, l'ami.

– Pardon ?

– Je disais que tu seras content qu'Apollon se fasse discret.

– Ce n'est pas beaucoup mieux la nuit.

– Les rats ?

– Non. Le froid. Il fait glacial. Et les changements de température provoquent des fièvres.

– C'est pour ça que ton compagnon et toi étiez dans ce trou ? »

Il hoche la tête.

« C'est une preuve d'ingéniosité. Et je respecte ça, mais Biton, le type que tu as rencontré tout à l'heure, il déteste l'ingéniosité des Athéniens. Il la méprise. Et je crois que vous l'avez mis en rogne sur ce coup-là. En piquant un roupillon à l'ombre, au lieu de cuire au soleil. »

L'Athénien se remet à pleurer.

« Calme-toi, l'ami. Prends une olive. »

Je lui tends le bol. Ce sont de belles olives : macérées dans l'huile, le sel, l'ail et un ingrédient secret. C'est ma mère qui les fait. Les meilleures de Syracuse. Il hésite, puis il en prend plusieurs, sans cesser de pleurer. Ce qui ne l'empêche pas de mâcher.

« Comment tu t'appelles, l'ami ?

– Pachès.

– Pachès ? »

Il acquiesce.

« Moi c'est Polyphème. »

C'est un nom inventé. Avec ces Athéniens, il faut se méfier. Ils peuvent se servir d'un nom pour jeter un sort ou je ne sais quoi.

« Polyphème, comme le Cyclope ?

– Oui, exactement. Ma mère m'a raconté que mon père avait un seul œil. Le pauvre.

– Oh. »

Nous continuons à marcher.

« Tu sais, Pachès, vous l'avez bien cherché, vous autres les Athéniens. En naviguant jusqu'ici comme des requins prêts à nous dévorer. Vous êtes pires que les Perses. Eux, ce sont des barbares, mais vous, vous êtes des Grecs qui attaquent d'autres Grecs. Ah, Dioclès a raison. Vous êtes de la racaille. »

Il ne répond pas, il continue à avancer en boitant. Des yeux nous observent dans la pénombre.

« Malgré cela, mon ami Gélon sera heureux de rencontrer un érudit qui connaît Euripide. Pour lui, c'est mieux que Homère. Tu vas bientôt faire sa connaissance. Gélon, pas Homère. »

Je lui fais un clin d'œil.

Maintenant que la lumière décline, les rats sortent. Tout d'abord, il n'y en a qu'un ou deux, mais très vite, le sol en est couvert, leurs petits cris emplissent l'atmosphère. Ils semblent furieux. Et ils sont différents des rats que l'on connaît : ils sont rouges, mouillés et énormes. Ils se dandinent sur vos pieds, mais tant que vous ne marchez pas dessus, ils ne posent aucun problème. N'empêche, j'hésite à avancer. Pachès, lui, donne l'impression de ne pas les remarquer, et pourtant, il les voit forcément puisqu'il les évite. Gélon estime qu'il y a plus de mille rats dans ces carrières. Il dit que la nuit, si on tend l'oreille, on entend leurs couinements de la ville.

« Les rats ne te gênent pas, Pachès ?

– Non.

– Moi, je crois qu'ils me taperaient sur le système, plus que la faim ou la soif. »

Il me regarde avec l'air de dire que je parle sans savoir.

« Tu veux encore un peu d'eau ? »

Il hoche la tête, alors je lui tends l'outre.

« Athènes te manque ? »

Il recrache l'eau et tousse.

« Désolé. Bien sûr que oui. Je voulais dire… c'est quelque chose, paraît-il. Tu sais, nous autres Syracusains, nous vous admirions. Notre démocratie ne s'inspire-t-elle pas de la vôtre ? Ah, je crois que j'adorerais voir cette ville. Le Parthénon. Gélon affirme que c'est plus beau que n'importe quoi d'autre, même en Égypte ou en Perse.

– Il y est allé ? »

Je m'apprête à tapoter mon gourdin, puis je me retiens.

« Non. Jamais. Mais il a parlé à ceux qui y sont allés.

– C'est vrai.

– Quoi donc ?

– C'est la plus belle… »

Il s'interrompt. Il a les larmes aux yeux, on dirait, mais se maîtrise.

« C'est de loin la plus belle ville de Grèce. Je suis allé en Égypte, et je pense qu'elle égale tout ce qu'on peut trouver là-bas. Pour la Perse, je ne sais pas.

– Tu es allé en Égypte ?

– Oui.

– Tu as vu les pyramides ? Vraiment ? »

Il hoche la tête.

« Tu veux une olive ? »

Je lui en tends plusieurs.

« Merci, Polyphème. »

J'aperçois Gélon au loin. Avachi sur une pierre, au-dessus de deux Athéniens.

« Lampo, dis-je dans un souffle.

– Pardon ?

– Mon nom, ce n'est pas Polyphème, en vérité. C'est Lampo. Qui donnerait à un enfant le nom d'un Cyclope ?

– Oh. »

Je souris et le force à avancer.

« Prépare-toi, Gélon. Voici ton acteur principal ! »

Gélon le toise.

« Quoi ?

– Je te présente Jason. Regarde ces yeux verts. Tu n'as pas dit que Jason avait les yeux verts ? »

Gélon considère Pachès. Il ne paraît pas très impressionné, et à vrai dire, les blessures infligées par Biton sont plus graves que je l'avais cru tout d'abord. Pachès est dans un sale état.

« Des yeux verts ? Qu'est-ce que tu racontes ? Ce pauvre hère est en train de mourir.

– Tu es un sale pessimiste, Gélon. » Je prends Pachès par les épaules. « Montre-lui, Pachès. La dernière tirade de Jason, quand il comprend que ses enfants sont morts ! »

Pachès tousse.

« Toi qui es méprisé des Dieux, je…

– Attends ! s'exclame Gélon. Quitte à réciter ce texte, jouons la scène au moins. Médée, tu es prête ?

– Je crois. »

Une très grande femme s'avance, mais évidemment, il n'y a pas de femmes dans les carrières. Je la regarde mieux. En fait, c'est ce pauvre type dont le cou se balançait de droite à gauche, mais il a les cheveux beaucoup plus longs et il porte un chiton de femme à présent.

« C'est à ta sœur ? »

Gélon hoche la tête.

« Et les cheveux ?

– C'est une crinière.

– Tu t'es surpassé.

– Eh oui. »

Pachès et Médée prennent place. Gélon et moi, nous nous asseyons sur une pierre et nous attendons. Je songe à ce que ce serait d'assister à une vraie représentation à Athènes, et j'ai un pincement au cœur car je sais que cela n'arrivera jamais, puis je regarde autour de moi : les parois de la carrière qui nous encerclent, le ciel qui nous écrase, chargé d'étoiles, ou de dieux : et en bas, tout autant d'Athéniens. Cette carrière n'est-elle pas un amphithéâtre ?

Un immense amphithéâtre athénien, et deux petits spectateurs syracusains.

Ils commencent à jouer.

Chapitre deux

2

Au loin, la lanterne de chez Dismas tangue comme une lune bourrée. On a bu quelques verres depuis qu'on a quitté la carrière et Gélon veut qu'on finisse au bord de la mer, et Dismas est au bord de la mer, de manière précaire. Le chemin est jonché de coquillages, de crabes écrasés et de méduses formées d'algues entassées, en grappes luisantes. J'en lance une à Gélon qui m'en envoie une autre d'un coup de pied. Alors que nous approchons, le bruit des vagues se mélange aux tintements des coupes et au crépitement incohérent d'une centaine de voix mêlées.

Un beau gars qui n'a plus qu'un seul bras se tient à l'entrée : un cheval rouge fougueux est gravé au fer sur son front. C'est Chabrias, un esclave de guerre d'Argos que Dismas a acheté un bon prix en raison d'un manque de membres. Sobre, Chabrias donne l'impression de ressentir en permanence une douleur sourde – une demi-grimace crispe les muscles de ses joues et de son front –, mais au cœur de la nuit, quand les clients se montrent généreux, et qu'on lui apporte un ou deux pichets de vin, les joues se relâchent, les yeux pétillent, et si vous restez pour l'écouter, il vous régalera avec des histoires d'Argos : des femmes qu'on aime, des chars qui font la course, des temples dans lesquels on prie, des sources sacrées et des bosquets verdoyants à gogo. Oui, Argos est un lieu de débauche et de sainteté. Ah, si seulement il pouvait vous le montrer, dit-il. Et il y a quelque chose dans la manière dont il narre ces histoires, un sentiment d'urgence désespérée, qui donne l'impression que ce pauvre Chabrias s'efforce d'évoquer au mieux cette ville pour lui-même autant que pour vous. Il aimerait qu'Argos attise et fasse rougeoyer les cendres de son présent, jusqu'à ce que, n'y tenant plus, il s'arrête au milieu d'une phrase, regarde le ciel, fredonne une étrange mélodie et vous montre son moignon. J'aime bien Chabrias.

« Regarde qui est là ! » dis-je.

Chabrias s'incline et ouvre la porte. Aucun pichet en vue autour de lui. Nous entrons.

Une odeur de saumure et d'écailles de poisson emplit les narines. La puanteur de la mer est plus forte chez Dismas que sur la plage. En raison de son emplacement, c'est l'endroit préféré des pêcheurs et, entassés comme ils le sont, toutes les fenêtres fermées, l'odeur se pose et s'installe. L'air dégage de la vapeur, véritablement : des filaments de brouillard poissonneux s'élèvent des cous et des capes trempées. Penchés au-dessus de leurs pichets, leur barbe constellée de taches violettes, les hommes se vantent ou se lamentent sur leur dernière prise. En plus de ce vacarme humain, il y a les innombrables bruits produits par la construction elle-même. Au fil des ans, le vent et la pluie ont creusé dans les murs un tas de petits trous, et d'autres pas si petits, si bien que la structure semble siffloter, les poutres et le plancher craquent et se tordent. Pourtant, cette fragilité accroît l'impression de confort. Vos oreilles préparent votre peau à un assaut qui ne se produit pas et, parce qu'un homme ne chérit jamais autant quelque chose que dans les moments où il a peur de le perdre, cette attente permanente de la fureur des éléments ajoute de la saveur à votre beuverie.

Gélon se dirige droit vers la chaise d'Homère. Une merde branlante sur laquelle le barde aveugle se serait assis, dit-on, lors d'une visite à Syracuse, quelques centaines d'années plus tôt. Elle est coincée dans un coin, et au-dessus sur une plaque en bronze on peut lire « Chaise d'Homère ». Est-ce vraiment la chaise d'Homère ? Il y a tellement de chaises d'Homère éparpillées dans tout Syracuse qu'elles ne peuvent pas toutes être la chaise d'Homère. Mais pourquoi pas ? Le cul est volage et il ne se marie pas pour la vie, alors oui, c'est peut-être la chaise d'Homère.

Un type est déjà assis dessus, et Gélon lui demande de changer de place. Le type l'envoie se faire foutre, Gélon le saisit poliment par la peau du cou et l'envoie valdinguer au sol, en s'excusant. Des têtes se tournent, des applaudissements et des éclats de rire fusent car Gélon est connu chez Dismas, et ce rituel se répète chaque fois que des clients non avertis occupent cette place.

Je vais chercher la première tournée. Le vin est servi par une nouvelle esclave. Brune, avec des yeux marron clair et une peau qui ressemble à du cuivre qu'on vient de marteler. Sa peau rayonne, et même si c'est juste une esclave, je me surprends à grimacer quand je la vois examiner ma cape tachée et en lambeaux. Elle me tend le pichet et je regagne notre table, en m'efforçant de ne pas boiter. Gélon se tient la tête à deux mains.

« Tiens, avale ça. Interdiction de broyer du noir, d'accord ? »

Il redresse la tête et essaie de sourire.

« On boit un pichet ! dis-je. Qu'est-ce qu'on boit ?

– Un pichet. »

Je remplis nos coupes à ras bord et lève la tête.

« À Syracuse ! dis-je.

– À Homère.

– Mate la nouvelle esclave. Magnifique. Putain, ça fait mal rien qu'à la regarder. Je souffre rien qu'en la regardant.

– Tu crois qu'il savait ce qu'il avait fait ?

– Hein ?

– Tu crois que Homère savait qu'il avait écrit l'*Iliade* quand il a écrit l'*Iliade ?* Hein ?

– Je suppose. »

Gélon acquiesce.

« Et Euripide. Quand il a écrit *Médée*. Tu penses qu'il savait ce qu'il avait fait ?

– Oui. »

Gélon pose ces questions chaque fois qu'il s'assied sur la chaise d'Homère.

« J'ai une proposition à te faire, ajoute-t-il. Tu vas sûrement me prendre pour un fou, mais tant pis.

– C'est déjà le cas.

– Quoi donc ?

– Je te prends pour un fou. »

Il semble soucieux, mais je lève mon gobelet, nous trinquons et nous buvons cul sec. Gélon veut nous resservir, malheureusement le pichet est vide.

« Merde. Je vais en chercher un autre. »

Il s'éloigne en traînant les pieds et en faisant un écart, pendant que je reste assis, à me demander ce que peut bien être cette proposition, mais voilà que l'esclave vient à notre table, et sans m'en apercevoir, je tends la main et mes doigts frôlent son bras, à l'endroit où elle a été marquée au fer : la peau est toute plissée et à vif.

« D'où viens-tu ? »

Pas de réponse.

« Dis-le-moi. Tu es nouvelle. Carthage ? Égypte ? »

Elle rit. Sa dent de devant est partiellement cassée, on dirait un croc, et elle-même une superbe louve.

« Qu'y a-t-il de si amusant ?

– L'Égypte ? Tu es fou.

– Tu ressembles à un pharaon. »

Elle sourit et repart. Son chiton bruisse doucement. Un canon. Gélon revient et dépose sur la table trois pichets qui débordent.

« Trois ?

– À Homère !

– À Homère ! » dis-je.

La porte s'ouvre brusquement et plusieurs aristos font leur entrée. Ils n'ont pas plus de seize ans. Des bracelets en argent brillent à leurs poignets, leurs capes sont si blanches et légères qu'ils ressemblent à des nuages flottant au-dessus du sol en terre battue et voilà qu'ils se posent à la table voisine. Ils tapent du pied et réclament trois pichets du meilleur vin. Des visages burinés se lèvent et lâchent des jurons. Cela arrive très souvent depuis la guerre : des connards imberbes dans ce genre envahissent Dismas et d'autres bistrots de qualité. Ils parlent de la démocratie, de leurs voix stridentes, ils essaient de vous payer des verres, mais vous savez bien qu'en vérité, ils viennent là uniquement pour se taper des pauvres.

« Petits merdeux, dis-je. Ils n'ont pas l'âge de voter, mais Dismas les laisse entrer. »

Gélon regarde dans le vide.

« Gélon ?

– Pardon ?

– Regarde ces branleurs. Un testicule à eux tous. Pas vrai ? »

Il sourit, mais son regard est triste.

« Lampo ?

– Oui ?

– J'ai vu Desma.

– Quoi ?

– Elle était sur la fresque murale là-bas. Celle de Troie. C'est une des femmes qu'on embarque sur un bateau.

– Oh. »

Desma est la régulière de Gélon. Il n'a aucune nouvelle d'elle depuis trois ans. Elle a fichu le camp quand leur gamin est mort. On raconte qu'elle s'est mise avec un type en Italie. Ça m'étonnerait, mais Gélon la voit souvent, dans les endroits les plus bizarres. Par exemple, il la voit dans la jointure d'un pot en terre cuite, une fissure insignifiante, et il reste là à la regarder jusqu'à ce que vous lui donniez un coup de coude. Et quand vous lui demandez ce qu'il regarde, il murmure « Desma ». Il peut la voir également dans une tache de peinture, un arbre, un coin de ciel, dans l'eau qui coule. Gélon voit Desma partout. Il a enfoui son visage dans ses mains encore une fois. C'est fréquent après le quatrième pichet.

« On boit à petites gorgées, Gélon ! Tu peux répéter ?

– À petites gorgées, dit-il et il s'envoie une grande lichette de vin.

– Tu es assis sur le siège d'Homère. Où es-tu assis ?

– Je ne dors plus, Lampo. Je reste allongé…

– Arrête tes conneries. Où es-tu assis ?

– Sur la chaise d'Homère.

– Et qu'est-ce qu'on fait ?

– On boit à petites gorgées. »

Je lève ma coupe pour porter un toast. Gélon plonge le regard dans la sienne.

« Salut, citoyens ! »

Nous nous retournons. Ça vient d'un des aristos de la table voisine. Un machin tout mince, la main droite sur la hanche, serrant dans la gauche un énorme pichet : on dirait plus une fille qu'un garçon : des cheveux jusqu'aux épaules, un joli minois, des yeux gris aux longs cils et des lèvres charnues.

« Voulez-vous prendre part à une libation ? »

Gélon marmonne quelque chose et je regarde ailleurs. Le garçon remplit nos coupes malgré tout.

« À la victoire ! » s'exclame le beau gosse en reluquant Gélon.

Sans un mot, nous vidons nos coupes d'un trait. Le vin est somptueux, bien meilleur que le vinaigre que nous buvons. Et il dégage une délicieuse odeur : citrus et miel. J'ai entendu parler de vins parfumés, mais je n'aurais jamais cru qu'on en trouvait dans des établissements comme celui de Dismas. Un drachme le pichet au moins.

« Il est bon, hein ?

– Je ne sais pas, dis-je. J'ai besoin de faire plus ample connaissance pour me forger une opinion. Pas vrai, Gélon ?

– Exact. »

Le beau gosse éclate de rire, en se tapant sur la cuisse. Ce n'était pas si drôle que ça. En tout cas, il nous ressert, à ras bord, et nous vidons nos coupes de la même manière.

« Et maintenant ? demande-t-il, tout sourire.

– Étant un empiriste, dis-je, de nouvelles recherches s'imposent. Tu n'es pas de cet avis, Gélon ? »

Gélon est de cet avis et le beau gosse nous ressert. Et ainsi de suite jusqu'à ce que le pichet soit vide, mais il s'en fiche, il en commande un autre et encourage ses camarades à se joindre à nous. Trois adolescents resplendissants rappliquent et se présentent. Je reconnais les noms de leurs pères : on peut dire que tous ces gars-là sont riches, mais le beau gosse remporte la palme. Son père est Hermocrate. Cet enfoiré d'Hermocrate. Le beau gosse explique qu'il hait son père. Il dit qu'il est de notre côté et que les inégalités qui règnent dans cette ville sont une honte. Ce sont des travailleurs comme nous qui ont fait de Syracuse ce qu'elle est. Je prends un air renfrogné, sans rien dire, mais je me régale. Je leur dis qu'ils ne savent pas tout. Je leur raconte que je me suis battu en duel avec un Athénien à Épipoles, un affrontement dans le style Achille contre Hector. C'était lui ou moi. Je me lève d'un bond pour jouer la scène. Ils m'applaudissent, et je remarque que l'esclave me regarde. Quel canon.

« Un autre pichet pour Achille ! » s'écrie le fils d'Hermocrate, et on nous l'apporte.

Les murs tanguent, pas furieusement, juste un léger balancement qui fait danser les visages autour de moi. Quelqu'un m'interroge sur ma claudication.

« C'est une blessure de guerre ?

– Oui. Un archer athénien m'a tiré dessus par-derrière. La flèche m'a transpercé la cheville.

– Comme Achille ? » demande un autre, et j'éclate en sanglots.

Les aristos m'entourent. Ils disent que je suis un héros, que j'ai été blessé pour Syracuse, c'est un acte de gloire. Bientôt, nous nous étreignons tous, y compris le fils d'Hermocrate. Il serre ma main dans les siennes, et dit que son père aimerait me rencontrer.

« Comme Achille ? » dis-je.

Et il répond : « Oui, comme Achille. »

On nous apporte un autre pichet et nous nous jurons fidélité. Je suis pauvre, ils sont riches, mais nous sommes frères. Je pleure à chaudes larmes. Allez savoir pourquoi. Je boite depuis ma naissance, il n'est pas question de batailles ni de flèches, j'ai un pied de traviole, voilà tout. Je le regarde, posé là sur le sol crasseux, tordu, offert à tous les regards, et pendant un bref instant, me voilà sanctifié.

Dehors. Une grappe d'étoiles éclaire notre chemin. Le vacarme de la ville faiblit, jusqu'à disparaître : il ne reste que le bruit des vagues et les craquements de nos pas. Nous marchons bras dessus bras dessous, Gélon et moi, et même si de temps en temps nous titubons dans un buisson, nous avançons plutôt sans heurts. J'ai fauché une outre aux aristos au moment où nous nous jurions fidélité, et nous la vidons en chemin. Nous avons à peine échangé quelques mots depuis le départ, et c'est un choc d'entendre soudain Gélon se mettre à chanter. Il a une jolie voix : grave et chancelante parfois, mais douce et agréable, et il y introduit une pointe d'étrangeté. Il chante un extrait de *Médée.* Juste après qu'elle vient de tuer ses enfants. Quand le chœur explique que ça ne se fait pas. Il s'arrête à chaque fois qu'il oublie un mot, et quand ça lui revient, il reprend à tue-tête. Je comprends maintenant où nous allons : nous retournons à la carrière, et en effet, peu de temps après, je perçois cette odeur, l'odeur de pourriture de la carrière, et Gélon s'arrête.

« Ma proposition.

– Quoi ?

– Ma proposition. Je ne t'en ai pas parlé… La voici.

– Je ne…

– Metteurs en scène.

– Quoi ?

– Toi et moi. On va devenir metteurs en scène. »

Il me tend l'outre. Je bois une gorgée.

« Ah bon ?

– Oui.

– Et ça fait quoi un metteur en scène ?

– Ça dirige… » Il a un hoquet. « On va monter *Médée* dans la carrière, mais pas uniquement des extraits. On va monter la pièce en entier. Une vraie production, avec un chœur, des masques et toutes ces conneries.

– Oh. »

J'entends un faible gémissement près de moi. Gélon pleure.

« Ça ne va pas ? »

Pas de réponse.

« Gélon ?

– Une vraie production, répète-t-il d'une voix tremblante, avec un chœur, de la musique et des masques. Des costumes aussi. Une vraie pièce. Comme à Athènes. On commence dès demain matin.

– Mieux vaut aller les prévenir », dis-je.

Je m'approche du bord, autant que je l'ose.

« Réveillez-vous, Athéniens ! Réveillez-vous ! »

Difficile d'imaginer qu'ils sont des centaines, voire un millier, endormis dans ce trou. Pourtant on sait que c'est vrai. Ils sont là, quelque part, dans le noir, mais où, qui sont-ils, à quoi pensent-ils, que ressentent-ils ? J'en ai des vertiges, et cela confère à l'obscurité une sorte de beauté tourbillonnante. Je cherche une pierre sur le sol, une petite, et après l'avoir trouvée, je la lance dans la carrière. Elle fend les airs, comme un éclair, et retombe avec un bruit sourd divin.

« Demain matin ! Une vraie production ! Avec un chœur, des masques et toutes ces conneries ! » Je me retourne. « C'est bien ça, Gélon ?

– Exact. »

Je bois une gorgée de vin et cherche une autre pierre.

3

Un vieil augure vivait au bout de la rue de Gélon. C'était également un poète, mais ses prophéties, disait-on, étaient meilleures que ses vers. Avant l'aube et tard dans la nuit, on le voyait aller et venir, les mains dans le dos, la tête penchée en arrière, le regard enivré par la lumière des étoiles, parlant dans sa barbe. Sous le soleil de midi, on le voyait agenouillé, en train de découper un agneau, un chat, un chien ou tout ce qu'il pouvait trouver : le visage figé par une intense concentration, les bras trempés de sang, fouillant au milieu des masses filandreuses pourpres ou roses afin d'entrevoir ce qui allait survenir.

Gélon était ami avec ce vieux bonhomme, et un jour, il le prit à part. C'était il y a quelques années, avant la guerre, et avant que Desma fiche le camp, quand leur fils, Hélios, était encore vivant, plus ou moins. Bref, Gélon demanda au vieillard si Hélios verrait la fin de l'année. L'augure adopta un air songeur. Après un long silence, il dit que si Gélon pouvait lui procurer un bœuf, il aurait rapidement la réponse. Étant pauvre, Gélon répondit qu'il n'avait pas les moyens de s'offrir un bœuf. Bon, un mouton, alors ?

Même un agneau ferait l'affaire. Gélon promit d'essayer. Cette nuit-là, il vola dans la ferme d'Alberus un agneau qu'il apporta au prophète. Celui-ci lui dit de se rendre chez Dismas le lendemain soir : il lui annoncerait ce qu'il avait découvert. Sur ce, il s'inclina, prit l'agneau sous son bras et disparut dans la nuit d'un pas hésitant.

Le lendemain, ils sont chez Dismas, et le vieillard est ivre car, explique-t-il, le vin libère ses interprétations, et pendant ce temps, le pauvre Gélon le pressait de questions. « Qu'as-tu vu ? Hélios va-t-il survivre ? » Finalement, l'augure dit à Gélon de se pencher vers lui. Gélon s'exécuta. Le vieillard lui demanda si Hélios était ce petit garçon avec lequel Gélon se promenait souvent, ce garçonnet au teint pâle, coiffé de cette casquette bleue ridicule. Gélon répondit que c'était bien lui. Alors, murmura le vieillard, à en juger par son apparence, le garçon sera bientôt mort. Il semblait malade, très malade, mais en définitive, il ne pouvait pas vraiment savoir, car l'avenir n'existe pas, il y a seulement ce qui vient ensuite, et il découpait les agneaux, les chats et les chiens car que faire d'autre ? C'était une occupation, et tout homme avait besoin d'une occupation. Sur ce, il chargea Gélon d'aller lui chercher un autre pichet.

Je parle de lui en passant car nous passons devant lui, justement, sur le trajet de la carrière. Il se tient sous un arbre, juste après le quartier de l'Achradina, pendu à une corde, et dans la lumière rouge de l'aube, la corde ressemble à une tige et lui à quelque fleur épouvantable. Gélon s'arrête et récite une prière. Pas moi. Je n'ai pas de temps à perdre pour un salopard qui tue des chiens.

Nous poursuivons notre chemin.

4

Les metteurs en scène arrivent tôt : Gélon et Lampo sont ici pour un casting. Ma tête me fait souffrir. J'ai vomi deux fois en chemin, et pourtant nous sommes là, de bonne heure. Pourquoi ? Parce que c'est important. C'est Gélon qui le dit. La relation entre un comédien et un metteur en scène repose sur la confiance. La foi. En regardant ces Athéniens alignés devant moi – des rangées et des rangées de squelettes enchaînés – je me dis que la confiance est une chose peu probable, et jouer une pièce me semble impossible, mais il ne faut pas se fier aux apparences. Dixit Gélon. Il affirme que le *Hyppolite* d'Euripide a été monté durant l'épidémie de peste à Athènes. Alors que la cité était dévastée, que les cadavres s'empilaient dans les rues, que la fumée des bûchers funéraires noircissait le ciel, la fête de Dionysos se poursuivait. La moitié des comédiens agonisaient. Les spectateurs aussi, et pourtant le chœur chantait et dansait. D'après Gélon, c'était encore mieux. Cela conférait aux comédiens une incroyable frénésie. De même qu'un soldat ayant reçu un coup fatal se bat parfois plus farouchement que jamais au cours de ces ultimes instants. Ainsi, ces

Athéniens offrirent une prestation exceptionnelle, qui allait bien au-delà du domaine de la tragédie. Nous ne faisons que suivre leur exemple. Nous reprenons le flambeau là où ils l'ont laissé, il y a des années de cela, à Athènes. Voilà ce que dit Gélon. Ce qu'il espère.

Pour notre production, nous avons choisi Laurion. Avec sa forme de faucille et sa bosse au milieu, cette carrière ressemble à bien des égards à un gigantesque amphithéâtre. Il y a un endroit, à l'extrémité, où le calcaire se dresse pour former un toit laiteux, qui offre de l'ombre en abondance. Nous décidons d'en faire l'espace de répétitions. Gélon installe deux outres de vin et quelques miches de pain. Déjà, un petit groupe d'Athéniens rôde autour de nous : leurs regards vont et viennent entre le buffet et nos gourdins. Au milieu de tous ces gens, je remarque deux yeux verts : vert lézard.

« Pachès ! Comment vas-tu ? »

Pachès agite sa main écailleuse, alors je le rejoins et l'étreins. Je sens les veines de son bras : des brindilles qui roulent sous la peau quand j'appuie dessus. Je lui explique que nous montons une production de *Médée*, la totale : chœur, masques et toutes ces conneries. Il hoche la tête. Je lui annonce qu'en raison de ses yeux, et de sa prestation antérieure, il est notre premier choix pour le rôle de Jason, ce qui veut dire à manger et à boire pendant au moins un mois. Il fond en larmes. C'est très étrange de voir de l'eau couler d'une source asséchée. Je lui tends une outre et une miche de pain. J'ai déjà eu faim et soif dans ma vie, mais jamais à ce point. À chaque bouchée, chaque gorgée, son regard s'éclaire. Des petites taches roses se forment sur ses joues et se répandent sur son visage, dans son cou. Pachès sèche ses yeux verts et redresse légèrement les épaules : il me demande quand nous pensons commencer et qui nous avons choisi pour incarner Médée. Je lui redonne un peu de pain.

« Aujourd'hui, c'est juste le casting, dis-je. Et pour l'instant, nous n'avons pris que toi. Tu es notre premier choix, Pachès. C'est un grand honneur. Ne me laisse pas tomber. »

Pachès hoche la tête en mâchonnant. Les Athéniens nous observent, à la fois admiratifs, stupéfaits et inquiets. Ils nous regardent alternativement, Pachès et moi, en cherchant une explication. Je le prends par les épaules.

« Vous connaissez peut-être cet individu sous le nom de Pachès, leur dis-je, mais désormais, c'est Jason. Et je veux qu'on l'appelle uniquement Jason. Compris ? »

Les Athéniens semblent de plus en plus perplexes, ce qui ne les empêche pas d'acquiescer.

« À partir de maintenant, Pachès, tu es Jason. »

Il a mangé tout le pain, mais il continue à téter l'outre. On voit presque le vin gonfler sa gorge en passant et on entend un léger *plouf* quand il atterrit dans son estomac. En toute franchise, Gélon ne voulait pas de lui pour jouer Jason, mais j'ai insisté. Je lui frotte la tête affectueusement, comme je l'ai vu faire à de bons amis au gymnase. Ses cheveux sont clairsemés, mais d'un noir intense. Avec ces yeux verts, j'imagine que Pachès avait fière allure dans le temps. Je caresse ses cheveux, qui me restent dans la main. Une brise s'empare de ces quelques mèches et les répand à travers la carrière.

« Qui es-tu ? » demandé-je.

Il me rend l'outre. Vide.

« Merci.

– Qui es-tu ?

– Pachès.

– Non. Tu es Jason. Qui es-tu ?

– Pa… Jason.

– Vous avez entendu, vous autres ? Il s'appelle Jason ! »

Les Athéniens, stupéfaits, hochent la tête.

Pachès me confie qu'il y a dans la carrière un Athénien qui a joué dans un grand nombre de pièces. Pas des pièces officielles à Athènes, mais dans de petits théâtres ruraux autour de l'Attique. Quoi qu'il en soit, un véritable comédien pourrait apporter le succès à cette production, et nous laissons Gélon avec les autres pour partir à la recherche de cet homme. Pachès marche vraiment très lentement et je dois m'arrêter sans cesse et attendre qu'il me rejoigne.

« Allez, Jason ! Comment veux-tu trouver la toison avec une telle attitude ? »

Les parois de la carrière offrent les meilleures ombres potentielles, mais Pachès et moi restons au centre. Là où se dressent de hauts rochers, et bien que je ne sois pas d'une très grande agilité, je peux les escalader, de plus en plus haut. Si haut que la carrière me dévoile tous ses secrets. De ce perchoir, j'ai tout vu. Leurs enterrements, leurs bagarres, l'arbre devant lequel ils priaient autrefois. Seul élément de verdure dans toute la carrière, ils avaient fini par l'abattre pour le manger. J'ai entendu leurs mélopées, leurs pleurs aussi. Certains jours, je m'asseyais sur un rocher tel que celui-ci pendant des heures, jusqu'à en avoir mal aux jambes, mais ça ne suffisait pas. Ce n'était que le début. Sous l'effet de l'engourdissement, j'avais l'impression de ne plus être assis sur un rocher, mais sur un nuage, tel un dieu qui regardait tout ce qui se passait en bas.

Faire le tour de la carrière en compagnie de Pachès constitue une leçon d'humilité. Je croyais être un spécialiste, mais au gré de notre déambulation, mon ignorance apparaît d'innombrables petites manières. Si vous pouvez imaginer un croissant de lune d'où partent des racines argentées qui se répandent dans le ciel, vous aurez une idée de la forme de la carrière. Le croissant représente l'espace vide, largement majoritaire, mais sur les côtés, il y a des passages sinueux qui s'enfoncent dans la roche. Ce sont les racines dont je parle, et elles sont plus nombreuses que j'aurais pu l'imaginer. Pachès les connaît bien. Il m'explique que beaucoup d'Athéniens passent la journée dans ces tunnels pour échapper au soleil et ne sortent que la nuit. Je lui demande s'il s'était caché là, lui aussi, quand Biton avait tué son compagnon. Il grimace et détourne le regard.

Nous découvrons le comédien dans une de ces galeries, sous une couverture de pierres. Je suis obligé d'y regarder à deux fois pour le voir. Dès que je m'engage dans le passage, il hurle, et Pachès doit le calmer. Apparemment, il s'est disputé avec Biton deux jours plus tôt et il s'est échappé en rampant à l'intérieur de ce passage, là où Biton ne pouvait pas le suivre. Il se redresse en position assise, éparpillant des cailloux et de la poudre de calcaire, telle une taupe qui refait surface pour respirer. Je lui tends un peu de pain. Il a la peau blanche à cause du calcaire, et d'énormes yeux noirs. Je me retourne vers ceux de Pachès, vert lézard, et songe à l'impressionnante variété qu'offre notre espèce s'agissant des yeux.

« Tu crois que tu pourrais jouer Médée ? lui demandé-je.

– Oui.

– En entier ? »

Il regarde l'outre.

« Oui.

– La scène d'ouverture ?

– Bien sûr.

– On t'écoute.

– Là, maintenant ?

– Ben oui. »

Il se tourne vers Pachès.

« Vas-y, Numa. »

Le dénommé Numa tousse et réclame de l'eau d'abord. Je lui tends l'outre et il boit une longue gorgée, puis essuie sa barbe. Alors qu'il accomplit ce geste, son visage commence à se modifier, sa posture également.

« Oh, je vous en prie, que quelqu'un me regarde ! implore Numa, d'une voix de femme.

– Pas mal. »

Numa plisse les yeux.

« Oh, je vous en prie, voyez-vous ce qu'il a fait ? Cet homme que j'aimais, dont j'ai porté et nourri les enfants, avec mon lait et ma vie… et maintenant, voyez-vous ce qu'il m'a fait ? Je me retrouve seule… » Il s'interrompt. « Je continue ?

– Oui. »

Alors, il continue. De temps à autre, il s'interrompt, pour chercher un mot, il marmonne, mais dans l'ensemble, c'est surprenant. Très différent de tout ce que nous avons pu voir. Assis par terre, Pachès et moi, nous écoutons ce pauvre bougre affamé, à moitié enseveli, et quelque chose se produit. Les mots et la voix se mélangent, si bien que son identité se mélange aussi, et il devient deux entités en même temps : un Athénien affamé, certes, mais autre chose, une chose cachée, qui apparaît ensuite. Il est Médée, la pauvre princesse Médée de Colchide, qui énumère ses griefs contre Jason, qui raconte qu'elle a jeté des sorts pour lui permettre de s'emparer de la toison d'or, qu'elle a assassiné son frère, et trahi son père, afin qu'il récupère son royaume. Il lui avait juré un amour éternel sous les cieux étoilés, il lui avait dit qu'il ne partirait jamais, et pourtant il était parti à la première occasion : il avait foutu le camp avec une fille deux fois plus jeune que lui, il l'avait exhibée, et aujourd'hui, elle est abandonnée, et il ne lui reste plus qu'à errer dans toute la Grèce, créature solitaire et misérable. En entendant tout cela, je souffre de tant d'injustices, et je me tourne vers Pachès pour le maudire. Je le traite de connard. Je lui dis qu'il n'avait aucune chance de retrouver la toison sans Médée. Ma voix tremble.

« Elle t'aime ! Elle a porté tes enfants. Salopard ! crié-je.

– Hein ? »

C'est Numa. Il ne ressemble plus du tout à Médée. Pachès et lui me dévisagent, terrorisés.

« Désolé, dis-je, c'était une petite impro. Magnifique, Numa. Je dois en référer à Gélon, mais je suis quasiment certain que le rôle est pour toi. Joli travail toi aussi, Pachès. »

Je romps deux gros morceaux de pain que je leur tends.

« Je suis très impressionné. »

De son côté, Gélon a bien avancé. Nous disposons maintenant d'un chœur de quinze Athéniens, dont la moitié affirment avoir participé à des productions officielles à Athènes. Non pas en tant qu'acteurs principaux, mais dans le chœur justement. Pour commencer, nous jouons une scène située au milieu de la pièce, et Numa fait un tabac, il est encore meilleur que dans le tunnel. Pendant qu'il joue, j'observe Gélon, et je vois tout son visage frémir : chaque parole de Numa dévoile un sentiment nouveau. Quand il s'arrête, Gélon marche jusqu'à lui et le serre dans ses bras.

« Gélon, je te présente Médée, dis-je. Médée, Gélon.

– Merci », dit Gélon.

Je prends Pachès par les épaules et lui frictionne la tête.

« Qui es-tu ?

– Jason. »

Je lui donne encore un peu de pain. Sous les yeux du chœur.

« Qui est-il ?

– Jason ! » répond le chœur.

Quinze voix qui n'en font qu'une.

« Tu es Jason. »

Pachès acquiesce, en mâchonnant.

5

Six enfants au bord de la route, munis d'épées, de casques et de bâtons blancs. Nous n'avons rien vu depuis que nous avons quitté la carrière – une marche solitaire, avec pour seule compagnie nos respirations et les braillements des corbeaux – et ces petits soldats confèrent à la matinée une étrange splendeur. Ils nous ordonnent de lever les mains, en menaçant de nous étriper comme des poissons. Gélon et moi, nous obéissons, en les suppliant de ne pas nous étriper comme des poissons. Un des garçons s'avance. Son casque est trop grand : le bord en métal tombe sous son nez. On distingue malgré tout ses joues émaciées et ses yeux gris.

« Belle épée, dis-je.

– La ferme, dit le gamin. Tu veux que je t'étripe ?

– Non, sans façon.

– Et toi ?

– Aucune envie », répond Gélon.

Le gamin fait les cent pas, en caressant son menton.

« Qu'est-ce que vous venez faire à Syracuse ?

– Nous sommes des Syracusains.

– Mensonge.

– Ayez pitié, dis-je.

– Ça m'a tout l'air d'être des Athéniens », lance un autre enfant au second plan.

Le gamin affiche un grand sourire.

« Vous venez d'Athènes ? » Il s'adresse à Gélon. « Vous venez pour espionner ?

– Nullement.

– Vous savez ce qu'on leur fait aux espions, hein ?

– Vous les étripez comme des poissons ? »

Le gamin fronce les sourcils. Son bâton blanc frôle mon menton à toute allure, en direction du visage de Gélon, qui recule d'un air dégoûté.

« Un putain d'os.

– Hein ?

– C'est un os qu'il a dans la main. »

Je regarde de nouveau le bâton : les deux extrémités sont bosselées et jaunes. En effet, quand on regarde de plus près, on peut noter une ressemblance certaine avec un os de jambe.

« C'est un os ? »

Le gamin acquiesce. Ses compagnons poussent des cris de joie et brandissent leurs os eux aussi.

« Où avez-vous trouvé ça ? demande Gélon.

– Silence ! »

Il s'apprête à frapper de nouveau avec son os, mais Gélon lui prend la main, s'agenouille, le regarde droit dans les yeux et, lentement, d'une voix calme, il répète sa question :

« Où avez-vous trouvé ça ?

– Silence…

– Je ne rigole plus, bordel. Alors, d'où ça vient ? »

Le garçon marmonne quelque chose.

« Je n'ai pas entendu.

– Là-bas… »

Il montre un point au-delà de ses camarades.

Gélon lui ôte son casque et lui tapote la tête. L'espace d'un instant, les épaisses boucles blondes enrobent ses doigts d'or. Il prend l'os.

« Il ne faut pas jouer avec ça. »

Le gamin acquiesce comme s'il comprenait. Gélon sait y faire avec les enfants. Si je lui avais dit la même chose, sans doute m'aurait-il frappé avec son os. Gélon le jette au loin. On l'entend retomber dans l'herbe, quelque part.

« Maintenant, montre-moi l'endroit exact, comme un bon petit soldat. »

Le gamin marche vers ses compagnons et nous fait signe de le suivre. Les autres nous lancent des regards méfiants, en serrant dans leurs poings leurs os et leurs épées, mais sans un mot. Ils se mettent en marche, précédés par le gamin. Lorsque nous arrivons devant un arbre couché, il sort une ficelle attachée à une fine branche, qu'il fait tournoyer dans les airs, en murmurant. Nous continuons d'avancer, et il fait tournoyer sa brindille de plus en plus souvent. Elle frôle les pierres, les buissons, les amas de poussière, les feuilles et les lézards. Quand nous lui demandons pourquoi il paraît si nerveux, il répond que c'est sans importance. Gélon insiste, et il marmonne quelques phrases où il est question de puissants ennemis et d'apparences trompeuses dans un tas de domaines. Son regard glisse jusqu'au sol, l'espoir et la gêne se mêlent.

« Merci de nous protéger », dit Gélon.

Le gamin sourit.

Nous atteignons un bois. Les arbres extérieurs sont jaunis et brûlés, une odeur d'écorce calcinée flotte dans l'air. Nous nous enfonçons dans le bois de plus en plus sombre, où règne une agréable fraîcheur. Le gamin s'arrête.

« Regardez ! »

Six squelettes en armure, enchevêtrés, gisent sous un saule. Leurs ossements jaillissent au milieu des boucliers et des feuilles telles des racines pâles. Leur chair a été depuis longtemps rongée par le vent, le soleil ou des dents, mais une odeur fétide flotte dans l'air.

« Des Athéniens, dit Gélon.

– Exact », confirme le gamin.

Il tire sur la cape de Gélon pour l'obliger à approcher.

« Là, regardez. Des chouettes sont gravées sur chaque os. Et là, c'est Athéna elle-même.

– Vous ne devriez pas jouer avec leurs os », dit Gélon.

Le gamin acquiesce, mais une ombre balaie son visage : il regarde ses compagnons, revient sur Gélon et fronce les sourcils.

« Pourquoi donc ? Ce sont nos ennemis. »

Pendant une éternité, Gélon reste muet : il regarde alternativement les os et les garçons. Le soleil qui filtre à travers les arbres fragmente la lumière sur son visage. Gélon est d'une beauté saisissante. C'est une beauté désespérée, ce qui la rend encore plus marquante. Gélon possède un visage dont on pourrait penser qu'il exige satisfaction, pourtant il suffit d'un simple regard pour chasser cette impression. Ce visage vous rappelle avec effronterie que la beauté n'est pas tout. Voyez, semble-t-il dire. Voici Gélon : homme divin et brisé. Voyez et souvenez-vous que la beauté n'est pas tout.

« Ce n'est pas bien », répond-il finalement.

Le gamin caresse son menton comme s'il réfléchissait à la portée de ces paroles.

« Vous le pensez vraiment ? »

Gélon hoche la tête.

Je les laisse à leur conversation pour examiner de plus près les Athéniens. Aucune trace de bûcher, ce qui exclut une cérémonie funéraire bâclée. Toutefois, si ces hommes avaient été tués par des Syracusains, ceux-ci les auraient dépouillés de leurs armures, en guise de trophées. Oui, c'est très étrange. Je m'agenouille pour arracher un plastron. Je suis obligé de tirer de toutes mes forces à cause d'une saloperie collante sur les côtes. C'est une superbe armure : des chouettes en argent flottent sur des nuages de bronze. Du bel ouvrage. Je pourrais en tirer un bon prix en ville. Je détache une paire de grèves pour aller avec, je nettoie le truc collant avec l'eau de mon outre et frotte à l'aide d'une feuille. À présent, je peux les enfiler. C'est un peu trop grand, mais plutôt pas mal, tout compte fait. Les enfants ont pris tous les casques : je vais devoir en chourer un si je veux avoir une armure complète.

Je retourne vers eux en flânant pour leur demander, mais ils sont occupés. Le gamin dit à Gélon qu'il s'appelle Darès, et promet que ses soldats et lui laisseront les corps en paix. Ils remettront les os en place. Darès veut savoir si cela nous convient. Gélon fait non de la tête. Il a réfléchi, et il estime à présent que les Athéniens ont droit à un bûcher funéraire : quelque chose de simple, juste assez grand pour noircir les os et réciter une prière. Ni plus ni moins que ce que mérite n'importe quel Grec. Darès grimace. Dresser un bûcher pour un ennemi ? Réciter une prière ?

« Vous plaisantez ?

– Non. »

Darès se tourne vers ses camarades.

« Qu'est-ce que vous en pensez, les gars ? On va offrir une cérémonie funéraire à ces salopards ? »

Ses camarades ne répondent pas, mais leurs visages hurlent avec force. Même sous leurs casques, on voit leurs traits tressaillir, leurs yeux s'écarquiller et leurs paupières papilloter. Darès repose sa question. Cette fois, un garçon avance. Tout petit. Si petit que ses compagnons pourraient presque passer pour des hommes, par comparaison. Le casque sur sa tête ressemble à un chaudron. Il n'a pas plus de six ou sept ans. Ses lèvres remuent, mais je n'entends rien.

« Plus fort, Strabo, dit Darès.

– Pas de prière », dit le tout petit garçon.

Sa voix est un croassement tremblotant qui peine à couvrir le vent dans les arbres. Il tend la main en direction des amas de branches et de feuilles.

« Ils ont tué mon frère. Pas de prière ! »

Les paroles semblent résonner à l'intérieur de son casque chaudron. Il les répète, encore et encore. C'est dingue de voir une telle hargne dans un corps si petit. Il se balance d'avant en arrière, tend le doigt et griffe l'air autour de lui. Les autres enfants se retournent vers les Athéniens et, l'espace d'un instant, cet avorton à la voix brisée devient leur chef. Plusieurs se mettent alors à raconter une histoire similaire. Avec véhémence, ils évoquent des cousins disparus en mer, des oncles massacrés, des pères jetés dans des fossés à des kilomètres de Syracuse. Ont-ils eu droit à des bûchers ? À des prières ? Darès requiert le calme, en vain. Il va et vient, tape du pied, agite son épée. Rien à faire. Il semble avoir perdu l'autorité qu'il exerçait sur eux. C'est alors qu'il fait une chose étrange. Il s'approche de l'avorton et s'agenouille. Les autres enfants se taisent, et moi aussi. Ce geste paraît contre nature, et je vois à leurs expressions que c'est un événement extraordinaire. Darès prend la main du petit garçon.

« Tu étais très attaché à ton frère, Strabo ? »

Le petit garçon regarde ses pieds en mordillant son pouce.

« Moi, j'étais très attaché à mon père. À présent, il est sous terre en compagnie de ton frère. Je me retrouve seul avec ma mère, et elle est très sévère. Un cauchemar, Strabo. Pourtant, je pense qu'il faut réciter une prière pour ces Athéniens. » Darès se tourne vers Gélon. « Une prière et un bûcher, ce n'est pas grand-chose. Et je me dis qu'on pourrait peut-être prononcer ces paroles, pour eux, mais aussi pour mon père et ton frère. » Il se retourne vers ses camarades. « Je pense qu'on peut prier pour eux tous et dresser un bûcher pour eux tous. »

Le petit garçon lève la tête.

« Une prière pour mon frère ?

– Oui, pour ton frère. Qu'est-ce que tu en dis ? Tu es d'accord ? Si tu refuses, on ne le fera pas. Alors, on le fait ou pas ? »

Tous les regards sont braqués sur l'avorton. J'ai assisté à bien des débats à l'assemblée au cours desquels les orateurs vociféraient pour expliquer qu'une affaire était de la plus haute importance. Syracuse était en train de sombrer et seuls nos votes pouvaient la remettre à flot. Oh oui, des débats de ce genre j'en ai entendu, pendant que mes paupières se fermaient, que l'assemblée tanguait dans la brise des bâillements, mais attendre le verdict de ce bambin en armure m'est presque insupportable. Je sens mon pouls dans ma gorge et le picotement de la sueur dans mes paumes. Alors, que vas-tu décider, petit ?

Ses lèvres remuent, mais je n'entends toujours rien.

Darès sourit.

« Parle plus fort. »

Nous nous penchons vers lui.

« D'accord pour une prière. »

Darès le soulève de terre et le serre contre lui. Le petit garçon semble souffrir, mais il ne proteste pas. Il reste là, suspendu à quelques dizaines de centimètres du sol, à se mordiller le pouce, jusqu'à ce que Darès le repose.

« Tu es formidable, Strabo. Tu le sais ? »

L'avorton ne dit rien, il rejoint ses compagnons d'un pas traînant. Très vite, il disparaît derrière une rangée de garçons deux fois plus grands que lui. Son consentement ayant été obtenu, les préparatifs commencent. Nous dressons un bûcher large de trois corps et profond de deux. Sur chaque rangée nous disposons une couche de branches, de brindilles et d'écorces séchées. Afin d'empêcher le feu de se propager nous encerclons le tumulus de pierres et de rochers. Darès s'est désigné pour allumer le feu et il s'avance avec deux pierres noires aux bords tranchants, qu'il frappe l'une contre l'autre. Dans sa précipitation, il se donne un coup sur les doigts, faisant perler une goutte de sang brillante, mais il ne crie pas, ne s'arrête pas, et continue à entrechoquer les pierres. Des étincelles font danser ses poings, et bientôt, un éclat orangé apparaît entre ses doigts : la couche de petit bois se flétrit, tandis que les branches crachotent et crépitent. Au début, il y a plus de fumée que de flammes. Les enfants toussent, la fumée rougeoie et palpite, puis les langues écarlates des flammes viennent lécher les ossements. Personne ne parle et pendant un long moment on n'entend que le bruit des respirations et du feu.

« On récite une prière ? »

À travers la fumée, je vois l'avorton debout sur un des rochers. Il tient une figurine en bois représentant un cheval. Darès lui dit de réciter la prière de son choix. Le garçon regarde autour de lui, puis ses yeux se posent sur le cheval entre ses mains. Il tousse et se met à prier, mais sa voix est trop faible, et nous sommes obligés de nous rapprocher pour l'entendre.

« Hadès, je vais te parler de mon frère parce qu'il est timide avec les inconnus, et peut-être que tu ne l'as pas remarqué, là tout en bas. Il a des cheveux châtains, avec un peu de roux, et il est grand et fort. Pas comme moi. Vraiment grand, fort et rapide, il sait faire le poirier et même des sauts arrière. » Il s'interrompt et se mordille le pouce. « C'est un bon travailleur aussi. Demande à Androclès, le charpentier. Mon frère travaillait dans son atelier, et Androclès disait à maman : ce garçon est un bon ouvrier, il ne s'arrête jamais. Maman disait qu'Androclès était méchant avec tout le monde, sauf avec mon frère. Croyez-moi, Hadès, il est doué, et si vous le lui demandez, il vous fabriquera des chaises, des tables et tout ce que vous voulez, là tout en bas. C'est lui qui a fait ça. »

Le petit garçon brandit le cheval en bois à la vue de tout le monde. À vrai dire, c'est un objet plutôt disgracieux, et sans l'énorme selle sculptée sur son dos, il ressemblerait plus à un chien qu'à un cheval. Le petit garçon le serre entre ses mains.

« Voilà, c'est tout ce que je voulais dire. Merci. »

Les autres enfants applaudissent, ils lui disent que le cheval est magnifique. Pour la première fois ce matin, le petit garçon sourit. Ses quelques dents sont tout de travers, comme si on les avait jetées au hasard dans sa bouche. Il retourne auprès de ses amis, en traînant les pieds, lâche un « merci » de sa voix brisée, regarde le cheval et éclate en sanglots.

Le feu s'est éteint. Le bois a brûlé. Ne restent que des ossements qui se consument lentement et des cendres qui sentent étrangement bon. Les enfants sont partis il y a une heure pour aller à l'école, l'armure est cachée sous les branches et les feuilles. Gélon se tient à côté de moi tandis que je pousse avec un bâton une mâchoire rougeoyante.

« On peut les vendre, dit-il.

– Quoi donc ?

– Les épées, les casques. On aura besoin d'argent pour monter la pièce. Il y aura tout ce qu'il faut, tu verras. Des masques et de la musique. Comme à Athènes. »

Je hoche la tête et me dirige vers la cachette des enfants. Cela me prend un certain temps, mais je finis par dénicher un casque qui va avec mon plastron. Je l'enfile. À présent, j'ai toute la panoplie.

« Exact », dis-je.

6

La forge de Konin se situe à la périphérie de la ville, au-delà de l'Arc de Triomphe. Ça fait une trotte de l'endroit où nous avons laissé les gamins, et le soleil brille, blanc et obèse, telle une étoile vorace. Avec l'armure sanglée sur le dos, nous cuisons. Je bois une gorgée de mon outre. Le vin est chaud et granuleux. Ici, le sable s'infiltre partout, jusque dans la raie du cul, mais il n'y a pas que ça. En ville, le vent devient de plus en plus mauvais à mesure que Syracuse s'étend. Il charrie des débris de poteries, de murs et de toits qui s'effritent. Et il prend souvent une couleur rouge, surtout le soir. Hermocrate affirme que nous devrions nous réjouir. Ce vent rouge symbolise la prospérité de Syracuse, son essor, mais Hermocrate est un con, et je reste sceptique.

Nous voilà arrivés à l'Arc de Triomphe, dont on dit qu'il était beau jadis. Il a été érigé afin de célébrer une victoire contre Carthage, avec tout un tas de dieux en bronze qui brillent, mais ils ont presque disparu, fondus ou volés, il n'en reste que des petits morceaux, verdis par les intempéries : des bras, des bouches et des yeux enfoncés dans le sol, qui se cramponnent ou regardent vers le ciel.

« Ah, voici Konin. »

Nous ne le voyons pas encore, à cause de la poussière en suspension, mais nous sentons l'odeur de feu de bois de la forge et nous entendons le fracas métallique de son marteau. La proximité de notre destination nous remonte le moral et nous pressons le pas. Très vite, nous apercevons cette masse de muscles saillants qu'est Konin.

« Comment ça va, Konin ? »

Il cesse de marteler et jette un coup d'œil à l'extérieur.

« Qui est là ?

– Des fournisseurs de marchandise de qualité. »

Avant l'arrivée des Athéniens, la forge de Konin n'était qu'une vulgaire cabane, mais la guerre lui a été extrêmement profitable, et à présent elle occupe deux grands bâtiments en dur. La cabane est devenue une écurie : pas de mule pour Konin. Il s'est payé un cheval. J'ai toujours été fasciné par les chevaux, leur coût faramineux, et je dépose mon armure pour approcher de la créature. Une merveille au pelage bai, orné d'une étoile plus claire sur le haut de la tête et des yeux marrons humides qui semblent vous voir véritablement. N'ayant rien à manger sur moi, je lui offre un peu du vin de mon outre.

« Si tu fais boire du vin à ce cheval, Lampo, je jure que je te casse l'autre jambe, sale connard boiteux. »

Je me mords la lèvre et me retourne, tout sourire.

« Ça ne peut pas lui faire de mal. Le cheval de mon oncle aimait bien boire un petit coup.

– C'était un âne. Personne n'a jamais eu de cheval dans ta famille. »

Je ne relève pas, mais s'il continue, on va voir ce qu'on va voir.

« On a une armure à vendre », dit Gélon en posant un casque sur l'établi de Konin.

« Je fabrique des armures. Pourquoi j'en achèterais une ?

– Parce que tu es nul comme forgeron. »

Konin pousse un juron, mais c'est le regard de Gélon qui me fait taire.

« Je te taquine, dis-je. Ne le prends pas mal.

– Un lion n'est pas offensé par l'insecte qui lui chatouille les couilles. Tu es énervant, voilà tout. »

Il faut que je réponde, mais Gélon secoue la tête.

« Tu m'as eu, Konin. Tu es futé. »

Il crache un truc visqueux et luisant qui n'atterrit pas très loin.

« Trop futé pour toi, en tout cas. » Il se tourne vers Gélon. « Je ne veux pas acheter cette armure. »

Comme s'il n'avait rien entendu, Gélon continue à déposer les divers éléments. Une épée, un plastron et deux grèves, qui forment à présent un tas sur l'établi de Konin.

« Nous essayons de nous débarrasser de tout ça.

– Putain, vous êtes sourds ou débiles ?

– Pardon ?

– Je demandais si vous étiez sourds ou débiles. »

Gélon dévisage Konin.

« Un problème ? » dit celui-ci, mais le doute affleure dans sa voix et tous les deux s'affrontent du regard pendant des plombes.

Les poils se dressent au garde-à-vous sur ma nuque et mon pouls s'accélère car il n'y a plus seulement de la poussière dans l'air, il y a également de la violence, et on sent son goût dans la bouche. Mais Konin baisse les yeux, ravale ses glaires et sourit, avec ce qui pourrait passer pour de la bonhomie.

« Ah, fais pas attention à ce que je dis, Gélon. Cette chaleur me tape sur le ciboulot. Je suis pas dans mon assiette, c'est tout. »

Gélon hoche la tête et lui tend une outre. Konin boit une petite gorgée et déglutit, difficilement.

« On a besoin de cet argent, explique Gélon. C'est du joli travail artisanal. Fait à Athènes. Tu pourras la revendre sans problème. »

Konin examine l'armure. Il serait incapable de faire aussi bien, mais sa grimace pourrait laisser croire le contraire.

« Oui, elle est très bien, concède-t-il. Mais je ne peux pas vous aider. J'aimerais bien, Gélon, mais la vérité, c'est que j'en ai pas l'utilité. Les gens veulent des armures de Syracuse. Gravées avec nos symboles. Et pas des chouettes à la con. Il faudrait que je la fonde pour la retravailler, et j'ai déjà trop de bronze. Je pourrais juste vous payer le métal. Ce serait du vol. »

Gélon est abasourdi.

« Tu ne connais personne qui serait intéressé ? »

Konin fait mine de réfléchir. Il va dire non, évidemment, mais soudain, son expression se modifie et un sourire canin dévoile ses dents : un clebs qui vient de renifler une odeur inattendue.

« En fait, je pense à un gars. Un marchand étranger qui a débarqué en ville la semaine dernière. Apparemment, il collectionne tous les trucs de la guerre. D'un camp ou de l'autre, il s'en fout. Il pourra peut-être vous en débarrasser.

– Où pouvons-nous le trouver ? »

Konin hausse les épaules.

« Son bateau est amarré sur les quais. Du moins, il l'était hier. Vous ne pouvez pas le louper : c'est le seul navire marchand muni d'un bélier. Un bélier athénien, rien que ça. On raconte qu'il a demandé à des plongeurs de le remonter d'une épave au fond du grand port. »

Le regard de Gélon s'illumine.

« Merci, Konin. »

Nous repartons, avec les morceaux d'armure sur le dos, quand Konin nous rappelle :

« Attendez ! »

S'arrêter sous cette chaleur, c'est pire que de marcher, et je le maudis dans ma barbe.

« Ne la nettoyez pas.

– Pardon ?

– Vous pourriez avoir dans l'idée de la nettoyer et de la lustrer, mais ne le faites pas. Ce type est un peu bizarre. Il préfère que tous ces machins militaires restent en l'état.

– Tu veux dire avec le sang et toutes les autres taches ? demande Gélon.

– Exactement.

– Putain, dis-je, chez qui tu nous envoies ? »

Le forgeron fronce les sourcils.

« Un riche acheteur, voilà chez qui.

– Merci, Konin », dit Gélon.

Nous repartons, en traînant l'armure. La sueur ruisselle dans notre dos en un flot salé. Soudain, nous entendons la mer. Gélon s'arrête, pose l'armure et les épées sur des rochers, et pousse un juron. Nous avons nettoyé et astiqué tous les éléments en chemin. Il nous semblait logique qu'un plastron étincelant se vendrait plus cher qu'un plastron sale.

« Bordel de merde, peste Gélon.

– Regarde ! » Je montre un petit amas répugnant, ambré, à l'intérieur d'une des grèves. « C'est prometteur. »

Gélon l'inspecte et secoue la tête.

« Ce n'est pas suffisant.

– Comment on pouvait savoir ? Et puis, je ne le sens pas trop ce collectionneur. Ça fout la trouille, je trouve, et… »

La fin de la phrase meurt dans ma bouche. Gélon a sorti un couteau de sa poche ou de la pile d'armes, difficile à dire, et voilà qu'il s'entaille le bras gauche.

« Tu es fou ? Arrête ça, mon pote. »

Une bulle de sang presque noir se forme, puis éclate sur les casques, les épées. D'autres suivent, de plus en plus rapprochées : c'est presque un torrent à présent. Les armes et les autres éléments semblent prendre vie telles des fleurs rouges qui éclosent.

« Assez, mec. »

J'arrache la manche de mon chiton pour en faire un bandage, mais il me repousse. Une sale odeur de fer flotte dans l'air à présent et Gélon est tout pâle. Une éclaboussure mouille le sable. Il m'arrache le morceau de tissu des mains et je l'aide à l'enrouler autour de la plaie, en serrant le plus fort possible.

« Tu vas te tuer. Aucune pièce ne mérite de mourir. »

Gélon sourit. C'est la première fois depuis longtemps, et même s'il m'a flanqué la frousse à l'instant, ça me remonte le moral. Il y a une telle conviction dans ce sourire, comme s'il naissait d'une certitude. Il agrippe ma main et la presse. Il a de la force, ce salopard, et ça fait mal, mais je ne dis rien. La douleur est la bienvenue : c'est l'amitié que je ressens.

« On fait de la poésie, murmure-t-il. Si c'était facile, ça n'aurait aucun sens. »

Il me passe l'outre, nous buvons et attendons que le sang sèche.

7

Le seul véritable affrontement auquel j'ai assisté durant la guerre s'est produit dans ce port. À cause de ma patte folle, je suis nul comme fantassin. Mais ce jour-là, j'ai joué un rôle. J'ai pris un petit bateau de pêche pour m'approcher d'une trirème athénienne et j'ai embroché quelques rameurs à travers les passages des rames. C'était excitant, et bizarre en même temps. Je ne voyais pas qui je touchais, je sentais juste le javelot s'enfoncer dans le corps, et je regardais la grande rame tressauter, tandis que, de l'autre côté, la vie s'échappait, jusqu'à ce que la rame ne bouge plus. Je comprenais alors que l'enfoiré était mort. Ce n'est pas grand-chose, dites-vous ? Sachez que les grands événements sont faits d'un tas de petits détails, et cette bataille a été un événement majeur. C'est Dioclès lui-même qui le dit. Les Athéniens ayant perdu la guerre sur terre, la mer était leur dernier espoir. Ils se sont battus pour tenter de sortir du port, mais nous les en avons empêchés. Il y avait bien cinq cents navires en mer ce jour-là, collés les uns aux autres, à tel point que l'on voyait des soldats se déplacer de pont en pont comme s'ils marchaient sur la terre ferme. Si les

Athéniens avaient réussi à passer, ils seraient de retour à Athènes à présent, avec leurs familles, en train d'assister à une représentation théâtrale peut-être. Au lieu de croupir dans les carrières. Malheureusement pour eux, ils n'ont pas réussi.

Il fait plus frais dans l'après-midi, c'est agréable. En voyant la surface bleue de la mer qui bruisse délicatement, difficile d'imaginer cette forêt d'épaves de navires qui s'étend dessous telle une seconde cité. Gélon s'est arrêté, il regarde bouche bée une femme brune et svelte penchée au-dessus d'un panier de fruits. Deux guêpes tentent de se poser sur les figues. Elle lève la tête pour les chasser. Le visage de Gélon se décompose. Je suppose qu'aux yeux d'une personne prédisposée, les cheveux et la silhouette de cette femme pouvaient faire penser à Desma, mais les yeux sont trop petits, et le nez pas du tout ressemblant.

« Metteurs en scène ! » psalmodié-je à son oreille.

Il acquiesce, mais le teint grisâtre de ses joues indique qu'il a la tête ailleurs, et je suis obligé de l'entraîner en le prenant par la main, presque comme un enfant.

Nous voilà arrivés dans le quartier des marchands sur le port, des matelots déchargent des cargaisons. Il y a là des amoncellements de vêtements teints dans les couleurs les plus criardes, à côté desquelles les cieux déchaînés paraissent fades. C'est vertigineux. Vos narines sont assaillies par toutes sortes d'odeurs. Les épices se mélangent aux relents de sueur aigre qui émanent des bateaux d'esclaves, d'importantes quantités de nourriture et d'alcool s'échappent de cuves mal scellées. C'est exactement ce qu'il faut à Gélon.

Quand nous étions enfants, nous venions ici presque chaque jour pour déambuler sur le port, bras dessus bras dessous, narines au vent, remplies de tous ces parfums. Quand nous en étions imprégnés, nous fermions les yeux. Babylone explosait à l'intérieur de nos crânes, Memphis, Carthage, et bien d'autres. Gélon décrivait ce qu'il voyait, et j'en faisais autant : nous bâtissions ces villes ensemble, mot après mot. Les marchands nous maudissaient car, aveugles comme nous l'étions, très souvent nous leur rentrions dedans, et parfois, cela nous valait une claque, mais qu'était-ce par rapport au plaisir de voir ces putains de pyramides ? Je prends Gélon par les épaules et ferme les yeux.

« Nous sommes en Égypte, mon pote. Le Sphinx est juste devant nous. Tu le vois ? »

Il me repousse.

« Est-ce que tu pigeras un jour, Lampo ? »

Je sais bien que non. En toute franchise, certains jours je viens ici pour humer l'air, déambuler et me perdre dans d'autres mondes, et comme quand nous étions enfants, je me demande si, dans la réalité, ces lieux ressemblent à ce que j'imagine, et comme jadis, je frémis, car quelque chose me dit que je ne saurai jamais, mais c'est quand même génial.

« Là-bas », dit Gélon.

Vers l'extrémité du quai est amarré un navire doté d'un bélier. Ce n'est pas une trirème, mais un vaisseau de marchandises, et le bélier paraît d'autant plus incongru. La tête en bronze est recourbée comme un nez crochu, tachetée et verdie par des colliers d'algues gluantes qui pendent, mais il n'y a pas que le bélier qui est en mauvais état. Le bois de la coque est salement gondolé et étrangement sombre, comme s'il avait fallu l'enduire d'une couche supplémentaire de goudron pour l'empêcher de se disloquer. Si ce type a de l'argent, il ne le dépense pas pour entretenir son bateau. Je regarde Gélon et constate qu'il pense la même chose.

« Ce type est riche comme Crésus, dis-je.

– La ferme. J'en ai marre de cette attitude négative, Lampo.

– Oh, je plaisantais. Tu sais bien que je suis une personne positive. »

Il ne répond pas. On aperçoit quelques gars sur le pont, désœuvrés.

Une échelle permet d'y accéder et Gélon la gravit. Je le suis et nous posons le pied sur le navire. Immédiatement nous sommes entourés par les membres d'équipage, visiblement nerveux.

« Qu'est-ce que vous voulez ? braille d'une voix aiguë un grand type musclé et sec, avec une cicatrice en travers de la gorge qui ressemble à un sourire.

– Nous sommes des commerçants, dis-je, et j'aimerais proposer notre marchandise au capitaine de ce bateau. »

Le type à la cicatrice nous jauge du regard.

« Il est occupé.

– Nous avons une armure à vendre, dit Gélon. Une armure d'Athénien, de la guerre, jamais nettoyée. »

Quelque chose qui pourrait être une lueur d'intérêt écarquille les yeux du balafré.

« Faites voir. »

Les mots crépitent dans sa gorge ravagée.

« Nous sommes des commerçants sérieux, dis-je. Nous montrons notre marchandise uniquement aux personnes autorisées à acheter. »

Il se jette sur l'armure, mais Gélon le repousse. Tout va très vite. Le type donne l'impression de tomber, toutefois dans la seconde qui suit il pivote dans les airs et appuie un couteau sur la gorge de Gélon. En avançant, je sens une lame appuyer contre mon ventre : un pas de plus et le sang coule.

« C'est scandaleux ! dis-je. L'assemblée en sera informée. »

Les autres membres d'équipage nous entourent, si bien qu'une personne postée sur le quai en levant la tête ne verrait que leurs dos.

« Lâche le sac. »

Je l'ai déjà lâché, et j'en déduis qu'il s'adresse à Gélon. En effet. Malgré le couteau sur sa gorge, il tient le sac d'une poigne de fer, à blanchir ses jointures.

« Non. »

Le grand balafré semble un peu choqué par cette réponse, ce qui ne l'empêche pas d'afficher un sourire narquois.

« Ce n'est pas un vol. Laissez-nous l'armure et revenez plus tard. Si le patron est intéressé, il paiera. Sinon, vous pourrez la récupérer.

– Va te faire foutre. »

Cette fois, le grand type perd son sourire. Une expression de lassitude, presque de résignation, le remplace, et plus que tout le reste, c'est ce qui m'effraie.

« Donne-lui le sac ! Je t'en prie, mec ! »

Gélon me regarde, surpris.

« Nous sommes des metteurs en scène, non ? dis-je. Je ne peux pas monter une pièce sans toi. Donne-lui ce putain de sac. »

Il fronce les sourcils, mais il lâche le sac, lentement. Un casque écarlate roule sur le pont et un des matelots le ramasse.

« Regardez-moi ça, dit-il, tout sourire. Le patron va adorer. »

Les armes regagnent leurs fourreaux et on nous pousse vers l'échelle. J'ai le plus grand mal à marcher droit tant j'ai l'impression d'avoir les jambes arquées et molles. Gélon s'arrête et lance par-dessus son épaule :

« Nous reviendrons ce soir pour chercher notre argent ou récupérer notre armure. »

Les matelots s'esclaffent, et je sens mes tripes qui se nouent, comme si j'allais chier. J'entraîne Gélon et bientôt nous retrouvons le plancher des vaches. Les gens vont et viennent autour de nous, indifférents.

« Ces types sont cinglés », dis-je en m'éloignant le plus rapidement possible de ce navire.

Gélon traîne derrière moi, et c'est la première fois de notre vie que je marche plus vite que lui.

« Suis-moi, dit-il. Il nous faut un devis.

– Un devis ?

– Pour les costumes et les masques. On a besoin d'un devis pour savoir quelle somme réclamer quand on reviendra pour négocier.

– Négocier ? Tu te fous de moi ? Si tu veux retourner sur ce bateau, ce sera sans moi. Ces types ont des regards morts. Ils sont du genre à t'égorger et à jouer aux dés pendant que tu te vides de ton sang. »

Gélon ne répond pas. Il s'éloigne à grands pas vers la boutique du fabricant de masques et de costumes.

Je le suis, tant bien que mal.

8

Une seule boutique vend des accessoires de théâtre à Syracuse. Elle n'est pas réellement ouverte au public, mais Alekto, la propriétaire, accepte de nous accueillir en raison d'une vieille amitié qui la lie à ma mère. Cette boutique appartenait à son mari, et ils l'avaient tenue ensemble jusqu'au jour où il avait disparu. Il y a de cela une vingtaine d'années, quand j'étais encore enfant. Depuis, personne ne l'avait revu ni n'avait entendu parler de lui. Toutes sortes de rumeurs circulaient. Ma préférée était celle-ci : sa femme l'avait assassiné et s'était servi de sa peau pour fabriquer des accessoires de théâtre. Pourtant, ce n'est pas ce qu'il y a de plus étrange. Le plus étrange dans cette histoire, c'était qu'Alekto ait gardé la boutique. À l'époque de la disparition de son mari, il y avait trois autres fabricants de costumes à Syracuse, et tous avaient proposé à Alekto de lui racheter son commerce ou, mieux encore, de l'épouser. C'était une beauté en son temps, mais elle avait rejeté les deux propositions : commerciale et matrimoniale. C'était sa boutique, c'est elle qui la gérerait : de plus, elle était convaincue que son mari reviendrait un jour, et que se passerait-il, alors ?

Voilà ce que j'avais perçu derrière ces paroles, mais sa voix avait une curieuse intonation. Toujours est-il qu'elle avait gardé la boutique et ne s'était jamais remariée. En quelques années, Alekto était devenue une référence dans le domaine des accessoires pour la scène. En dix ans, elle était devenue la seule option. Elle avait mis tous ses concurrents sur la paille.

Je frappe à la porte. Gélon la pousse, et elle s'ouvre. La maison est tentaculaire : quatre étages, en comptant le sous-sol, et elle paraît encore plus grande en raison de tout ce matériel théâtral. Les vrais murs disparaissent derrière les décors peints de différentes productions. Sur ma gauche, ce doit être l'Olympe avec ces nuages moutonneux et ces splendides rayons de soleil, épais et dorés comme du miel. Sur ma droite se dressent les remparts d'une citadelle, sans doute Troie : des traînées de sang maculent les briques badigeonnées à la chaux, telles des plaies ouvertes sur une peau pâle, et on distingue de minuscules archers au sommet des tours. Tout cela est si bien réalisé que je tremble presque en passant devant, et je me dis que si je ne me magne pas, je vais finir comme Achille. Mais la plus belle scène se trouve droit devant : les Enfers. Le Styx, plus précisément, son eau verte et tremblante, d'où dépassent des visages et des membres. Cela me rappelle les statues de l'Arc de Triomphe, en plus beau. La lumière sur l'eau ne ressemble à rien de tout ce que j'ai pu voir dans ce monde, et pourtant, je crois la reconnaître. Gélon affirme que c'est l'effet produit par les meilleures pièces. Si elles sont suffisamment véridiques, vous les comprendrez, même si ça peut paraître fou au début : et c'est pour cette raison qu'on s'intéresse tant à Troie, alors que si ça se trouve, c'était juste un rêve dans la tête de Homère. En marchant vers cette rivière mentale verte, j'ai l'impression, l'espace d'un instant, de rentrer chez moi.

« Ne touchez pas ! C'est pas encore sec. »

En me retournant, je découvre Alekto en train de nous observer. Impossible de savoir d'où elle sort, mais bon, on est chez elle.

« Bonjour, jeune et jolie demoiselle », dis-je en m'inclinant à la manière d'un aristo.

J'en profite pour frotter un peu de terre séchée sur mon chiton.

Alekto pouffe et secoue la tête.

« Toujours aussi con à ce que je vois. »

Je ne réponds pas.

« On est débordés aujourd'hui, ajoute-t-elle. Désolée, je ne peux pas vous laisser distraire les gars en restant là bouche bée. Ne le prenez pas mal.

– On n'est pas là pour glander, s'empresse de préciser Gélon. Aujourd'hui, c'est différent. »

Alekto porte une longue robe rouge qui descend jusqu'à terre : un fourreau écarlate qui scintille telle une créature vivante. Sans doute essaie-t-elle un costume de scène. Une rumeur affirme qu'elle a joué dans une pièce une fois, à l'époque où son mari était encore présent, et qu'il l'avait rouée de coups à cause de ça. Elle tenait le premier rôle, incognito, et les spectateurs ne savaient pas qui elle était, mais ils en avaient redemandé : jamais ils n'avaient vu meilleure Clytemnestre. Est-ce vrai ? Je l'ignore. Cela me paraît très audacieux, même pour Alekto, mais je la vois souvent essayer des costumes, et elle connaît par cœur toutes les antiques pièces, aussi bien que n'importe qui, et quand l'envie lui en prend, elle peut vous réciter les meilleures répliques.

Je me redresse, bombe le torse et d'une voix qui ressemble étrangement à celle du directeur de notre ancienne fabrique, je lui explique :

« Nous venons ici en notre qualité de metteurs en scène afin de tester la qualité de votre matériel théâtral, dans le but de…

– La ferme.

– Ah, Gélon.

– Je n'ai pas de temps à perdre, dit Alekto. De quoi s'agit-il ? Dépêchez-vous.

– Nous montons une pièce », explique Gélon.

Alekto éclate de rire, puis s'arrête.

« Attendez voir… vous êtes sérieux ?

– Évidemment. »

Elle secoue la tête, plus apitoyée qu'autre chose.

« Quelle pièce ?

– *Médée* », répond Gélon, tout bas.

Dans un murmure, disons-le.

« Et puis-je savoir où vous projetez de monter *Médée* ?

– Dans les carrières.

– Bien entendu. Une fosse infecte. L'endroit idéal pour un divertissement. Et qui va jouer dans cette production ? Vous deux, je suppose ?

– Les Athéniens, réponds-je. Nous avons déjà réuni la distribution, avec de véritables comédiens. Des gars qui ont déjà joué pour de bon, là-bas chez eux. Des putains de pros.

Ça vous fera une bonne publicité, Alekto. Du coup, ça vaut bien une petite ristourne. »

Alekto reste muette un long moment. J'ai toujours vu en elle une personne que rien n'étonne. Elle fait partie de ces gens qui voient les différents aspects des choses et se laissent rarement prendre au dépourvu. Mais là, je crois qu'on a réussi à la choquer. Elle nous dévisage tour à tour, comme si elle attendait une chose qui ne se produit pas, alors elle va chercher un pichet et trois gobelets dans un placard. Elle les remplit de vin rouge et nous les tend. Je vide le mien d'une traite. Gélon serre le sien dans sa main, si fort que je crains de voir l'argile se briser.

« Écoutez, dit-elle. Je vous aime bien, les garçons.

– Je ne suis plus un garçon, dis-je. J'ai trente ans.

– Déjà ? Ah, on peut dire que le temps passe. Hier encore, ta mère te déposait sur mes genoux pour que je te chante une berceuse. Tu étais un bébé magnifique. On te l'a déjà dit, Lampo ?

– Je le suis toujours, dis-je en lui adressant un clin d'œil. Mais assez tergiversé. Nous sommes des metteurs en scène. Nous ne venons pas ici pour évoquer le passé, mais pour parler affaires. »

De nouveau, ce regard chargé de commisération.

« Le problème, c'est que vous n'êtes pas réellement metteurs en scène, hein ? Vous êtes deux potiers sans emploi et vous avez à peine quelques oboles à vous deux. Quant à ces pauvres types dans les carrières… ce ne sont pas des comédiens. Et même s'ils l'ont été à une époque de leur vie, c'est de l'histoire ancienne.

– Ils sont quoi, alors ? »

Elle hésite.

« Ils sont affamés. Ils meurent de faim peu à peu car notre assemblée est devenue folle, et dans quelques mois, ils seront morts. Ils sont condamnés, voilà ce qu'ils sont. »

Ces paroles restent suspendues en l'air. Gélon et moi regardons nos pieds, gênés. Je fais mine de boire une gorgée de vin, mais mon gobelet est vide.

« Parlons tarifs, dis-je.

– C'est justement pour ça que nous devons le faire, dit Gélon avec fougue. Vous avez raison : ils sont condamnés, et dans quelques mois, ils seront morts. En raison de la guerre, on ne reverra peut-être pas une pièce athénienne à Syracuse avant des années. Certains disent que lorsque Athènes tombera, et elle tombera forcément, les Spartes la réduiront en cendres. Peut-être que plus aucune pièce athénienne ne sera jamais représentée ! » Le gobelet se brise dans sa main et le vin éclabousse le sol. « Ceux qui vivent dans les carrières sont peut-être même tout ce qui reste du théâtre athénien, en ce qui concerne Syracuse du moins. » Il s'interrompt et regarde son bras, à l'endroit où il s'est coupé : il l'observe attentivement comme si les mots dont il avait besoin s'y trouvaient. « Et puis, il n'y a pas que *Médée*. Les Athéniens m'ont confié, juste avant de quitter Athènes, qu'Euripide avait écrit une nouvelle pièce. Une pièce qui parle de Troie. Et des habitantes de Troie après sa chute. Personne ne l'a encore vue en Sicile. C'est un tout autre Euripide. Et nous allons monter les deux pièces : *Médée* et *Les Troyennes*. Vous voyez, on ne peut pas les laisser disparaître. Nous devons…

– Quoi donc ? demande Alekto, d'un ton plus doux.

– Les empêcher de mourir et monter cette pièce. »

Pour Gélon, c'est un long discours, et bien qu'à bout de souffle, il regarde Alekto d'un air de défi. C'est la première fois que j'entends parler de cette seconde pièce, et je suis un peu vexé qu'il ne m'ait rien dit.

« Autre chose ? demande Alekto.

– Non. »

Elle hoche la tête, va chercher un autre gobelet pour Gélon et le remplit de vin.

« J'en veux aussi. »

Elle se retourne, comme surprise de me découvrir là. Elle me sert aussitôt.

« Très bien, dit-elle.

– Quoi, très bien ?

– Je vous fournirai ce dont vous avez besoin. »

Gélon presse sa main dans la sienne.

« Attendez, dit-elle, ne vous réjouissez pas si vite. Vous allez changer de tête, je parie, quand vous verrez mes prix. Tout se paye ici. Je fabrique le nec plus ultra. »

Gélon hoche la tête, impatient.

« Comment allez-vous payer tout ça ? interroge-t-elle.

– À crédit ? dis-je. En vous versant une part des recettes ?

– Tais-toi, Lampo. Nous trouverons de quoi payer. Dites-nous simplement ce qu'on vous doit, et je trouverai l'argent. »

Elle le dévisage longuement.

« Je ne serais pas surprise. »

Ils évoquent les détails techniques. Les différents costumes dont ils ont besoin, le nombre de masques, le bois et la peinture utilisés pour leur fabrication. Des perruques ? Dans ce cas, dans quelle matière ? Les moins chères sont en poils de chèvre, les plus chères en cheveux humains. Je commence par écouter, puis mon esprit se met à vagabonder. Je subtilise le pichet de vin sur la table et vais faire un tour dans les pièces voisines : encore des robes, des épées et des sceptres en bois. Un petit chat roux lèche la peinture dorée d'une des fausses couronnes et sa langue brille dans sa gueule. Dans la pièce suivante les décors peints cèdent la place à des établis en bois. Il y a de la sciure sur le sol, l'éclat gris des burins et des limes. C'est la salle des masques, où se trouvent trois types. Le cœur des activités. Ma mère m'a expliqué que c'étaient des esclaves libyens que le mari d'Alekto avait achetés à bas prix, enfants. C'était il y a fort longtemps, et à présent les Libyens sont vieux, ils ont les cheveux gris. La rigolade. Autrefois, c'étaient des gamins qui sculptaient des Agamemnon et des Athéna, et ils avaient toute la vie devant eux : désormais, ils continuent à sculpter les mêmes rois et les mêmes divinités, mais la fin est proche.

« J'espère que vous ne vous tournez pas les pouces, les gars, dis-je. Une grosse commande arrive. »

Ils lèvent les yeux, mais un seul hoche la tête. Bande d'insolents. Ça ne va pas se passer comme ça.

« Quels matériaux utilisez-vous ? »

Là encore, ils me regardent sans rien dire. Je sens la moutarde me monter au nez, jusqu'à ce que l'un d'eux se mette à tousser.

« De la cendre, monsieur. Entre autres. Du lin également. En fonction du personnage.

– Très bons choix. »

On dirait des frères. Grands et élégants quand ils se tiennent droit, ce qui n'arrive pas souvent : ils ont le dos en forme de serpe à force d'être penchés en avant car la délicate fabrication des masques vous oblige à rester assis sur le cul la plupart du temps : et leurs mains sont douces, ça se voit. Ils ont des paumes lisses et roses comme des pelotes de chat, et non pas râpeuses comme les miennes ou celles de Gélon. Mais leurs yeux sont rouges et enflammés, irrités par la sciure et les vapeurs de peinture.

Habituellement, je n'adresse pas la parole à ces gars, mais étant donné qu'aujourd'hui je suis là en tant que metteur en scène, je me dis qu'il serait peut-être bon d'en apprendre un peu plus sur eux avant d'investir mon argent. Je leur demande s'ils sont frères, et le gars qui m'a adressé la parole le premier lève les yeux, et répond qu'il ne sait pas.

« Comment pouvez-vous ne pas savoir si vous êtes frères ?

– On était si jeunes quand on nous a vendus », explique-t-il, et les deux autres lui lancent des regards désapprobateurs, mais il ne s'en aperçoit pas, ou s'il s'en fiche, car il continue : « Ils ont tué tous les hommes de notre village et ils pensaient tirer un meilleur prix en nous vendant avec nos mères. Alors, ils nous ont envoyés dans la ville la plus proche pour nous vendre, mais la ville la plus proche n'était pas très proche. On a dû traverser un désert, et quelque part en chemin, le drame s'est produit.

– Qu'est-ce qui s'est produit ?

– Le drame, répond-il, indifférent aux regards noirs de ses compagnons. Je ne me souviens plus très bien, mais l'homme qui nous conduisait a eu des ennuis. Il y a eu une tempête de sable et des hommes, violents, des bandits, je suppose, ont pris nos mères, nos putains de mères. Et quand on est arrivés en ville, on était à moitié morts, on avait des vertiges à cause de la fièvre et de la soif, on avait oublié qui on était. On était tous si jeunes.

– Combien étiez-vous ?

– Je ne sais pas trop. Beaucoup. Tous les enfants de mon village. Vingt peut-être ?

– Ne me pose pas la question. Je n'en ai aucune idée moi.

– Désolé. Je ne sais plus.

– Que s'est-il passé ensuite ?

– On nous a envoyés en Sicile par bateau, et trois d'entre nous ont été achetés par Mélissus. Je ne sais pas où est ma famille.

– Mélissus ? »

Il semble surpris par ma question.

« Le défunt mari d'Alekto.

– Oui, bien sûr. Donc, tu sais que certains étaient tes frères ? »

Ma question semble le rendre un peu triste, et il ne répond pas tout de suite. Il pose le masque qu'il est en train de peindre.

« Je ne saurais dire. Sincèrement. Mais c'est possible. Une fille a été vendue à Catane. C'était ma sœur. Du moins, c'est ce qu'elle m'a dit avant d'être vendue. J'ai presque tout oublié, mais je l'entends encore dire : « "Je suis ta sœur, Kalintha, et je t'aime. Ne m'oublie jamais."

– Joli. »

Je lui propose de boire une gorgée de mon outre, mais il fait non de la tête et se remet au travail. Je les observe, jusqu'à ce qu'une main tapote mon épaule. C'est Gélon. Accompagné d'Alekto.

« Choisissez-en un, dit Alekto.

– Je n'ai pas encore l'argent, répond Gélon.

– Je vous fais crédit. Pour un seul. Alors, choisissez bien. »

Gélon ne se fait pas prier, il file examiner les masques. Il met un temps fou. Certains sont très réussis, de véritables merveilles, aussi suis-je étonné de le voir opter pour un modèle tout simple.

« Vous ne voulez pas un masque de reine pour Médée ? Ou de héros pour Jason ?

– Celui-ci, confirme Gélon en brandissant le masque en question.

– Choix intéressant. Ce masque est destiné à un acteur qui joue un jeune garçon. Très délicat à réaliser. C'est beaucoup plus facile de faire un monstre ou un dieu. L'enfance est une chose subtile. »

Gélon ne dit rien, il contemple le masque. En le tenant délicatement, comme s'il craignait d'abîmer le bois ou d'érafler la peinture.

« Hélios », dit-il.

Je fais semblant de ne pas avoir entendu et je lui passe l'outre en disant :

« Des metteurs en scène, mon vieux, voilà ce qu'on est !

– Ouais », confirme-t-il, mais il ne boit pas et continue à regarder le masque, et j'attends que cet instant passe.

9

Il se met à pleuvoir peu de temps après qu'on a pris congé d'Alekto. Un crachin qui épaissit et s'accélère, jusqu'à incarner l'état d'esprit de la cité, et le ciel se pare de cet aspect endeuillé que créent les nuages noirs larmoyants et les bourrasques de vent hurlantes qui font siffler et jacasser les vieilles constructions tels des ivrognes dans une taverne. Les rues sont étroites, entortillées les unes sur les autres comme des serpents, et la frayeur me fait sursauter quand une main se referme autour de ma cheville.

« Vous voulez une chanson, les gars ? »

C'est un vieux cul-de-jatte. Ses genoux sont entourés de cordes, sous lesquelles sont attachées des briques, qui font sans doute office de chaussures, et permettent de protéger les moignons.

« Non merci, dis-je.

– D'accord », répond Gélon en lui lançant une obole.

Le vieil homme se penche en avant, si bien que ses cheveux trempent dans une flaque.

« Je vais vous chanter une chanson qui va vous faire pleurer.

– Tu ne connais pas des chansons gaies ?

– Laisse-le chanter ce qu'il veut.

– Merci, mon gars. C'est une triste histoire, mais beaucoup plus fréquente que vous l'imaginez. »

Le vieil homme se racle la gorge et entonne :

« *Il était une fois un homme, auquel personne ne s'intéressait. Il était une fois un homme, auquel personne ne s'intéressait ! Il débordait de sensibilité et d'amour, mais, je vous le dis, personne ne s'intéressait à lui !*

– Ah, Gélon, il est nul.

– Silence. »

Je le tire par sa cape, mais impossible de le faire bouger. Et puis merde, dis-je, et je m'installe. Gélon a toujours eu un faible pour ce genre d'individus. Même Desma, aussi belle soit-elle, avait un nez cassé. Il y a une taverne juste en face – on entend de la musique, de la vraie, et on voit les lanternes à l'entrée – et ces flammes qui dansent, ces mélodies entraînantes, contrastent avec ce vieux cul-de-jatte qui peut à peine bouger. Je le toise et vois qu'il a les yeux levés vers Gélon pendant qu'il interprète sa chanson.

Il n'y a rien d'autre à faire qu'écouter. Il pleut à verse maintenant et le niveau de l'eau monte, vu que ce quartier se situe sur une sorte de colline, au pied de laquelle nous nous trouvons. L'eau dévale les pentes et forme une mare où baignent nos chaussures, et nos chevilles deviennent glissantes, alors que la boue envahit les rues. Le vieil homme sombre lui aussi, ses briques s'enfoncent dans la boue, qui teinte l'extrémité de sa barbe grise, enduisant les poils d'une couleur épaisse qui lui redonne une sorte de jeunesse crasseuse, tandis qu'il braille sa chanson, et je commence à me laisser prendre. Plusieurs personnes se sont rassemblées. Moqueuses tout d'abord, elles échangent des coups de coude et des grands sourires, mais à mesure que la chanson se poursuit, les rires cessent, et j'ai l'impression que le vieux cul-de-jatte a conquis plusieurs auditeurs.

Il raconte manifestement l'histoire de sa propre vie, sans jamais l'avouer. Très souvent, les salopards de son espèce se contentent de caqueter des bribes de Homère, mises bout à bout, et des extraits de célèbres poèmes, comme ces Athéniens dans la carrière : la faim et la folie rendent leurs esprits instables, les personnages issus de mythes incohérents se heurtent telles des vagues sur l'océan. Ici, c'est différent. Le vieil homme raconte sa vie en chanson, et si cette vie n'a rien d'exceptionnel, il la chante pour tout un chacun, en donnant tout ce qu'il a, ce qui provoque mon admiration.

Il a connu une enfance difficile, c'est un euphémisme. Sa mère, cinglée, précise-t-il, l'étranglait avec une corde les soirs où son père, galérien, était absent. Ensuite, sa mère pleurait, ce n'était qu'un jeu, lui disait-elle, ne le répète pas à papa, et elle lui achetait des bonbons et des jouets. Il a gardé la corde, celle qui est enroulée autour de son genou gauche. J'ignore si c'est vrai, mais tout le monde regarde ce genou gauche et, bien entendu, la corde en question est usée, réduite à quelques torons gras et noircis, beaucoup plus ancienne que celle de droite.

Il était parti de chez lui à la première occasion, et comment lui en vouloir ? Il espérait devenir galérien comme son père, mais trop jeune pour embarquer sur un navire de guerre, il s'était fait engager sur une galère qui exportait les meilleurs fromages de Syracuse en Italie et en Grèce. Il chante la sueur et la puanteur dans la cale, due à ces gros morceaux de fromage suspendus au-dessus de leurs têtes, et les rats qui trouvaient toujours le moyen de s'y nicher, pour réapparaître seulement lorsque le navire voguait en pleine mer. La situation s'aggrava à tel point qu'en arrivant à Rhêgion, le timonier échangea une caisse de leur meilleur fromage contre un gros chat tigré, aussitôt baptisé Ajax par les galériens.

Le vieil homme chante trois jolis vers consacrés à Ajax, le chat tigré. Il évoque les duels individuels contre des rats particulièrement effrayants et une strophe véritablement étrange décrit Ajax grimpant au mât pour scruter l'horizon. Après quoi, il recommence à parler de lui.

Il quitte la mer et se fait engager comme tailleur de pierres. Il a le coup de main et il commence à prospérer. Il épouse une belle rousse de Corinthe qui lui donne une fille. À ce moment-là, la chanson devient presque joyeuse, et il y a ce passage adorable où il chante une berceuse à sa fille. Une chanson à l'intérieur de la chanson, en quelque sorte, et c'est magnifique. Bien évidemment, la situation se dégrade. Il se met à boire, et un soir, il se retrouve penché au-dessus du petit lit de sa fille et celle-ci a une corde nouée autour du cou. Il n'a pas encore serré, et l'enfant dort à poings fermés, mais l'horreur de son geste, le sentiment de honte, parcourent son corps comme un venin, et le lendemain, il fiche le camp. Il ne reverra plus jamais sa famille. À la fin de la chanson, il est à bord d'un bateau qui le ramène à Syracuse, les mouches bourdonnent autour de ses deux plaies aux jambes causées par des flèches. Alors qu'il se demande si sa fille va bien, une chose très étrange se produit. La corde enroulée autour de son genou se met à rougeoyer et à palpiter comme un ressort enflammé. Il comprend que sa douleur, ainsi que toutes ces histoires avec sa mère, et tout ce qui a suivi, y compris les moments les plus terribles, faisaient partie d'un plan divin, et possédaient par conséquent un caractère sacré. La corde s'assombrit, il lève les yeux vers le ciel et s'aperçoit qu'un nuage vient de passer devant la lune. Il arrête de chanter.

Suit une pluie d'applaudissements et d'argent, il salue et ramasse les pièces brillantes dans la boue, mais soudain, il pousse un cri. Car dans sa main, parmi les pièces d'argent boueuses, il y a une pièce d'or.

« Qui s'est montré aussi généreux ?

– C'est une merveilleuse chanson, dit quelqu'un derrière moi. Personne ne t'a jamais conseillé de devenir professionnel ?

– Pardon ?

– Un homme doté d'un tel talent ferait un malheur. Tu fais partie d'une troupe ?

– Une troupe ?

– Oui. As-tu un agent ?

– Non, dit le vieil homme en regardant la pièce d'or dans sa main.

– Eh bien, il faut remédier à cela. Je loge au domicile de Dioclès. Viens donc lui chanter ta chanson demain matin, je suis sûr qu'il sera ravi de l'entendre. Et nous pourrons discuter de ton avenir plus en détail. Tu vas devenir célèbre.

– D'accord. »

Je me retourne pour voir qui est ce putain de type. C'est un grand gars vêtu d'une longue cape hirsute doublée de tissu pourpre. À cause de l'obscurité, je distingue mal son visage, j'aperçois surtout l'éclat des anneaux dans ses oreilles et ses dents d'un blanc éclatant.

« Et cette corde enroulée autour de ta jambe. Ta mère t'a vraiment pendu avec ? »

Le vieil homme ne répond pas, mais à voir le reflet humide dans ses yeux, on devine qu'elle l'a certainement fait.

« Un objet fascinant, dit l'homme. J'aimerais beaucoup l'acheter.

– La corde ?

– Oui. Je te dédommagerai grassement, bien entendu. Que dirais-tu de cinq pièces d'or ? »

Les yeux du vieil homme poussent presque des hurlements à présent. Cinq pièces d'or, c'est une somme dingue. Sa réponse me surprend d'autant plus.

« Elle n'est pas à vendre. Désolé.

– Dix.

– Dix quoi ?

– Dix pièces d'or. »

Une putain de fortune. De quoi lui permettre d'acheter de la bouffe et de l'alcool pendant longtemps. Il n'aura plus besoin de chanter. Avec ces dix pièces d'or, il pourra louer une jolie petite pièce dans le centre, pendant un an, avec une belle flambée, bien au chaud, à l'abri des éléments, et on voit ces calculs dans les yeux du vieil homme, sur ses joues, jusque dans les ongles qui grattent la pièce d'or dans sa paume.

« Je ne peux pas, dit-il finalement. Je ne peux pas. »

Les personnes présentes rient, mais la confusion perce dans leurs rires. Putain, c'est quoi, cette histoire ? Dix pièces d'or pour cette corde ?

« Elle possède véritablement une valeur inestimable ? »

Pas de réponse.

« Qu'importe. Je suis déçu, mais j'aimerais quand même te présenter certaines personnes dans le métier. Pour évoquer ton avenir. On t'attend demain matin. Ne sois pas en retard. De grandes choses se profilent.

– Merci. »

Le vieil homme s'éloigne dans la ruelle, perché sur ses briques, et quand je me retourne, son mécène a disparu.

« Qu'est-ce qui s'est passé ? »

Gélon hausse les épaules, et je vois bien qu'il a la tête ailleurs.

« Si on allait dîner ? » proposé-je.

Il secoue la tête.

« Je retourne au bateau.

– Oh, non. Arrête avec cette histoire à la con.

– Je ne t'oblige pas à m'accompagner. Moi, j'y retourne. Tu as entendu Alekto. Elle fabriquera tout ce qu'on veut, mais ça ne sera pas donné. »

Je lui tiens les mêmes propos que précédemment. C'est du suicide, ils vont nous trancher la gorge et nous balancer par-dessus bord. Mais rien n'y fait. Il secoue la tête, encore et encore.

Soudain, une inspiration.

« Attends ! m'écrié-je. On va détrousser ce vieux bonhomme. Lui piquer sa corde et la vendre à ce riche enfoiré qui loge chez Dioclès. »

Le regard que Gélon pose sur moi est difficilement supportable.

« Quoi ? J'essaie de trouver une solution qui nous évite de mourir.

– On ne dépouille pas un homme de ses souffrances, répond Gélon calmement. Elles lui appartiennent. »

Il secoue la tête et s'éloigne en direction des quais. Je ne bouge pas. Peut-être à cause de la peur que m'inspirent ces salopards sur le bateau, mais il y a autre chose. C'est le regard de Gélon. D'autres m'ont déjà regardé de cette manière, depuis que je suis né, mais jamais Gélon. Comme si je n'étais rien. Si j'ai fait cette proposition, c'est uniquement pour sauver sa peau, et voilà comment il me traite ! Qu'il aille se faire foutre. Oui, mais ces salopards vont le tuer. J'avance d'un pas. Gélon est de plus en plus flou au loin. J'aperçois uniquement son étrange démarche chaloupée, tête baissée, semblant taper du pied à chaque pas, puis il disparaît, avalé par l'obscurité. Je le dis tout bas :

« Va te faire foutre, Gélon. »

Je m'en vais.

10

C'est calme chez Dismas, ce soir. Un pêcheur, assis sur la chaise de Homère, est occupé à nettoyer un hameçon avec un bout de tissu. Quand il me voit, il s'empresse de changer de siège, puis revient s'asseoir lorsqu'il constate que Gélon n'est pas avec moi. Une odeur de peinture flotte dans l'air, et je remarque qu'une grande partie de l'ameublement a changé : des tables en bois verni ont fait leur apparition, il y a même des coussins sur certaines chaises. Bizarre. Au moins, la belle esclave est là pour assurer le service. Elle a attaché ses cheveux en queue de cheval avec un gros ruban vert, et je vois sur son bras cette cicatrice que j'ai tant envie de toucher.

« Comment ça va ? »

Elle tourne la tête. Quelque chose dans son expression laisse deviner qu'elle n'est pas franchement mécontente de me voir, mais elle continue à essuyer les tables.

« Vous êtes seul. Je ne vous ai jamais vu sans votre ami.

– Oh, ce n'est pas mon ami. C'est juste un pauvre type avec qui je bois des coups. »

Elle dresse un sourcil, perplexe.

« Je me demandais..., dis-je. Dismas te laisse sortir des fois, ou bien tu travailles jour et nuit ?

– Je travaille.

– Et ça te plaît ? »

Elle hausse les épaules.

« C'est mieux que d'être dans les champs.

– Tu es beaucoup trop belle pour travailler dans les champs. »

Cela la fait rire. Je lui confie mon intention d'ouvrir un établissement similaire, et dans ce cas, je pourrais avoir besoin d'une fille comme elle. Elle jette un coup d'œil à ma cape et à mes chaussures. Apparemment, quelque chose semble l'amuser.

« Hélas, dis-je, cette cicatrice te dessert un peu. »

Elle cesse de sourire.

« Oh, il y a bien pire, mais quand même. Et puis, il y a les dents également. Finalement, je me dis que les champs te conviendraient peut-être mieux. Tu as de la force ? »

Pas de réponse. Elle continue à essuyer les tables, mais elle possède ce type de visages qui expriment les émotions dans chacun de leurs traits, et j'ai envie d'embrasser cette cicatrice, de lui dire qu'elle est belle, mais je m'abstiens. Au lieu de cela, je prends son bras, palpe ses muscles et déclare qu'elle paraît forte, faite pour battre le blé. Et je commande un pichet du vin le moins cher.

La première gorgée de piquette m'arrache une grimace, mais cette aigreur s'accorde à mon humeur. J'imagine Gélon un couteau sous la gorge et je bois une autre gorgée. Quelques aristos sont installés dans le coin, ils jouent aux dés en faisant du boucan. Leurs capes constituent les éléments les plus éclatants du décor et leurs parfums se mêlent aux odeurs de poisson et de peinture. Le résultat, étrange et nouveau, me déplaît. Certes, Dismas a toujours été un bouge, mais c'était *notre* bouge. Trop de fric circule en ville à présent, et elle perd son âme, mais c'est peut-être le sentiment amer d'un individu qui constate qu'il n'a rien accompli. À trente ans, je vis encore chez ma mère. Ce n'est pas ce que j'avais prévu. Mais arrêtons de broyer du noir. Je suis vivant. De nouveau, je vois apparaître l'image de Gélon, en train de se vider de son sang sur le pont du bateau. Je regarde autour de moi. L'esclave récupère les pichets vides à la table des aristos. L'un d'eux lui met une main aux fesses et les autres s'esclaffent. Elle ne le repousse même pas : elle reste plantée là, le regard vide, pendant que le gamin la tripote. Je tourne la tête. Ça ne me regarde pas. Je reporte mon attention sur ma tâche, à savoir remplir mon gobelet. Un coléoptère surgit du pichet et se met à nager la brasse à la surface de mon grand cru. Ses pattes arrière s'agitent furieusement, et je songe que je devrais peut-être l'aider, souffler dessus pour qu'il puisse remonter de l'autre côté et sauver sa peau, accomplir un deus ex machina, mais la vie n'est pas ainsi faite. On est toujours seul, et cet insecte doit apprendre la leçon. Gélon et moi, nous ne sommes pas potes. C'est juste un pauvre type avec qui je buvais des coups dans le temps. Un regain d'agitation dans le coin me fait lever la tête. L'aristo a obligé la fille à s'asseoir sur ses genoux. Je me lève et marche vers eux, sans trop savoir pourquoi.

« Hé, c'est Achille ! s'exclame l'un des aristos. Viens donc partager nos libations ! »

C'est sans doute un des gars avec qui on s'est pris la tête, Gélon et moi, mais je ne le reconnais pas.

Je demande à l'esclave :

« Ça te plaît ? »

Pas de réponse. Elle regarde droit devant elle comme si elle était ailleurs.

« Hé, on se calme, les gars, dis-je. Il y a tout ce qu'il faut pour s'amuser ici ce soir. Pas la peine de maltraiter le personnel. Pas vrai ? »

Ils me regardent, un peu étonnés. Le gamin qui a agrippé la serveuse ne la lâche pas. C'est un costaud, avec une fine moustache blonde et des yeux bleus vitreux.

« Viens pas casser l'ambiance, Achille, dit l'aristo qui m'a apostrophé. Assieds-toi et bois avec nous ! »

Je prends le temps de l'observer, et je le reconnais. Ses cheveux sont plus courts, comme ceux de Gélon, mais ses longs cils et ses yeux gris le trahissent : c'est le fils de Hermocrate.

« Avec plaisir, les gars, dis-je. Mais ce serait encore mieux si ce type, là, permettait à cette fille de faire son travail. »

Le peloteur à moustache fronce les sourcils et se tourne vers ses camarades. Il desserre l'étau de ses mains sur les hanches de la fille, sans la lâcher cependant.

« C'est mon anniversaire », dit-il en me regardant fixement.

Ses yeux chassieux évaluent le danger potentiel que je représente, puis un sourire se répand sur son visage et il pince le nichon de l'esclave, si fort qu'elle laisse échapper un petit cri de douleur.

« Ah, putain, dit-il. Elle aime ça ! »

Ses camarades éclatent de rire. Y compris le fils de Hermocrate, qui remplit son gobelet de vin. Je lui arrache le pichet des mains et le porte à mes lèvres pour boire. Silence.

« Délicieux, dis-je. Bien meilleur que la vinasse que j'ai commandée. Ah, quel plaisir de partager des libations avec des concitoyens. Il faut avouer que je suis fauché, et vous, vous aimez les bonnes choses. Une simple gorgée de ce vin vaut plus que mes vêtements, mais nous sommes tous des Syracusains. Nous sommes tous frères, pas vrai ? »

Silence, toujours.

« Buvons à la démocratie ! »

Je bois une lampée, en faisant couler un peu de vin sur mon menton, puis fais mine de passer le pichet, comme dans une vraie libation. Au lieu de cela, je le brise sur le visage du moustachu, qui s'écroule en hurlant. L'esclave en profite pour décamper et se réfugier derrière le comptoir. Les aristos se sont tous levés – avec des envies de meurtre dans le regard – et je recule de quelques pas.

« On va te massacrer », promet un jeune connard dégingandé.

Ils sont quatre, et s'ils attaquent, je suis foutu. Soudain, je sens quelqu'un derrière moi. C'est le pêcheur qui occupait la chaise de Homère à mon arrivée. Il tient son hameçon à la main. Les aristos ont les yeux fixés sur la pointe étincelante.

« Approchez », grogne le pêcheur.

Ils semblent tentés, mais il fend l'air avec son hameçon et ils battent en retraite vers la sortie.

« Bonne nuit, chers concitoyens, dis-je. Rendez-vous à l'assemblée. »

L'un d'eux parle de me casser les jambes, un autre de foutre le feu à ma maison, mais c'est le fils de Hermocrate qui m'inquiète le plus. Il ne me menace pas, il ne hausse pas la voix, il se contente de poser sur moi ses yeux gris et froids. Il murmure quelques mots à ses camarades et ils s'en vont.

« À la bonne heure ! » lance le pêcheur.

Il range son hameçon.

« Je refuse que ces connards touchent à une fille d'ici. »

Nous nous retrouvons à sa table en train de boire du vin aigre. L'esclave nous observe de derrière le comptoir. Je ne parviens pas à déchiffrer son expression, et je me demande ce qu'elle pense de tout ça. Je n'ai pas l'habitude d'avoir recours à la violence, et maintenant que la tension retombe, c'est moi qui tremble. En voulant nous resservir, je verse plus de vin sur la table que dans nos gobelets. Je brûle d'envie de lui parler, alors j'avale ma piquette d'une traite pour pouvoir aller commander un autre pichet.

« Où est passé Gélon ? demande le pêcheur. Il n'est jamais le dernier pour la bagarre.

– Gélon, je l'emmerde. C'est un faux frère. Méfie-toi de lui. »

Le pêcheur semble surpris. Je m'oblige à sourire et demande la permission de m'asseoir sur la chaise de Homère.

« Bien sûr. Tu l'as mérité. »

Je m'y enfonce lentement en savourant les craquements du bois sous mon poids.

« Si Gélon était là, je lui flanquerais une raclée, mais il est probablement mort. Ha ha ! »

Je caresse l'inscription en bronze sur laquelle on peut lire : « Chaise de Homère ». Je continue à sourire, mais mon ventre se noue. Quand nous étions gamins, le théâtre n'existait pas vraiment à Syracuse, pour les gens comme nous en tout cas. Il n'y en avait que pour la poésie épique, surtout aux yeux de Gélon, et on peut dire que sans Homère jamais nous ne serions devenus amis. Un jour après l'école, il a annoncé qu'il voulait devenir chanteur, et tous les autres garçons l'avaient charrié, sauf moi. Pourquoi pas ? ai-je dit. Ça me plairait bien à moi aussi. Le problème, c'était le manque d'argent. Aucun chanteur ne nous apprendrait des poèmes gratuitement, alors nous avons improvisé. J'ai vendu le métier à tisser de ma mère, et Gélon la truelle de son père. Il a eu droit à une sévère correction. Ma mère, elle, s'est juste mise à pleurer, alors je lui ai dit de ne pas s'en faire, j'allais devenir chanteur, et elle pourrait se tourner les pouces. Gélon possédait une mémoire semblable à la terre : elle absorbait tout. Le chanteur a proposé de le prendre comme apprenti, mais son père ne voulait pas en entendre parler. Il était fils de potier, un point c'est tout.

Alors, j'ai dit au chanteur : « Ne vous inquiétez pas, vous pouvez me prendre à sa place. » Il s'est défilé. Ce soir-là, Gélon et moi, nous avons erré dans toute la ville, à dix ou onze ans, et je lui ai demandé ce qu'on allait faire. Il m'a souri. Il avait les yeux au beurre noir et les lèvres fendues, mais il a commencé à réciter le premier tome de *L'Odyssée*, et pendant un instant j'ai oublié que j'étais pauvre, que je vivais seul avec ma mère parce que mon père avait foutu le camp, et que je l'avais trahie. Je me fichais de tout, sauf des paroles qui sortaient de sa bouche. Ce jour-là, nous sommes devenus inséparables. Même quand il s'est marié et a eu un fils, Gélon m'a toujours gardé près de lui, comme un membre de sa famille. Et à présent, je suis là, ivre, à me vanter de la raclée que j'ai flanquée à un petit con d'aristo, alors que mon meilleur ami est peut-être en train de se vider de son sang. Je me lève et marmonne une vague excuse. Le pêcheur semble confus, vexé même. Mais je m'en fous, car à cet instant, Gélon est sur ce bateau, et il est seul.

11

Dehors, l'orage se déchaîne. Les vagues s'écrasent sur la plage et quand un nuage emporté par le vent dévoile la lune, une épaisse lumière jaune confère à certaines d'entre elles l'apparence de queues et de visages vacillants appartenant à des créatures marines. J'aperçois au loin le navire du collectionneur, plus terrifiant encore de nuit – si cela est possible –, avec sa coque toute noire et déformée, sa voile pleine de trous aux bords déchiquetés qui semblent griffer l'air tel quelque animal blessé. Que ce soit à cause de la pluie ou de la peur, je suis pris de tremblements. Sur le pont, des lanternes suspendues à des crochets se balancent, des silhouettes vont et viennent. Des membres d'équipage sans doute.

« Qui va là ? demande une voix éraillée.

– C'est moi. »

J'essaie de paraître calme.

« Qui ça "moi" bordel ?

– Un marchand. Je suis venu dans l'après-midi avec une armure…

– Ah oui. Il nous a prévenus que vous viendriez peut-être.

– Qui donc ?

– Votre ami. Il est à bord avec notre maître. »

Je reste planté là comme un idiot, sans avancer ni reculer, jusqu'à ce que la même voix me lance, de là-haut :

« Alors, vous montez oui ou non ? »

Oui, je monte, dis-je, et je m'approche de l'échelle. Elle est trempée et j'ai l'impression que les barreaux en bois gorgés d'eau vont se désagréger entre mes mains. Malgré cela, je parviens à grimper sur le pont. Et comme précédemment, je suis aussitôt encerclé par les matelots. Le balancement des lanternes éclaire les visages d'une lumière instable : j'aperçois des couteaux, des cicatrices et des yeux.

« Vous avez des armes sur vous ?

– Non, aucune. »

Ils me fouillent quand même, ces salopards, sans ménagement, mais avec minutie. J'ai dit vrai : je ne suis pas armé. Satisfait, le gars qui m'a apostrophé se dirige vers un panneau d'écoutille, qu'il soulève à l'aide d'un anneau en fer.

« Votre copain est en bas. Je vais vous montrer le chemin. »

Malgré mon envie de vomir, je suis le type dans la cale. Immédiatement, je perçois une lourde puanteur dans l'air. Une odeur douceâtre, aux relents aigres. Le type me précède dans une coursive et passe devant plusieurs portes. C'est dément, je n'ai jamais vu un navire pareil, avec de vraies pièces, je veux dire, comme dans une maison. S'il n'y avait pas le tangage, la légère instabilité du monde sous vos pieds, vous pourriez presque oublier que vous vous trouvez sur l'eau. Le type s'arrête et frappe à une porte.

« Qui est-ce ? demande une voix familière.

– J'ai l'autre » répond le matelot.

Il ouvre la porte. Je scrute la pièce sombre, malgré quelques lampes à huile qui crachotent dans un coin. Mes yeux mettent un certain temps à percer la fumée de l'huile qui se consume, mais peu à peu je distingue des tapis écarlates, deux divans, semblables à ceux qu'on entrevoit à travers les fenêtres des apparts des aristos. Gélon est assis sur l'un d'eux, un gobelet à la main. Un putain de gobelet en or. En face de lui, sur l'autre canapé, est affalé le type qui a tenté d'acheter la corde du pauvre sans-abri cul-de-jatte. Je le reconnais à ses anneaux dans les oreilles et à ses dents blanches. C'est donc lui, le collectionneur. J'entre et m'enfonce jusqu'aux chevilles dans l'épais tapis.

« Tu es venu, dit Gélon, sourcils froncés, mais je vois bien dans son regard qu'il est ravi, soulagé même.

– Évidemment. »

Le collectionneur se tourne vers moi et sourit. Ses dents sont ridiculement blanches et droites. Malgré cela, elles ont quelque chose d'animal. Comme si leur place était dans la mâchoire d'une créature plus imposante, au fond des bois, et non dans la bouche d'un marchand qui grignote des grains de raisin.

« Asseyez-vous », dit-il.

Je m'exécute. Les coussins sont si moelleux que c'en est perturbant : j'ai l'impression d'avoir le cul posé sur un nuage épais, et d'être sur le point de tomber dans le vide. L'homme semble s'apercevoir de mon inconfort, car il sourit.

« Du vin ?

– Volontiers. »

Une porte s'ouvre derrière nous et un serviteur d'âge canonique entre d'une démarche boitillante, avec un gobelet en or et un pichet sur un plateau. Il éternue en servant le vin, et il paraît si fragile que je crains de le voir s'écrouler, mais mon gobelet est plein, et il ressort par où il est entré.

« Cet homme va bien ? »

De nouveau, ce sourire éclatant.

« Agénor est plus jeune qu'il y paraît.

– Il semble avoir cent ans.

– Exactement. Il en a quatre-vingt-douze. »

J'ignore s'il plaisante ou pas. Je bois une gorgée de vin en examinant mon environnement. Des tableaux ornent les murs, mais la lumière des lampes ne permet pas de les voir clairement. Je distingue uniquement les détails du plus grand, qui semble représenter Héraclès affrontant l'Hydre, mais c'est impossible, car Héraclès se fait dévorer.

« Nous avons de fantastiques exemples d'armures attiques..., dis-je.

– C'est réglé, me coupe Gélon. Il a tout acheté. »

J'observe le collectionneur de plus près. Difficile de lui donner un âge. Son teint est pâle, la peau à peine ridée, et les cheveux bruns, longs et brillants, mais il y a quelque chose de bizarre dans les yeux, le cou.

« L'ajout de sang frais apporte une touche très intéressante, dit-il. Personne n'y avait jamais pensé.

– Euh, c'est un vestige de la guerre », dis-je.

Il sourit.

« Bien sûr. Vous avez fait la guerre ? »

Habituellement, quand on me pose cette question, je mens. J'invente une histoire dans laquelle je terrasse des hoplites athéniens avec un lance-pierre, mais quelque chose dans la manière dont ce type me regarde indique qu'il saura que c'est du baratin. Et mon mensonge ne fera que l'amuser.

« Non, pas réellement. »

Il hoche la tête et boit une longue gorgée de vin. Je remarque que son gobelet est en argent et non en or, et je lui dis que c'est très généreux de sa part de nous servir dans des gobelets en or, Gélon et moi.

« Inutile de me féliciter, je préfère l'argent.

– Mon cul. »

Cette réflexion le fait rire, mais c'est un rire très discret, et j'ignore s'il est sincère.

« Là d'où je viens, précise-t-il, nous croyons que l'argent est le sang de la nuit. Les étoiles sont en argent. La lune est en argent. Et l'or, qu'est-ce donc ?

– Le soleil », répond Gélon.

L'homme se retourne vers lui et acquiesce. Le vin est bon, mais épais et fort, et il me monte à la tête. En temps normal, j'ai plaisir à me bourrer la gueule aux frais d'un riche connard, mais je me sens mal à l'aise ici, et si nous avons vendu l'armure comme l'affirme Gélon, je ne vois aucune raison de rester.

« Il se fait tard, dis-je en regardant mon camarade. On doit se lever de bonne heure et tout ça. »

Le collectionneur paraît surpris.

« Vous partez déjà ? Vous allez quand même finir vos verres, n'est-ce pas ?

– Oui, bien sûr », dit Gélon.

Notre hôte retrouve son sourire et cogne contre le mur derrière lui. Le domestique presque centenaire revient en boitillant avec un pichet plein et remplit nos gobelets à ras bord.

« D'où venez-vous ? » demandé-je à notre hôte, afin de briser le silence plus que par curiosité.

Son regard volette d'un coin à l'autre pour indiquer qu'il réfléchit.

« Vous ne vous souvenez plus d'où vous venez ? »

Toujours ces dents blanches brillantes.

« C'est une question délicate, n'est-ce pas ? Demander à quelqu'un d'où il vient. Cela peut signifier différentes choses pour différentes personnes. Par exemple, voulez-vous connaître l'endroit où je suis né ou savoir ce que je considère comme ma patrie ? Parfois, les deux se confondent, mais pas toujours.

– Vous vous exprimez d'une étrange manière. »

Il rit, toujours ce rire discret, comme s'il le retenait dans sa poitrine, et il répond que ce monde est étrange, et tout langage qui tente de le restituer court le risque de l'étrangeté, voire de l'incompréhensibilité.

Ne sachant quoi répondre à cela, je me contente de :

« Où êtes-vous né ?

– C'est la question la moins intéressante, mais je vais répondre. Je suis né sur les îles de l'étain.

– Jamais entendu ce nom-là.

– C'est au nord, dit Gélon. C'est là où nous nous procurions notre étain pour fabriquer du bronze. Près de l'Atlantide.

– L'Atlantide ? Oui, évidemment.

– Un sceptique ? Ça me plaît. J'estime qu'il est sain de réserver son jugement, mais ce que dit votre ami est exact. En partie, du moins. Je ne peux pas me prononcer sur l'Atlantide, mais telle est la rumeur. Les îles de l'étain sont loin, très loin, d'ici. Tout au nord, dans un autre monde, véritablement. Vous trouvez qu'il pleut beaucoup aujourd'hui ?

– Comme vache qui pisse.

– Imaginez une contrée où il pleut en permanence. Des orages comme celui-ci tous les jours. Voilà les îles de l'étain. Même si, évidemment, c'est plus vert que tout ce que vous pouvez imaginer. Là d'où je viens, vous laissez tomber une pierre par terre, un arbre pousse.

– Pourquoi êtes-vous parti ? »

Il ferme les yeux, fortement, et laisse ses paupières se relever lentement et langoureusement, tels des pétales qui se déploient sous le soleil matinal.

« Oh, c'est une triste histoire. Qui vous brisera le cœur. »

Il boit une grande gorgée de vin et le silence s'installe de nouveau. Gélon contemple le fond de son gobelet, il a replongé dans sa morosité habituelle. Le collectionneur semble prendre plaisir à nous observer.

« Qu'est-ce qui vous amène à Syracuse ?

– Héraclite a dit que la guerre est la mère de toutes choses, et ma visite est sans aucun doute sa progéniture.

– Vous êtes un esclavagiste ? »

Une grimace de dégoût plisse son visage et l'espace d'un instant, je crains de l'avoir offensé, mais les muscles de ses pommettes se relâchent et une lueur amusée éclaire ses yeux sombres.

« Non, rien d'aussi grossier. Certes, j'achète des choses, et je vends des choses, et il arrive que ces choses soient des gens, mais je refuse de me définir par une activité rare et désagréable. En vérité, c'est le monde qui m'intéresse. Le monde sous toutes ses formes, avec tous ses habitants. »

Je capte le regard de Gélon et fais mine de me lever, mais apparemment, il n'a pas capté.

« Êtes-vous déjà allés en Inde ? demande le collectionneur.

– Je dois avouer que non. Où est-ce ?

– Dionysos, dit Gélon, tête baissée. C'est là où s'est rendu Dionysos, au-delà de la Perse. »

Le collectionneur opine du chef avec enthousiasme.

« Exact, encore une fois. » Il se tourne vers moi. « Votre ami semble avoir une bien meilleure connaissance du monde que vous. » Il revient sur Gélon. « Figurez-vous que ce sont les récits de Dionysos qui m'ont conduit là-bas. Je voulais reproduire son voyage. »

Un changement se produit en lui et son débit s'accélère. Un flot de paroles jaillit de sa bouche, semblable au rythme d'un poème. Son rêve, explique-t-il, était de suivre l'itinéraire de Dionysos jusqu'au cœur du continent. De tous nos dieux, Dionysos était le seul qu'il vénérait. Le dieu de la tragédie, du vin, de la musique et de la folie, seul dieu mort et ressuscité. Que pouvait donc apprendre un homme en suivant les traces d'une telle divinité ? Il avait besoin de le savoir. Cela lui avait pris des années et coûté une fortune, mais il l'avait fait. Il avait pénétré au cœur de l'Inde.

Il s'est arraché au canapé et à présent il fait les cent pas sur le tapis écarlate en évoquant son voyage, tout bas. Ce qui avait motivé Dionysos sautait aux yeux, dit-il. Ces gens connaissent des vérités qui nous seront éternellement cachées. Peut-être pourrons-nous les imaginer, en rêve ou autrement, mais elles fileront devant nous tel un poisson argenté dans un lac sombre, à peine aurons-nous le temps de les entrapercevoir, et cette vision fugitive ne nous servira à rien, alors que ces gens là-bas, en Inde, ils savent eux. En Inde, poursuit-il, il y a des serpents aussi longs que des navires, et ils n'ont pas de crochets, ils vous avalent tout entier. Un jour, il a vu un garçon se faire dévorer. Cela a duré une éternité, mais le serpent y est parvenu, et au début, pendant un court instant, on entendait le garçon à l'intérieur. Un moment bref et totalement fou : regarder ce serpent droit dans les yeux en écoutant la voix de ce garçon, de plus en plus faible. Et puis, plus rien. Si nous en avions l'occasion, nous devions absolument visiter l'Inde. Nous serions conquis. Gélon ne répond pas et continue à boire, tête baissée. Oui, ça a l'air super, dis-je. Le collectionneur hoche la tête poliment, mais je vois qu'il se contrefout de ce que je pense.

« Vous croyez dans les dieux ? » demande-t-il subitement, en regardant Gélon.

Celui-ci paraît un peu désorienté par la question, ou peut-être est-il trop ivre pour la comprendre.

« Nos existences sont-elles gouvernées par un ordre divin, ou bien n'y a-t-il que cela… ? » Il pince la peau de son bras et mord dans un fruit, dont le jus coule sur ses doigts. « À votre avis ?

– Je ne sais pas, avoue Gélon.

– Insuffisant ! Imaginez que la vie de votre ami en dépende. Supposons qu'il meure si vous ne fournissez pas la bonne réponse. Et que cette réponse doive correspondre à ce que vous croyez réellement. Que diriez-vous ?

– Écoutez…, dis-je.

– Silence », m'ordonne-t-il d'un ton sec.

Toute trace d'humour a disparu de sa voix.

Gélon semble réfléchir. Son regard erre à travers la pièce et se pose finalement sur le masque que lui a donné Alekto, posé sur ses genoux.

« Rien n'arrive par hasard, dit-il. Même si les dieux ignorent ce qu'ils font. Quelque chose le sait. »

Le collectionneur sourit et se tourne vers moi.

« Votre ami affiche sa croyance, mais je ne suis pas convaincu. Et vous, qu'en pensez-vous ? Les dieux existent-ils ?

– Oui, ils existent, dis-je. Et vous êtes un connard. »

Apparemment cette réponse lui plaît, car il rit, longuement, de ce petit rire presque muet, comme s'il avait un oiseau dans la gorge.

« Vous êtes merveilleux tous les deux. Je n'ai encore montré ça à personne, ici à Syracuse, mais je crois que le moment est venu. » Il baisse la voix, bien qu'il n'y ait que nous trois dans la pièce. « Ça vous plairait de voir un dieu ? »

Gélon et moi restons muets, et il paraît un peu déconcerté. Comme s'il s'attendait à une démonstration d'excitation ou de stupeur, n'importe quoi sauf le silence.

« Il ne s'agit pas d'un piège. Peut-être avez-vous pensé que je vous posais ces questions pour le plaisir, en bon sophiste, mais en réalité, c'était un test, et vous l'avez réussi l'un et l'autre. Alors, je vous l'annonce : j'ai un dieu sur ce bateau, et si vous souhaitez le voir, dites-le. Maintenant. Nombreux sont ceux qui affirment croire à l'existence des dieux, mais très peu en ont vu dans la vraie vie, ou bien ils en ont vu sans le savoir, car comme nous l'enseignent les récits, les dieux adorent se déguiser. Ce soir, je vous offre une occasion rare. La plus rare de toutes. Voir un authentique dieu sous sa forme divine. Voulez-vous la saisir ? »

Tout en moi hurle « non ! » et je suis sur le point de le dire, quand la voix de Gélon me devance :

« Oui. Je veux le voir. »

Le collectionneur frappe contre le mur derrière nous. Le vieil homme réapparaît, encore plus lentement que précédemment, et son maître lui ordonne de nous montrer le dieu sur-le-champ. Le vieil homme acquiesce, clopine vers le tableau représentant l'Hydre, appuie sur la tête de la créature en train d'avaler Héraclès. Un déclic se produit et le mur s'ouvre. Il nous fait signe de le suivre, et nous obéissons.

12

Il nous précède dans une pièce sombre, tout en longueur, et foutrement étroite. Sans doute se situe-t-elle vers la proue du navire, car elle rétrécit encore à chaque pas. Des lanternes en argile sont éparpillées sur le sol, mais la plupart n'émettent aucune lumière, peut-être parce que le sol est mouillé, et le roulis éteint les mèches. Seules quelques-unes sont encore allumées, et leurs flammes se contorsionnent telles des créatures à l'agonie. Le vieil homme respire bruyamment devant nous et sa démarche chaloupée offre un étrange contrepoint à ces flammes qui se tordent de douleur et au roulis du bateau, tandis que l'eau de cale clapote à nos pieds. L'espace est encombré de caisses en bois. Scellées pour la plupart, à l'exception d'une ou deux, ouvertes. Comme je traîne un peu derrière Gélon et le vieillard, j'ai le temps de jeter un coup d'œil. Encore des armures. Un casque fendu, d'où dépassent des mèches de cheveux châtains, des boucliers brisés et des armes blanches souillées.

Soudain, l'air est envahi de fumée et d'une odeur douceâtre, et le vieil homme est pris d'une quinte de toux, alors même qu'il agite des bâtonnets terminés par des braises ambrées.

« C'est quoi, ce machin ?

– De l'encens, dit Gélon. C'est pour le dieu ? »

Le vieil homme hoche la tête et lâche les bâtonnets, qui s'éteignent dans un sifflement.

Tout au fond de la pièce trône une caisse plus grosse que les autres. Beaucoup plus grosse. Et cylindrique. Ce qui lui donne l'apparence d'une baignoire, mais il y a un couvercle, fermé par des boulons, et une chaîne rouillée qui pend jusqu'au sol. Le vieil homme s'arrête devant la caisse et tire sur la chaîne, en ahanant : le couvercle grince et bouge, très légèrement. Gélon offre son aide. Le vieil homme semble partagé. Il refuse tout d'abord, mais après plusieurs tentatives épuisantes, il cède la chaîne à Gélon, qui tire dessus sans peine, et le couvercle se soulève comme si on venait d'huiler les charnières.

« Viens voir ça, Lampo. »

Je m'approche, le sang bat à mes tempes. La caisse est remplie d'eau saumâtre et d'algues vertes enroulées.

« Peut-être qu'il parlait d'un lieu, le poisson, et non pas d'un dieu », suggéré-je.

Le vieil homme semble profondément offusqué, mais il reste muet. Il se penche derrière la caisse et réapparaît en brandissant une perche métallique terminée par un crochet émoussé. Sans cesser de respirer bruyamment, il la plante dans l'eau et aussitôt, une drôle d'odeur se répand. Pas désagréable, mais puissante et indéfinissable. Tout apparaît sous un aspect altéré à présent. Comme si une faille s'était ouverte, par laquelle s'insinuait un monde différent, et dans la caisse l'eau se met à rougeoyer et à palpiter. Le vieil homme, essoufflé, plante de nouveau la perche dans l'eau, dont le rougeoiement s'intensifie. Je vois quelque chose, comme une peau, onduler sous la surface. L'odeur s'amplifie elle aussi, le sang cogne de plus belle dans mes tempes. Chaque parcelle de mon corps me hurle de foutre le camp d'ici. Je me tourne vers Gélon.

« Allons-nous-en ! »

Il ne répond pas. Hypnotisé, il regarde l'eau qui frémit.

Je le tire par sa cape, mais c'est un bloc de pierre : impossible de le faire bouger.

« Libre à toi, mec. Moi, je me tire ! »

Je fais demi-tour et décampe. Le collectionneur a disparu. En quelques secondes, je gravis l'échelle et me retrouve sur le pont. Les matelots jouent aux dés. Ils lèvent la tête en me voyant. L'espace d'un instant, je crois qu'ils vont se lancer à ma poursuite, mais ils se contentent de m'adresser un signe de tête. Le type au cou balafré me demande même si je veux me joindre à eux. Non merci, dis-je, et je reste planté là. Je me sens bête tout à coup, car ici sur le pont, le visage balayé par le vent marin, la panique a disparu. Alors, je reste là, à regarder les matelots faire rouler leurs osselets sur les planches, leurs gains et leurs pertes qui étincellent au clair de lune, jusqu'à ce que je sente une main se refermer sur mon épaule. Gélon. Des taches sombres et trempées constellent sa cape.

« Il est temps de partir », dit-il.

Il est super pâle, et si sa voix ne tremble pas, elle vacille.

« D'accord. »

Les matelots nous souhaitent bonne nuit. Nous redescendons par l'échelle et nous éloignons rapidement du navire, mais à peine avons-nous fait deux ou trois pas que la voix du collectionneur nous apostrophe. Je ne veux pas m'arrêter, mais Gélon m'y contraint.

« Bonne nuit ! nous lance-t-il. Je sens que je vais adorer travailler avec vous deux. »

Il nous adresse un geste de la main, que lui rend Gélon. C'est alors qu'une chose étrange se produit. Les membres d'équipage se lèvent pour nous faire signe et nous souhaiter bonne nuit, comme un groupe d'enfants obéissants.

« Putain, qu'est-ce qui se passe, mec ?

– Fais-leur signe », dit Gélon.

Les adieux durent un moment. Enfin, nous tournons le dos au navire et nous empressons de quitter le port pour regagner la ville proprement dite, sans un mot. C'est seulement lorsque nous atteignons le croisement de l'Achradina que Gélon desserre les dents.

« Tends tes mains.

– Pourquoi ?

– Fais ce que je te dis. »

Je tends les mains. Gélon sort une bourse fermée par un cordon. Qu'il ne parvient pas à desserrer, alors il l'arrache avec ses dents. Des pièces d'or dégringolent dans mes paumes et forment un petit tas étincelant.

« Putain. Qu'est-ce que ça veut dire ?

– On a un producteur, déclare Gélon.

– Oh. »

C'est bizarre. Jamais je n'ai tenu autant d'argent dans mes mains. Des années de salaire de potier sont empilées dans mes paumes, et pourtant, je ne pense qu'à ce que nous avons laissé sur le bateau. Je demande à Gélon si c'était vrai. Était-ce un dieu ?

Son sourire s'évanouit.

« Alors, oui ou non ? »

Il regarde le ciel et ses yeux prennent une couleur argentée au clair de lune. Ils rayonnent, bordel de merde, comme s'il me faisait le coup de la divinité, et je repense à la chanson du cul-de-jatte, car un nuage passe devant la lune, et je retrouve le Gélon d'avant.

« Oui, dit-il. C'était bien un dieu sur ce bateau. »

13

Voilà comment, subitement, on se retrouve pleins aux as. Et je suis frappé par notre bêtise. Des metteurs en scène sans producteur, c'est comme un bateau sans voile, le vent étant aux prouesses nautiques ce que l'argent est aux réalisations théâtrales, et jusqu'à présent on n'avait pas un rond. Tuireann, car tel est le curieux nom de notre producteur, trouve géniale cette idée de monter une pièce avec des Athéniens. Figurez-vous qu'il a toujours été fasciné par le théâtre, mais il trouvait qu'il y avait dans ces reconstitutions historiques quelque chose de trop sage qui le dissuadait d'investir. Mais grâce à nous, enfin, il avait trouvé un spectacle à son goût. L'honnêteté m'oblige à dire que j'ai des réserves concernant Tuireann et sa manière particulière de s'exprimer, mais il est blindé et il sait reconnaître le talent, alors ça fera l'affaire pour le moment.

Gélon et moi nous attaquons directement à l'aspect pratique. Des questions que nous avons ignorées pendant longtemps, car nous savions que nous n'avions pas les moyens d'y répondre, sont rapidement évoquées autour d'un pichet de vin rouge de Catane, et nous formulons clairement ce dont nous avons besoin pour mener à bien notre projet.

Des masques et des costumes pour le chœur et la distribution principale : vingt en tout.

Des décors : étant donné que la pièce sera jouée dans la carrière, un toit et une scène sont exclus, *idem* pour les bancs. Mais il y a certainement assez de place pour accrocher une toile de fond ou deux devant la roche.

La musique : pas besoin de composer un dithyrambe ou un truc dans le genre, mais quand même. Une tragédie sans mélodies c'est comme un soleil qui ne dégage aucune chaleur : un astre mort d'où rien ne germera. Quand les hommes partent à la guerre, c'est au son de la musique. Quand ils voguent vers des rivages meilleurs et rament dans l'immensité bleue, c'est au son de la musique. Nos cœurs eux-mêmes battent en rythme, et le metteur en scène qui néglige cet élément néglige ce qui fait de nous des hommes.

La nourriture : le dernier élément de la liste, mais peut-être le plus important. Si nous voulons que cette pièce voie le jour, nous devons nourrir ces Athéniens. Et c'est, à bien des égards, l'opération la plus délicate, car il ne s'agit pas de faire des emplettes ponctuellement, mais plusieurs fois, et surtout, il faudra introduire ces vivres dans la carrière, sous l'œil des gardiens. De fait, quand on y réfléchit, c'est l'alimentation des Athéniens qui posera le plus de problèmes, et bien évidemment, quand vient le moment de répartir les tâches, Gélon insiste pour régler les questions d'ordre théâtral avec Alekto, quant à moi, je dois mettre à profit mes contacts pour gérer la bouffe.

« Quels contacts ?

– Ton cousin travaille au marché, non ?
– Il ne peut pas m'encadrer.
– C'est quand même ton cousin. »

Que Gélon souhaite retourner chez Alekto n'est pas une surprise, mais je pensais que nous irions ensemble, que nous ferions tout étape par étape, au lieu de nous répartir les tâches par petits morceaux, comme des bouchers. C'est ce que je m'apprête à dire quand Gélon me lance en cloche une bourse bien pleine. Je jette un coup d'œil à l'intérieur. Elle contient des pièces d'argent, oui, mais surtout beaucoup de pièces d'or.

« De quoi nourrir vingt personnes pendant des semaines, dit-il. Nos comédiens seront bien nourris. Je ne veux pas de l'orge de mauvaise qualité, je veux du blé et du bon fromage. Compris ?
– Pas de problème. »

Je sens le poids agréable de la bourse quand je l'accroche à ma ceinture. Nous convenons de nous retrouver à l'entrée située derrière la carrière, dans deux heures, et je me mets en route.

Il y a quelque chose de délicieux dans la manière dont le poids de la bourse leste votre démarche, quand vous savez que la vérité est bien différente. Vous vous hissez au-dessus de vos semblables, alors même que votre charge vous ralentit. Il y a foule au marché, car depuis quelque temps les touristes sont venus s'ajouter aux clients habituels. Quelques Carthaginois se sont rassemblés près de la pierre où ils ont décapité Nicias. Celle-ci semble tachée par une sève violette. Un des Carthaginois la touche et retire aussitôt sa main comme s'il s'était brûlé. Ils sont accompagnés d'une guide, qui déblatère contre Nicias en racontant qu'il avait demandé grâce. C'est des conneries. J'étais là. Comme presque tous les habitants de Syracuse, car Nicias était l'homme le plus riche d'Athènes, leur plus grand général, et pourtant, ce jour-là, on l'avait eu. Oh, c'était dément. Le bourreau avait commencé à découper des morceaux de la tunique pourpre à l'aide d'un couteau incurvé comme s'il taillait une fleur, jusqu'à ce qu'apparaisse le torse nu et pâle de Nicias, qui s'était mis à grelotter. N'empêche, le guide est un baratineur. Certes, Nicias n'était pas au mieux de sa forme, mais à aucun moment il n'a demandé grâce. Il a simplement réclamé le pardon d'Athènes. Il a dit qu'il n'avait jamais voulu venir combattre ici : néanmoins il avait fait de son mieux pour l'emporter. Et puis, il avait répété encore et encore, tout bas, quelque chose que je ne comprenais pas. Le bourreau, un type sympa à qui j'avais payé à boire ensuite, au bar, m'avait confié que Nicias disait « Mélisandre ». Le nom d'une bonne femme, tout simplement. Je suis sur le point d'insulter le guide à cause de ses mensonges et soudain, je comprends une chose : ce pauvre type gagne sa croûte. Et en le regardant bafouiller ses bobards, j'ai presque pitié de lui. On vit dans un monde cruel, et tout un chacun ne peut pas être metteur en scène.

Je pioche dans ma bourse la plus petite pièce d'argent, une obole ou un truc comme ça, et je la lui lance. Il sursaute, porte sa main à son visage, et s'agenouille aussitôt pour la ramasser. Les Carthaginois me regardent d'un air mauvais, furieux que j'interrompe leur visite guidée, mais je leur adresse un clin d'œil et repars en flânant. Une affaire pressante m'appelle.

Je me dirige tout droit vers le coin des meuniers. L'atmosphère change, les odeurs sont plus riches, torréfiées par les feux de bois qui crépitent. Les différentes céréales qui s'amoncellent dans des barriques scintillent comme de l'or. Mon cousin est le type sec et nerveux installé derrière le plus grand stand, il jette autour de lui des regards aiguisés et avides, il a les lèvres craquelées. C'est le rejeton de ma tante, qui se sert de la prospérité de son fils comme d'un bâton pour taper sur ma mère depuis quelques années.

« Comment va, cousin ? » je demande.

Il fait mine de ne pas m'entendre et continue à transvaser des céréales d'une barrique à l'autre, les yeux plissés par la concentration, comme s'il faisait de la sculpture.

« J'aimerais bien papoter, dis-je, mais je suis ici pour les affaires. Tu sais ce que c'est. »

Il se fend d'un sourire.

« Bien sûr, Lampo. Tu vas au tribunal pour siéger comme juré ? »

Le tribunal est situé juste en face du marché, et il est vrai que depuis la fermeture de notre fabrique, je siège comme juré en échange de quelques oboles versées par l'État. N'empêche, ce n'est pas sympa de parler de ça.

« Tu sais ce que tu es, Skiron ? »

Pas de réponse.

« Un sale con. »

Il sourit et passe sa langue sur ses lèvres.

« Ah oui ? »

Il balaie du regard son stand devant lequel se pressent les clients, ses barriques remplies de céréales, comme pour dire : c'est de la connerie ça ?

« Oui, dis-je, mais c'est encore pire. Tu fais partie de ces rares idiots qui sont convaincus d'être des génies parce qu'ils ont un peu d'argent de côté, et pour ça, il n'y a pas de remède. Tu es condamné, Skiron. Le roi des céréales de mes deux. Pauvre connard. »

Il a perdu son sourire. Quelques clients nous écoutent, et je crois entendre un ou deux rires sous cape. Skiron hoche la tête et soupire.

« Autre chose ? »

Généralement, c'est le moment où je réclame un repas à crédit et où il se lèche les babines en savourant par avance son refus. Je détache la bourse de ma ceinture et la lance en l'air. Ah, mon pote, le tintement des pièces quand elle retombe dans ma paume : c'est la plus belle mélodie que j'ai entendue depuis une éternité.

« Il se trouve que oui. Je veux deux barriques de ton meilleur blé. Tu peux garder ta saloperie d'orge.

– Ouais, très drôle, Lampo. Je suis occupé, là. »

Je sors une pièce d'or. Une merveille. Rien à voir avec cette monnaie grecque qu'on voit généralement. On dirait une pièce perse. Le roi représenté au dos est une horrible tête de con affublée de cornes, mais je n'aimerais pas me fâcher avec lui.

« Te voilà occupé pour de bon, dis-je. Mets-moi trois barriques de blé, finalement. Grouille-toi. Je suis un homme très occupé. »

Ses yeux ne quittent pas la pièce d'or que je fais rouler entre mes doigts. Je vois la confusion sur son visage, et je bois du petit-lait. Il voudrait m'envoyer chier, m'accuser d'avoir volé cette bourse, mais Skiron aime l'argent plus que tout, et aujourd'hui, j'ai les poches pleines. Finalement, sa cupidité l'emporte sur la colère et il fait claquer ses talons.

« C'est une grosse commande, Lampo. Je n'ai pas trois barriques de blé. Je veux dire, je ne les ai pas ici, avec moi.

– Dommage. Je voulais que ça reste dans la famille. »

Je remets la pièce d'or dans la bourse et commence à lacer le cordon.

« Attends ! s'exclame-t-il. Donne-moi une heure et je te les apporte. Si tu es vraiment pressé, je peux t'en donner une partie en orge. »

Je grimace.

« De l'orge, sérieusement ? Je dois nourrir des gens. Pas des ânes.

– Oui, bien sûr, désolé, Lampo. Du blé, d'accord. Je vais te trouver ça. Accorde-moi juste une heure. Reviens dans une heure et je t'aurai tout préparé, prêt à emporter. »

Je fais mine de réfléchir, je ressors la pièce d'or et la fais tourner entre mes doigts.

« Ah, la famille, dis-je à contrecœur. Ce qu'il ne faut pas faire. »

Sur ce, je repars en flânant et, juste pour le plaisir, je me dirige vers le coin le plus cher du marché, là où les aristos font leurs courses. C'est un autre monde. Les odeurs sont différentes, y compris celle de la transpiration. Plus saine, plus légère, car elle n'est pas mélangée à la crasse, et elle émane des gens bien nourris. Les visages sont moins ridés. Il n'y a pas de bousculades. Ici, vous avez de la place. Et si quelqu'un vous rentre dedans, il vous demande pardon. Néanmoins, je m'aperçois que je reçois plus de coups de coude et d'épaule que les autres, et on me dévisage. Un seul regard suffit à me faire comprendre que je ne suis pas comme ces gens. Ma tenue, et sans doute mon regard hébété, comme si tout ce que je voyais était nouveau, me trahissent. Ici, même les esclaves sont mieux habillés que moi. Je me retrouve devant un stand de chitons. Les couleurs aussi sont différentes, plus criardes : jaune d'œuf, vert forêt, certains sont même tachetés du pourpre fuligineux des viscères de murex. Mon préféré est un chiton d'un bleu qui évoque un éclair fendant le ciel au crépuscule. À peine l'ai-je pris en main que je sens une présence dans mon dos.

« On ne touche pas. »

Je me retourne et découvre un type obèse sanglé dans une cape fermée par une broche en argent. Il me regarde de la tête aux pieds pour avoir la confirmation du bien-fondé de son jugement, et il répète :

« On ne touche pas. »

Je délie ma bourse et fais glisser quelques pièces dans ma paume.

« Je reviens de Babylone. Vous prenez l'argent perse ?

– Euh, oui, monsieur, bégaie-t-il en ouvrant des yeux comme des soucoupes. Bien sûr. »

Je quitte le stand vêtu du chiton bleu éclair agrémenté d'une ceinture en peau de cerf magenta, à l'énorme boucle en bronze gravée en son centre d'un extrait d'un poème, dont le marchand m'a précisé qu'il était signé d'un Homère encore jeune. La bourse est plus légère, mais le poids du ceinturon comble cette différence. Les gens me regardent différemment à présent. Je ne fais toujours pas partie de leur monde, mais on me bouscule moins, et alors que précédemment les marchands me considéraient d'un air méfiant, ils me vantent leur marchandise maintenant. Toutefois, je demeure imperturbable. J'ai eu un moment de faiblesse stupide : cet argent doit servir à un but bien précis. En même temps, si on regarde les choses sous un autre angle, ne pourrait-on pas considérer que cette dépense est justifiée ? Je suis un metteur en scène désormais. Et tout le monde sait qu'on ne prête qu'aux riches. Cette tenue nous fera certainement faire des économies au moment de négocier les prix, et cette pensée me remonte le moral alors que je regagne le stand de Skiron, mais soudain, je me fige. Je viens de voir une chose affreuse sur le sol. Une chose véritablement dérangeante : mes chaussures. Le cuir part en lambeaux et les cailloux traversent les semelles. Elles ne me paraissaient pas en si mauvais état jusqu'à maintenant, mais elles jurent avec mon nouveau chiton. C'est comme si Zeus chevauchait un âne : ça ne va pas. Je fais une halte chez un savetier pour réclamer une paire de chaussures correcte.

Comme il est lent à réagir, je ressors les pièces d'or et j'évoque les jardins suspendus. Aussitôt, il se montre foutrement courtois et il me sort des fournées de chaussures afin que je les essaie. J'opte pour une jolie paire en cuir marron épais. Le savetier semble satisfait de mon choix. Il est sur le point d'ajouter quelque chose, puis se ravise.

« Qu'y a-t-il ? » demandé-je.

Il semble gêné. Rien, laissez tomber, c'était une idée idiote, dit-il.

« C'est à moi d'en juger.

– Eh bien… je viens de recevoir un lot de cothurnes d'Égypte que je réserve à mes clients les plus exigeants. Le cuir de vache, c'est très bien, mais pour un marchand qui est allé à Babylone, un homme de votre standing, pour dire les choses clairement, rien ne vaut le crocodile.

– Le crocodile ? »

Le savetier opine du chef.

« Oui. Un cuir résistant et d'une incroyable souplesse. Et de vous à moi, tout le monde ne jure que par le crocodile cette saison. »

Il sort une paire de bottines les plus vertes que j'aie jamais vues. Constellées de petites protubérances qui captent la lumière du soleil comme des flammes vert-de-gris. En les caressant, j'ai l'impression de toucher une chose magnifique et mortelle.

J'en ai le souffle coupé.

« Combien ? »

Il m'annonce le prix. Ridicule. Je n'ai jamais gagné autant en un an de boulot à la poterie. Alors, non. Je vais garder les autres. Aussi suis-je surpris de m'entendre dire :

« D'accord, emballez-les. »

Il hoche la tête comme si j'avais pris la seule décision sensée et entreprend d'emballer les chaussures en croco, mais je l'arrête : j'ai envie de les porter tout de suite. Je trébuche légèrement en ressortant de l'échoppe, car elles ont des talons déments, mais je chope le coup, et c'est une sensation étrange, un autre rapport au monde, comme si le sol lui-même s'était transformé du fait de cet éloignement.

Me voici chez le coiffeur. Un salon pour aristos où on vous fait les dernières coupes à la mode : cinq drachmes pour une coupe et un rasage. De l'argent dilapidé. L'équivalent d'une semaine de loyer en centre-ville. Je secoue la tête en ricanant. Jamais de la vie. Curieusement, je me retrouve assis dans un fauteuil rembourré en train de réclamer la même coupe qu'Euryclée, les cheveux lissés en arrière avec de l'huile d'amande, les tempes rasées. Bien sûr, monsieur, certainement monsieur.

Je traverse les allées du marché sur un nuage, et bien que je ne sois plus dans le secteur huppé, personne ne me bouscule, bizarrement. Comme si une barrière invisible, indestructible, s'était dressée autour de ma personne, et même si le marché est bondé, je peux prendre mes aises. Une charrette stationne devant l'étal de mon cousin, le conducteur décharge des barriques de céréales. Sûrement mon blé. Skiron m'aperçoit et me fait signe, mais je tourne les talons. Qu'il aille au diable. Il attendra. J'ai quelqu'un à voir.

Il n'y a pas foule chez Dismas. Juste un pêcheur au visage buriné par les éléments, assis sur un tabouret, devant une sorte de bouillie. Il lève la tête lorsque j'entre et crache un gros glaviot. Mais cette cochonnerie jaune sur le sol me fait plus chaud au cœur qu'une accolade, car elle contient tout le ressentiment d'un homme du peuple envers un aristo. Je me dirige vers le bar d'un pas nonchalant. L'esclave est en train d'essuyer le comptoir avec un torchon sale. Elle a des cernes sous les yeux et une sorte de langueur accompagne chacun de ses gestes : des auréoles de sueur constellent sa blouse grise. Malgré cela, elle demeure d'une beauté saisissante.

« Un pichet du meilleur, mon pharaon. »

Elle tourne la tête et marque un temps d'arrêt. Le comptoir en bronze poli me renvoie mon reflet. Mes cheveux qui ressemblaient à un nid d'oiseau en broussailles sont devenus une œuvre d'art lustrée, dont chaque boucle a été taillée et huilée une par une. Je suis beau comme un dieu.

« C'est vous ! » s'exclame-t-elle en riant, mais son rire n'exprime aucune moquerie, uniquement de l'étonnement et autre chose.

« J'ai été très occupé ces deux derniers jours. Diverses entreprises exigeaient toute mon attention. Des cargaisons à réceptionner et autres choses du même genre.

– Je croyais que vous étiez potier. »

Cette remarque me déstabilise, jusqu'à ce que je me souvienne que je ne lui avais jamais indiqué mon métier.

« Tu t'es renseignée à mon sujet ? »

Elle rougit, me semble-t-il. Difficile à dire à cause de son teint mat, mais ses joues sont plus roses, assurément.

« En fait, quelqu'un m'a dit que votre fabrique avait fermé et que vous n'aviez plus de travail. »

Ce quelqu'un m'a tout l'air d'un casse-couilles. Elle dépose un pichet sur le comptoir – du rouge de Catane – et remplit mon gobelet. Je lui dis de s'en servir un, en montrant brièvement le contenu de ma bourse. Elle répond qu'elle préfère le blanc, alors allons-y pour un pichet de blanc en plus.

« Exact, dis-je. Je ne vais pas te mentir. Au début, j'en ai bavé, mais en définitive, c'était un mal pour un bien. » Je bois une gorgée de vin. « J'avais besoin d'étendre mes activités. Comme l'a dit Héraclite, la guerre est la mère de toutes les choses, et ma fortune sera mon avenir. »

Elle porte son gobelet à ses lèvres, avec délicatesse, bien qu'elle soit une esclave, et le vin laisse un éclat mouillé sur ses lèvres.

« Qu'est-ce que vous faites maintenant ?

– Oh, un tas de choses. J'importe des épices, des vêtements, des es... » J'allais dire « des esclaves », mais je m'arrête à temps. « Cite-moi n'importe quel domaine, j'ai sûrement investi dedans. La clé du succès, c'est la diversification. Si tu mets tous tes espoirs dans le même bateau, tu peux parier que c'est celui qui va couler. »

Elle ne paraît pas très convaincue par tout ce que je lui raconte, mais cette dernière phrase lui fait hocher la tête avec vigueur.

« Oui, c'est certain... On ne peut pas compter sur une seule chose.

– Je suis bien d'accord. »

Je lève mon verre pour trinquer à cette idée et nos doigts se frôlent. Un simple contact fugace, mais je frissonne malgré tout.

« Tout va bien ? demande-t-elle.

– Oh, oui, je pensais au passé, simplement.

– Vaut mieux éviter, dit-elle, et elle semble le penser.

– Exact. Ce qui compte, c'est l'instant présent. Au cours de l'année dernière, cette ville a plus changé qu'en vingt ans. Les gens ne sont plus obligés d'être ce qu'ils ont été. »

Une lueur avide fait briller son regard. Elle boit une autre gorgée de vin et je lui demande d'où elle vient. Elle hésite, avant de répondre, dans un murmure : « Lydie.

– La patrie de Crésus n'est-ce pas ? »

Elle hoche la tête et une sorte de mélancolie assombrit son œil.

« Tu l'as rencontré ? »

Elle rit et secoue la tête.

« Bien sûr que non. Il est mort depuis longtemps. Par contre, j'ai vu son palais. Presque entièrement incendié par les Perses : malgré cela, la petite partie restante est plus grande que tout ce qu'on peut trouver ici. »

Elle serre les dents en disant ça et on voit saillir le muscle de sa mâchoire. Une curieuse expression apparaît dans son regard. De la fierté. Et pour une raison qui m'échappe, savoir qu'elle est fière d'un palais situé à des milliers de kilomètres, qu'elle ne reverra jamais, m'attriste, et en même temps, cela la rend encore plus désirable.

« Sans aucun doute. Notre cité n'est pas très reluisante, en effet, mais ça va changer. On ne peut pas faire deux pas dans les rues sans qu'un connard sur une échelle vous crie : "Attention !". Je crois que nous allons rattraper notre retard. »

Elle secoue la tête et refuse la pièce que je lui tends pour payer. Sans même remarquer qu'elle est en or.

« Ces gens, dit-elle, l'autre soir. Vous n'auriez pas dû faire ce que vous avez fait. Mais merci.

– Bah, c'était rien du tout. Ça m'a amusé. »

S'ensuit un silence gêné. Je me creuse la tête pour trouver des questions à lui poser. En vain. Alors, je dis :

« L'autre jour, je ne pensais pas ce que j'ai dit.

– Quoi donc ? »

Son regard indique qu'elle s'en souvient très bien.

« Oh, un truc dégueulasse que je ne veux pas répéter. Je pensais tout le contraire, en fait. Comprenne qui pourra.

– Ma place n'est pas dans les champs, donc ?

– Non. Et ici non plus. »

Je laisse planer cette dernière phrase. Elle me regarde avec curiosité maintenant.

« C'est Lampo qui est là ? Dis-lui qu'il n'est plus le bienvenu ici ! »

Une porte s'ouvre derrière elle et un type chauve apparaît d'un pas lourd. C'est Dismas. Je ne l'ai pas vu depuis une éternité. Fut un temps où il s'occupait de tout dans ce bar. Il servait à boire, nettoyait les tables, faisait la bouffe et chantait des chansons. Cette époque est révolue. Il a acheté un bistrot chic dans le centre, et le type posté à l'entrée ne laisse passer que les aristos. Mais Dismas, lui, a conservé un côté rustique. Avant, c'était un gros type joyeux, puis il avait fait la guerre, en tant qu'hoplite, et tous ces mois passés à cuire à l'intérieur de son armure l'avaient fait maigrir trop vite. À présent, sa peau pend sur son visage et dans son cou, on a l'impression qu'il fond.

« Lampo ? » demande-t-il, hésitant, comme s'il craignait de s'être trompé.

Perplexe, il regarde les chaussures en croco et le chiton bleu éclair.

« Content de te voir, Diz. Ça fait un bail.

– Tu n'as plus le droit de venir ici », dit-il, mais l'incertitude perce dans sa voix.

« Ah bon ? » Je m'oblige à bâiller. « Je suis tricard dans un bar que je daigne fréquenter depuis dix ans ?

– Tu as agressé un client. »

Son argument ne tient pas. J'ai vu des clients se faire étriper ici. Un jour, les boyaux du gars pendaient comme des saucisses, et un tailleur avait dû finir de le recoudre, car le médecin n'avait pas assez de fil, et pourtant, celui qui l'avait planté s'était fait servir le lendemain même. Je le fais remarquer à Dismas, qui secoue la tête.

« On aurait pu être obligés de fermer. Sais-tu qui est le père de ce garçon ?

– Non. Et je m'en fiche. »

Ses joues s'enflamment. Elles retrouvent ce teint cramoisi qu'elles avaient quand il était au maximum de son poids, mais ce n'est pas dû à un excès de nourriture : c'est la colère. Je dois changer de tactique.

« Je suis désolé, dis-je. Sincèrement. Ça ne se reproduira plus.

– J'en suis sûr. Puisque tu es tricard dans ce bar. Ça signifie que tu ne peux plus venir ici. Alors, tu fiches le camp ou je dois appeler Chabrias ? »

Je sors de la bourse une des pièces d'argent et la fais claquer sur le comptoir. Bien évidemment, Dismas ne peut en détacher son regard. Je la laisse posée là un instant, puis je la lui lance. Il tente de l'attraper au vol, mais il est trop lent : elle rebondit contre son fanon et tombe sur le sol. Il s'agenouille pour la ramasser et mord dedans.

« Je vois que tu as repris tes vieilles habitudes », dis-je.

Ce type était réputé pour son appétit. Un jour, je l'avais vu manger un veau à lui seul.

L'esclave esquisse un sourire, vite réprimé.

Dismas ôte la pièce de sa bouche.

« C'est du vrai, Lampo. Où tu as trouvé ça ? »

Je hausse les épaules et ouvre la bourse pour lui montrer ce qu'elle contient.

« C'est là qu'elle habite, mais elle ne s'entend pas avec ses voisines. Sauf avec sa jumelle. » Je sors un autre petit disque doré. « Je me disais que tes poches pourraient peut-être en héberger quelques-unes. Est-ce que j'avais tort ? »

La première pièce a déjà disparu. Ses yeux sont maintenant fixés sur la seconde.

« Je suis toujours indésirable ? »

Dismas secoue la tête et éclate de rire.

« Bien sûr que non, Lampo. Tu me connais. J'ai eu un coup de sang, il fallait que ça sorte. Le père du garçon a fait un esclandre, mais ça passera. Gélon et toi, vous faites partie de cet établissement. »

Je lui lance l'autre pièce d'une pichenette, et cette fois, il l'attrape.

« Veille bien sur ces deux-là, dis-je. Ce sont de braves petites. »

L'or disparaît en quatrième vitesse. Au cours de cet échange, la fille s'est éclipsée elle aussi.

« Comment s'appelle-t-elle ? demandé-je.

– Qui ça ?

– Ton esclave avec qui je parlais. »

Il hésite, comme s'il devait réfléchir.

« Lyra.

– Lyra de Lydie. Ça sonne joliment.

– Hein ? De quoi tu parles ?

– La Lydie, c'est de là qu'elle vient. Putain, tu as acheté cette fille, tu pourrais au moins savoir ça. »

On dirait que Dismas a bien envie de me flanquer dehors, mais il se contente de hocher la tête.

« Oui, bien sûr. Il y avait un tas de Lydiens à vendre quand je l'ai achetée. Pourtant, on n'en voit plus beaucoup. Je suppose qu'ils arrivent par vagues.

– Exact. »

Je sors une pièce d'argent pour commander un autre pichet de vin de Catane et j'offre ce qu'il veut à Dismas. Toute trace d'animosité a disparu. Il me parle des migraines que lui procurent les travaux de son nouvel établissement. Des entrepreneurs véreux ont utilisé des briques de merde qui se fendent déjà.

« Mais je ne me laisserai pas entuber, affirme-t-il en buvant son pichet de vin à petites gorgées. J'ai travaillé trop dur pour me payer ça. Car j'en ai bavé, tu sais.

– Tu as mérité chaque drachme que tu as gagnée. C'est évident. » Il fronce les sourcils, mais je vois qu'il boit du petit-lait. « Concernant la fille, dis-je, avec l'air de ne pas y toucher, ça t'embêterait si je l'invitais à sortir avec moi un de ces jours ? Pour aller se promener ? Je me ferais un plaisir de te dédommager. »

Dismas m'adresse un sourire satisfait.

« Ah, je le savais. Si tu veux te la taper, je peux lui passer le message. Il y a une chambre au premier. »

Je rêve de cette fille depuis des semaines. Et voilà qu'il me suffit de dire oui, de filer quelques pièces à Dismas et de monter au premier. C'est aussi simple que ça.

« Non, dis-je. Merci quand même, mais non. J'aime bien discuter avec elle. C'est une fille intéressante. »

Dismas ricane et pioche quelques olives dans un pot sur le comptoir. Il les gobe l'une après l'autre. Ses doigts sont luisants. Tout me semble sale soudain, comme si chaque chose avait été enduite de cette huile. Et j'ai envie de casser quelque chose, mais je me retiens. Je contemple mes chaussures en croco : celle de gauche est tordue, à cause de mon boitillement. Elles sont excessives, en fait. On dirait un des costumes d'Alekto. Je ferme les yeux.

« Qu'est-ce qui t'arrive, mon vieux ? Si ce que tu veux, c'est te promener, pas de problème. Emmène-la en balade, je m'en fous. Je l'appelle ?

– Je ne peux pas maintenant. J'ai à faire.

– Quand, alors ? Pas le soir, j'ai besoin d'elle.

– Demain après-midi. Je passerai la chercher.

– Entendu, Lampo. »

Il ricane de nouveau, et je me dis que je vais le tabasser. Tout sourire, je demande :

« Qu'y a-t-il ?

– C'est curieux, voilà tout. Cette guerre a changé énormément de choses, et je sais que je ne devrais pas m'étonner de découvrir un Lampo plein aux as. Mais j'avoue que je ne l'avais pas vue venir celle-là.

– Eh oui », dis-je, et je m'aperçois que la fille est en train de récurer des tables dans un coin.

Sans doute qu'elle a tout écouté.

Me voici de retour au marché. Je ne saurais dire combien de temps j'ai passé chez Dismas, mais j'ai vidé un bon nombre de gobelets et je sens dans mon crâne cette douleur diffuse typique quand on arrête de picoler à midi. Un goût amer flotte dans l'air, mais je dois faire vite si je veux tout régler. Le stand de Skiron est plus calme à présent que la bousculade de l'après-midi est passée. En me voyant arriver, il paraît agacé, mais il se ressaisit et me salue d'un geste. Le blé s'empile dans les tonneaux. Il a la couleur du soleil couchant : doré avec une pointe de rouge, et il sent bon.

« Tu ne trouveras pas un meilleur blé dans tout Syracuse, déclare-t-il fièrement. J'ai eu un mal fou à me le procurer, mais je t'avais dit que je tiendrais parole. Tu en as mis du temps.

– Les affaires. »

Il veut savoir quel genre d'affaires. J'ai l'esprit qui vagabonde, alors je ne sais même pas ce que je dis, mais ça doit être convaincant, car il hoche la tête et me demande comment je souhaite transporter le blé.

« Tu n'as pas une charrette ou un truc dans le genre ? »

Il en a une, mais ça me coûtera un supplément. Rien d'étonnant.

« Ça fera quarante drachmes en tout », dit-il.

Je prends ma bourse et comprends immédiatement que quelque chose ne va pas. Elle est toujours là, bien accrochée à ma ceinture en peau de cerf, mais elle est foutrement légère. Et quand je la secoue, ça tinte à peine à l'intérieur.

« Combien tu as dit ?

– Quarante. J'ai vu le contenu de ta bourse. C'est largement assez. »

Il reste à peine huit drachmes. Où est passé tout ce fric, bordel ? On me l'a volé ou quoi ? Non, je sais qu'on ne m'a rien volé. J'ai merdé, voilà tout.

« On m'a détroussé, dis-je. Cette ville part à vau-l'eau. Un sale petit Carthaginois de merde. Je peux juste te donner huit drachmes. Parole. »

Je vois Skiron fulminer. Et il se met à brailler : huit drachmes, ça ne couvre même pas les frais, il va en être de sa poche, c'est injuste.

« À prendre ou à laisser », dis-je.

Je n'en reviens pas de l'entendre dire qu'il préfère laisser, et c'est à mon tour de suer à grosses gouttes, car Gélon va devenir dingue si je reviens les mains vides. Je bredouille, je lui rappelle qu'on est de la même famille, j'ai besoin de lui sur ce coup-là. Skiron retrouve le sourire. Certes, il est perdant, et matériellement parlant, c'est une mauvaise opération pour lui, mais d'une certaine façon, l'équilibre a été rétabli : je lui demande un service. Il passe sa langue sur ses lèvres et hoche la tête comme si le monde, après avoir perdu la tête momentanément, avait retrouvé la raison.

« Pour huit drachmes, je peux te donner un tonneau d'orge. »

Je proteste, mais en vérité, je suis soulagé. L'orge, c'est de la nourriture, et la nourriture c'est la vie. Gélon va sortir de ses gonds, mais au moins Pachès et ses camarades auront à manger. Toutefois, je ne peux plus compter sur la charrette de Skiron, et me voilà avec un tonneau d'orge que je dois faire rouler sur le sol. Tout le monde me regarde, car je suis habillé comme un aristo et je me tape un travail d'esclave.

« À plus tard, cousin ! » me lance Skiron.

Je fais rouler mon tonneau jusqu'à la sortie du marché et dans les rues en soulevant des nuages de poussière qui me frappent au visage, mais je m'en fous. Je continue jusqu'à ce que j'atteigne le chemin de terre qui mène à la carrière de Laurion, à la vitesse d'une tortue, et je saccage mes chaussures en croco. Soudain, je l'aperçois. Gélon m'attend à l'embranchement. Il n'est pas seul. Six gamins l'entourent. Parmi lesquels je reconnais immédiatement Darès.

« Pourquoi as-tu fait ça ? » me demande Gélon en voyant l'unique tonneau, mes chaussures et le reste.

Je lui raconte que j'ai été victime d'un putain de pickpocket au marché, et c'est tout ce que j'ai pu acheter. Je me prépare à recevoir un coup, qui ne vient pas. Gélon secoue la tête simplement, plus triste que furieux, et sa déception me fait plus mal qu'une correction. Il montre le soleil, énorme et rouge, qui roule dans le ciel, telle la tête de Nicias sur la place, il y a des mois de cela.

« À cause de toi, ils ne mangeront rien ce soir.

– On ne peut pas descendre maintenant ?

– Trop tard. Les rats sont sortis, ce sera trop dangereux pour eux. »

Il montre les enfants. Darès et ses camarades protestent, mais Gélon s'éloigne déjà, en direction de la ville, et les gosses le suivent. Pas moi. Je m'assois sur le tonneau et regarde le soleil rouge plonger dans les fosses, et je murmure une promesse que j'espère tenir.

14

Deux sacs d'orge
Huit morceaux de fromage à pâte molle
Deux outres de vin. Douze outres d'eau
Quatre pots d'olives
Tasses et cuillères

Les gamins nous attendent au marché. Ils traînent autour de nous, l'esprit léger, pendant que nous achetons les articles qui figurent sur la liste. Au bout d'un moment, je remarque que ce sont eux qui portent nos emplettes. L'un d'eux tient un pot en terre, un autre un morceau de fromage, un autre une outre de vin, et ils sifflotent, ils rient. Je m'apprête à les couvrir d'insultes quand Gélon m'annonce la nouvelle : les enfants font partie de la production désormais. Chaque pièce digne de ce nom, explique-t-il, a besoin d'assistants, et ces garçons seront parfaits. De plus, leur école est fermée pour travaux, et cela leur évitera de faire des bêtises. Darès acquiesce à chacune des paroles de Gélon. Je ne dis rien. Je trouve que c'est une très mauvaise idée, mais quand Gélon a quelque chose en tête, impossible de le faire changer d'avis.

Ces gamins sont à présent assistants de production, que cela me plaise ou non. C'est une étrange déambulation ce matin. La lune est toujours là, lame effilée, plus large et nette que le frêle soleil. Théros a disparu depuis longtemps. Les feuilles ne tombent pas des arbres, elles sont comme arrachées aux branches. Rouges toutes autant qu'elles sont, elles glissent dans les rues telles des étoiles ensanglantées sous le couteau de la lune dans le ciel violet. Les enfants sont turbulents, ils bavardent et chantent en chemin, mais à l'approche de la carrière, une sorte de chape s'abat sur eux. Seul Darès demeure fidèle à lui-même. Collé aux basques de Gélon, il le bombarde de questions sur tout ce qui concerne le théâtre.

Soudain, des notes de musique transpercent le silence. Une jolie mélodie franchit la crête de la colline, et notre pas s'accélère. Les gamins et moi, nous nous élançons, mais quand nous atteignons le sommet, la musique s'arrête. Ne restent plus que le croassement des corbeaux et un vieil homme coiffé d'un large chapeau de paille assis sur un rocher. À côté d'une brouette et d'un chien beige attaché par une corde, qui remue la queue.

« C'est vous qui jouiez ? » lui demandé-je.

Le vieil homme me regarde comme s'il ne comprenait pas la question. Gélon prend la bourse et lui donne une pièce. Le petit Strabo caresse le chien pendant que les autres enfants déposent les vivres dans la brouette, et les couvrent d'un tissu. Nous repartons. Pas un mot n'a été échangé entre le vieux bonhomme et Gélon, et j'en viens à penser que cette musique n'existait que dans ma tête. Je demande à Gélon qui était ce type et il marmonne une réponse où il est vaguement question d'un type qui vend une brouette. Nous avons atteint la fosse de Laurion. Le garde posté à l'entrée hausse un sourcil en voyant les enfants, la brouette, mais la pièce d'argent que lui glisse Gélon calme ses inquiétudes.

« À partir de maintenant, on descendra presque tous les jours.

– Entendu, répond le garde en empochant la pièce d'argent.

– Certains jours, il se peut que vous entendiez de la musique, mais ne vous inquiétez pas : ça fait partie de la production.

– Ah… hein ?… quoi ? »

La voix de Gélon se transforme en murmure. D'un ton apaisant il explique au garde qu'il n'a aucune raison de s'inquiéter. Nous effectuons un travail important. Le garde paraît effrayé, mais Gélon précise, toujours en chuchotant, qu'il s'agit de théâtre. Nous sauvons la dernière pièce connue d'Euripide, mon ami, et vous pouvez participer à cette entreprise. Le garde demeure hésitant, mais le ton de Gélon le rassure, tout comme les pièces d'argent et l'outre à vin gonflée que je lui tends, et lorsque nous poursuivons notre chemin, il nous souhaite bonne chance.

Fut un temps où la fonction de gardien de carrière était un joli petit gagne-pain. Les gens voulaient descendre pour voir les redoutables Athéniens enchaînés, mais les mois ont passé, et les Athéniens ne constituent plus une attraction de premier choix. Les visiteurs sont de plus en plus rares, et le poste de gardien de carrière n'est plus ce qu'il était. J'estime que nous l'avons surpayé.

Un bon nombre d'Athéniens sont certainement passés de vie à trépas depuis notre dernière visite. Nous sommes parfois obligés de contourner des monticules de pierres avec notre brouette chargée de nourriture. Autant de tombes improvisées qu'érigent les prisonniers quand l'un d'eux meurt. D'ailleurs, une cérémonie funéraire est en cours. Quelques Athéniens transportent en ahanant des pierres pas plus grosses que des poings. Ils doivent les tenir à deux mains, plaquées contre leur poitrine, comme des mères bercent leurs bébés. Les enfants les observent d'un air hébété. Une fois de plus, Darès est le premier à réagir.

« C'est les Athéniens ? » demande-t-il, incrédule.

Gélon hoche la tête. Les enfants échangent des regards hésitants. De toute évidence, ce n'est pas ce à quoi ils s'attendaient. Les puissants envahisseurs qui avaient massacré leurs pères, leurs frères et leurs oncles : ces squelettes en haillons qui transportent des cailloux ?

« La faim, dis-je. Même les dieux ont besoin de manger. »

Darès acquiesce comme s'il comprenait, et je crois que c'est le cas, mais certains de ses camarades demeurent bouche bée. Strabo, l'avorton qui a récité une prière pour son père, est le plus perplexe de tous. Il se détache de notre groupe, tel un somnambule, les mains tendues. On dirait qu'il veut les toucher pour s'assurer qu'ils existent bel et bien. Un de ses camarades le retient par la main et le tire en arrière.

« Ici, nous devons rester groupés, dit Gélon. Celui d'entre vous, n'importe lequel, qui désobéit sera renvoyé. C'est compris ? »

Darès hoche la tête vigoureusement et se tourne vers ses camarades.

« Vous avez pigé ? »

Les cinq autres braillent qu'ils ont pigé et nous poursuivons notre chemin. Je pousse la brouette et les gamins marchent à ma hauteur : une personne extérieure pourrait presque croire que nous participons à la cérémonie funéraire des Athéniens. S'ils savaient ce que contient cette brouette, que feraient-ils ? Ils semblent trop faibles pour se livrer à des actes de violence, mais tout peut arriver. Heureusement, la nourriture est cachée. Ils ne voient qu'un tissu déchiré, et je suis frappé par ce contraste : alors qu'ils transportent leurs pierres funéraires, la vie passe à côté d'eux sur deux roues, des semaines, voire des mois de vie. Sans qu'ils le sachent. Parfois, me dis-je, l'ignorance a du bon.

Nous retrouvons Numa dans le même tunnel que précédemment. Pachès nous rejoint peu de temps après. La dernière fois, nous leur avions laissé un petit sac d'avoine et ils paraissent en meilleure forme l'un et l'autre.

« Vous avez répété ? »

Pas de réponse.

Ils regardent les enfants. Et réciproquement.

« Les garçons, voici Pachès et Numa. Les deux meilleurs comédiens que l'on puisse trouver. Pachès et Numa, les garçons.

– Ils seront assistants de production », précise Gélon.

Les assistants et nos comédiens continuent à s'observer en chiens de faïence.

Darès retire le tissu qui couvre la brouette.

« Vous devez mourir de faim tous les deux », dit-il et il leur distribue à chacun une épaisse tranche de fromage.

Quelle curieuse chose que la faim. Un manque est-il à l'origine de toute forme d'amour ? Est-ce ce qui crée l'émotion ? Non pas une présence, mais une absence ? Faut-il être vide pour pouvoir être comblé ? Je ne suis pas philosophe, mais c'est ce que je pense en voyant les yeux de Numa et Pachès s'écarquiller et briller. Ils se jettent sur le fromage. Le flegme de Darès lui-même est ébranlé par cet assaut sur la nourriture. Quand tout le fromage a été avalé, je leur donne un peu de vin et quelques tasses d'orge, qu'ils cachent aussitôt sous des pierres dans le tunnel.

« Bonne idée », dis-je.

Le chœur arrive sur ces entrefaites. Nous les nourrissons avant les répétitions. Les gamins distribuent à boire et à manger. Gélon explique que ce sont nos assistants de production à partir de maintenant. Certains membres du chœur paraissent surpris, mais la plupart se contentent de hocher la tête et de se goinfrer. Je dis à Darès de donner à chacun un peu plus que sa ration pour qu'il puisse faire des réserves. On distribue le fromage, le vin et les olives. L'effet produit se répand comme un nectar ou la foi : leurs jambes et leurs visages semblent presque vivants, et quand je leur demande s'ils sont prêts à travailler la scène deux, je perçois en eux une sorte d'excitation.

Un raclement de gorge derrière nous.

Dressé sur la brouette, Gélon déclare qu'il aimerait dire quelques mots avant de commencer. Et voici ce qu'il dit :

15

« La première fois que j'ai assisté à une pièce de théâtre, je devais avoir sept ou huit ans. Ce n'était pas du Euripide, mais du Sophocle. *Œdipe Roi.* Un vrai déclic. Gamin, assis sur les genoux de mon père, je regardais ce roi au destin tragique qui essayait de découvrir qui avait tué son père, et j'avais de la peine pour lui. Je me mettais à sa place. J'ai serré la main de mon père et je lui ai dit que jamais je ne le tuerais. Chut, m'a-t-il répondu. »

Gélon émet un rire étrange avant de poursuivre :

« Cette nuit-là, je n'ai pas dormi. J'ai pleuré, j'avais de la fièvre. Pourquoi les dieux avaient-ils laissé Œdipe tuer son père, épouser sa mère et se crever les yeux ? Ne pouvaient-ils pas l'en empêcher ? Les dieux étaient-ils faibles ? Ou bien s'en fichaient-ils ? Je pleurais, car je ne comprenais pas, mais vous savez quoi ? Je me suis souvenu qu'Œdipe était bon. Bien qu'il ait fait et enduré toutes ces horribles choses, il restait un être bon, et qu'importe que les dieux se soucient de lui ou pas. Je me souviens d'avoir pensé, enfant, que c'était à la fois affreusement triste et beau. Même dans ce qui pouvait arriver de pire sur cette terre, il y avait de la dignité, et je me suis senti moins seul. Car je crois que, plus que tout, j'étais un enfant très seul. »

Il boit une gorgée de vin et tousse.

« J'adore Athènes. Et je crois que j'aimerai éternellement la ville qui a engendré cette pièce. Aujourd'hui, je préfère Euripide, mais je vous ai parlé d'*Œdipe* car c'est la première pièce qui m'a ému. Je ne vous hais pas. Comment le pourrais-je ? Même si je sais que vous êtes venus dans le but de nous réduire en esclavage, je ne peux pas vous haïr. Je pense qu'il y a forcément quelque chose à sauver dans une ville qui nous a offert ces pièces. D'où ma présence ici. » Gélon regarde autour de lui. « Je crois. »

Les Athéniens ouvrent de grands yeux. C'est la première fois que j'entends Gélon prononcer une aussi longue tirade depuis la mort de son fils. Il ne m'a jamais raconté cette histoire. Les Athéniens font une drôle de tête. Je crois qu'ils n'ont pas tout compris, mais ils ont saisi l'essentiel. Ce type perché sur une brouette aime leur théâtre. Il en est éperdument amoureux et, dans une moindre mesure, il les aime eux aussi, pour cette raison. Et c'est pour cette raison, plus que toute autre, que nous sommes ici.

Abattus et affamés comme ils le sont, on pourrait croire que ces Athéniens s'en branlent de savoir qu'un Syracusain aime leur théâtre, eh bien non. Il suffit de survoler leurs visages pour s'en rendre compte. C'est une expression que je n'ai pas vue depuis deux ans, au cours de cette bataille où ils resplendissaient dans leurs armures. Le même sentiment brille dans leurs yeux à présent, mais de manière beaucoup plus atténuée : la fierté. Ces types sont fiers d'être athéniens. Cela ne dure pas longtemps, mais impossible de se méprendre, et c'est à la fois beau et ridicule.

Quand Gélon saute de la brouette, ils s'approchent de lui d'un pas traînant, mais leurs dos sont un peu plus droits, et ils lui demandent par quelle scène il veut commencer. Gélon les laisse décider, ce que je trouve bizarre tout d'abord, avant de comprendre qu'il est en train de gagner leur confiance. Ils choisissent un des agôns. La scène dans laquelle Médée annonce au chœur son intention de tuer ses enfants, et où le chœur l'accuse d'être une très mauvaise mère. Je me souviens du soir où Gélon m'a confié qu'il voulait monter cette pièce. Il m'avait interprété une chanson du chœur. C'était un peu plus tard dans la pièce, quand les enfants sont déjà morts, et cela crée une étrange sensation de fusion temporelle. L'espace d'un instant, j'ai l'impression que l'avenir et le passé ne sont pas séparés, mais sont juste des passages différents d'une chanson unique. Je bois une gorgée de vin et passe l'outre à Pachès, qui y touche à peine. Je lui demande ce qui ne va pas, et il me répond qu'il veut garder les idées claires pour jouer la scène. Oui, les choses prennent un tour étrange. Numa se bat avec sa perruque, foutrement emmêlée, et Gélon est obligé de la déchirer.

« Bientôt, nous aurons de véritables accessoires, dit-il. Je les ai commandés à Alekto. La meilleure boutique de Syracuse pour tout ce qui touche au théâtre. »

Numa acquiesce et ajuste la perruque de son mieux. Comme précédemment, la métamorphose s'opère, discrète tout d'abord : une inclinaison de la tête, un regard. Mais en définitive, même sa façon de respirer a changé, et il n'a pas encore dit un mot qu'un des gamins laisse échapper un petit cri de frayeur. En me retournant, je constate que c'est Strabo. Un de ses camarades plaque sa main sur sa bouche et l'attire contre lui. Numa a disparu, ne reste que Médée. Elle déclare face au chœur qu'il est hors de question que les enfants vivent, car Jason aurait toujours quelque chose. Et tant qu'un homme a quelque chose, il peut reconstruire dessus. Un fermier dont la récolte n'a rien donné peut toujours planter de nouvelles graines. Mais si vous prenez tout, si vous empoisonnez le sol afin que plus rien ne pousse, alors cet homme est totalement détruit.

C'est au tour du chœur. Tous les regards se tournent vers les comédiens pour guetter leur réaction. Ils n'ont ni perruques ni costumes. Ils sont censés incarner de riches nobles de Corinthe, mais je n'y crois pas. Les fers attachés à leurs chevilles s'entrechoquent quand ils remuent les pieds pour ce qui ressemble à une tentative de pas de danse. J'ai de la peine pour eux. Ils n'ont pas de musique, or plus que n'importe quel comédien, un chœur a besoin de musique pour prendre vie.

« Nous travaillons sur un dithyrambe, les gars, dis-je. Alors, ne vous inquiétez pas. Vous aurez bientôt des mélodies. Ce n'est qu'une répétition. »

Les membres du chœur acquiescent et continuent à se dandiner dans une parodie de gigue. Gélon se met à fredonner ce qui doit être la musique de cette scène, car l'espace d'un court instant, Numa abandonne son personnage pour sourire avec enthousiasme, mais il disparaît presque aussitôt et Médée fait face au chœur d'un air de défi. Gélon fredonne plus fort, et un rythme s'installe. Je le sens. La chorégraphie du chœur s'accélère et les chaînes à leurs pieds s'agitent tels des serpents gris. C'est peut-être un effet de mon imagination, mais on dirait que les tintements de ces fers correspondent à la mélodie que fredonne Gélon.

« Tu ne peux pas faire ça, chante le chœur, ce sont tes enfants. C'est contraire à la loi des dieux.

– Les dieux ? rétorque Médée d'une voix stridente en montrant le ciel. Ne suis-je pas la petite-fille du dieu soleil qui projette sur vous sa lumière à cet instant ? Ne me parlez pas de la loi des dieux ! Regardez le soleil. Il brille sur tous les actes, quoi qu'il en soit. »

Médée fait la toupie et salue.

Le chœur s'écrie que c'est contre nature. Que même les loups dans les forêts protègent leur progéniture. « Cela ne peut pas être. Si le soleil brille sur chaque chose, c'est pour que les dieux puissent voir nos actes et nous juger. »

Gélon fredonne de plus belle et je remarque que sa voix n'est plus isolée. Darès s'est joint à lui, hésitant tout d'abord, avant de gagner en confiance. Le voyant faire, d'autres gamins l'imitent. Tous ne possèdent pas son sens du rythme ni sa vivacité d'esprit pour choper la mélodie, si bien que le résultat est assez catastrophique, mais ces voix juvéniles créent cet étrange effet informulé, que tout le monde ressent, j'en suis sûr. La voix des enfants de Médée, leur musique, semblent supplier leur mère, en même temps que le chœur, de les épargner. C'est très troublant et je sens les poils de mes bras se hérisser, tandis que le débat se poursuit : le chœur contre Médée. Bien qu'ils soient quinze contre une, c'est sa volonté qui s'impose, les arguments du chœur faiblissent, mais le bourdonnement des enfants monte dans les aigus, et vers la fin, une étrange note vient s'y ajouter. Je me retourne et découvre que c'est la voix de Strabo, la plus fluette de toutes. Toutefois, son croassement aigu semble s'élever au-dessus de l'ensemble, et je me dis que nous tenons peut-être quelque chose. On pourrait se croire dans un véritable théâtre. Nous sommes des putains de metteurs en scène, oui, mais soudain, le chant s'arrête et le chœur détale, effrayé.

« C'est quoi, ce bordel ? » rugit quelqu'un dans notre dos.

Un type costaud marche vers nous. Un gourdin sur l'épaule et une lueur de folie dans le regard. C'est Biton.

« Bonsoir, Biton, dis-je en m'obligeant à sourire. Comment ça va ? »

Il ne répond pas, il regarde autour de lui. Il observe la scène comme à travers un brouillard rouge : Numa coiffé de sa perruque, le chœur, la brouette remplie de victuailles. Mais sa fureur retombe quelque peu et se teinte de stupéfaction quand il découvre les enfants.

« Qu'est-ce qui se passe ? » demande Biton.

Je vais pour répondre, mais Gélon me coupe et s'avance au premier plan.

« Ça ne te regarde pas, Biton. Inutile de faire des histoires. »

Biton regarde Gélon. À une époque, ils s'entendaient bien tous les deux. Le fils de Biton travaillait dans notre fabrique, et parfois, nous allions à la pêche ensemble.

« Vous filez à bouffer à ces salopards ? »

Gélon lui explique que ces hommes sont peut-être les derniers représentants du théâtre athénien. Que nous montons un spectacle destiné à entretenir la mémoire d'Euripide, car Athènes risque fort d'être détruite par les flammes si les Spartes l'assiègent.

Une étincelle sauvage s'allume dans le regard de Biton à l'évocation de l'incendie d'Athènes, mais elle s'éteint aussitôt, remplacée par autre chose.

« Vous filez à bouffer à ces salopards. C'est le fils d'Anchise là-bas. » Il montre l'enfant blond qui tient un bloc de fromage. « Les Athéniens ont tué son père. Et le petit Strabo, là-bas ? Son frère a été transpercé dans le dos par une lance après s'être rendu. Je l'ai vu de mes yeux. Tu fais venir ces gamins ici pour qu'ils nourrissent les putains d'assassins de leurs familles ? C'est ça, ton idée, mon gars ? »

Le vin a toujours été la faiblesse de Biton, alors je brandis une des outres.

« Tu as le gosier sec, Biton, dis-je. Tiens, avale ça. »

Il m'arrache l'outre des mains et la piétine jusqu'à ce qu'elle éclate. Le vin projette des traînées écarlates sur nos jambes. Après quoi il me saisit à la gorge et me soulève de terre.

« Si jamais tu m'offres encore du vin, Lampo, je te fracasse le crâne. »

Gélon intervient et Biton me lâche. Je tombe dans la poussière, le souffle coupé.

Tous les deux se préparent au combat. Gélon est grand, sec et fort, mais Biton est taillé comme un bœuf. Je connais peu de personnes capables d'avoir le dessus sur Gélon. Biton en fait partie.

« Arrêtez ! » s'écrie Darès.

Il se jette entre eux. Courageux, ce petit salaud.

Biton le toise. Il a la bave aux lèvres et je ne suis même pas certain qu'il voie le gamin.

« Mon père et votre fils ont servi ensemble, dit Darès. Ils étaient amis. »

Un tremblement agite les joues de Biton, il serre le poing, et je me dis : Oh, bon sang, il va frapper le môme, mais non. Il recule lentement.

« C'est inacceptable, Gélon. Tu m'entends ? La prochaine fois, enfants ou pas, tu y as droit.

– Quand tu veux, Biton. Suffit de demander. »

Biton hoche la tête.

« Je te retrouverai. Tu te prends pour un dur, mais j'y crois pas. Je sais que c'est du bluff. Je t'ai connu gamin, tu étais faible. Toujours en train de chialer et de pousser la chansonnette comme une foutue gonzesse. Tu es mou, Gélon, et je montrerai au monde entier combien tu es mou. »

Biton tressaille, et son regard trahit une absence : une mer noire pendant une éclipse. Il est capable de tout. La terre est pourrie, aucune graine ne poussera plus jamais – notre propre Médée.

« À plus tard, Gélon. »

Il balance son gourdin sur son épaule et repart. Je plains les prisonniers qui croiseront son chemin ce soir. Gélon lui-même semble secoué, et plusieurs enfants ont les larmes aux yeux. Strabo serre son cheval de bois contre lui pour se réconforter. La troupe met du temps à revenir. Pachès est le premier à faire son retour, suivi de Numa, et du chœur, par petits groupes. Mais ils sont foutrement nerveux et le croassement d'un corbeau suffit presque à les propulser dans un tunnel.

« Ne t'inquiète pas à cause de Biton, dis-je. C'est juste qu'il préfère Sophocle. »

Personne ne rit, mais Gélon me regarde comme s'il m'était reconnaissant d'avoir fait cette remarque. Il opine du chef et se remet à fredonner la musique de la scène. Seul tout d'abord, jusqu'à ce que Darès se joigne à lui. Les membres du chœur se balancent d'un pied sur l'autre, en rythme, leurs chaînes se mêlent à la mélodie et lui apportent une nouvelle intensité. Numa fait les cent pas devant eux. Il n'est pas encore tout à fait Médée, mais il n'est déjà plus entièrement lui-même. Finalement, Strabo se met à fredonner lui aussi, son cheval de bois appuyé contre ses lèvres, comme s'il s'agissait d'un instrument. Ils recommencent à jouer, et peut-être que l'intervention de Biton a instillé l'énergie et la terreur dont la scène avait besoin, car c'est encore mieux, plus violent, plus triste, plus désespéré, et je me dis : c'est pour de vrai. Nous sommes des metteurs en scène.

16

D'emblée, j'explique à Gélon pourquoi j'ai besoin de cet argent. Ce n'est pas très glorieux : donne-moi de l'or pour que Dismas autorise son esclave à se promener avec moi sur la plage pendant une heure ou deux. Il répondra : va te faire voir, pas question. Mais il fallait que je demande.

« D'accord, dit-il.

– Hein ? Quoi ? »

Gélon ouvre sa bourse et me tend une poignée de pièces.

« Je connais un endroit, murmure-t-il. Une petite crique à moins de deux kilomètres après la Porte d'Achradina.

– Noté.

– Desma et moi, on y allait au début de notre relation. La mer est foutrement calme et le soir, on voit briller les lumières de la ville. Mais on est tout seul. Il y a même des dauphins. C'est superbe, Lampo. »

J'ai envie de le serrer dans mes bras et de lui dire que je n'oublierai jamais son geste, mais je ne le fais pas. J'empoche les pièces, promets de revenir pour les répétitions et lui conseille d'apporter une arme, car Biton tiendra parole.

« Et moi aussi.

– Évidemment. Mais mieux vaut être prudent. »

Gélon fronce les sourcils. Je pense qu'il sait que je ne le pense pas, mais il ne dit rien et nous partons chacun de notre côté.

Je ne me rends pas directement chez Dismas. Je passe d'abord chez moi pour enfiler mon chiton bleu éclair et les chaussures en croco. Sur la table est posée une amphore contenant de l'huile d'olive. J'en verse quelques gouttes dans mes paumes et m'en enduis les cheveux et la barbe, en entortillant les mèches autant que je peux. Il n'y a pas de miroir pour que je puisse admirer le résultat, ça fera quand même l'affaire. Maman possède une petite parcelle de terre derrière la maison. Ce n'est pas vraiment un jardin, mais c'est suffisant pour cultiver quelques légumes, et des fleurs pour la fenêtre. Cette année, à cause de la sécheresse, il n'y a pas beaucoup de fleurs, et ça me fend le cœur de les cueillir, car depuis des mois ma mère essaie de les faire pousser, et elle se tape plusieurs kilomètres à pied chaque jour pour aller chercher de l'eau au puits, en ville. Et merde après tout. Elle veut des petits-enfants, oui ou non ? J'arrache à la racine les rares spécimens qui ont fleuri, et retourne rapidement à l'intérieur pour remettre un peu d'huile sur mes boucles et ma barbe.

Maintenant, je suis prêt.

Il reste plusieurs heures avant le coup de feu du soir et la torpeur règne chez Dismas. Lui est derrière son comptoir, en train d'astiquer des timbales.

« Tu es tout beau, Lampo. Elle est en haut, elle se prépare. Tu bois quelque chose ?

– Non merci.

– Lyra ! Grouille-toi, il est arrivé. »

Dismas se retourne vers moi, tout sourire.

« Ça fera trois drachmes. Et surtout, ramène-la avant ce soir. C'est bondé après le coucher du soleil, et je ne serai pas là. »

Je lui tends l'argent.

« Merci infiniment. »

Il ne fait pas très chaud aujourd'hui, mais des gouttes de sueur roulent sur mes joues. Je les essuie avec ma main graissée par l'huile d'olive et tremblante.

« Finalement, je veux bien boire quelque chose, mais vite.

– Du rouge de Catane ?

– Tu n'as rien de plus fort ? »

Dismas va chercher une bouteille dont l'argile s'orne d'éclats orangés, semblables à des flammes, et en verse juste un doigt dans un gobelet.

« C'est tout ?

– Fais-moi confiance. Goûte. »

Je vide le gobelet d'un train et suis pris immédiatement de haut-le-cœur.

« Putain ! C'est quoi ?

– Ça vient de Scythie. Je m'en sers surtout pour le ménage, mais je me suis dit que tu en avais besoin. »

C'est véritablement dégueulasse. Ça me brûle la gorge et la poitrine, mais la douleur s'accompagne d'une sensation de relâchement. Si la nervosité est toujours présente, les vers habituels remplacent ces serpents qui se tortillaient dans mon ventre, et je me rappelle que cette fille est juste une esclave. Tu peux le faire, Lampo. C'est une putain d'esclave.

« La voici. »

La porte derrière le bar s'ouvre et Lyra apparaît, timidement, presque pudique. Elle arbore une tunique verte dont le tissu est si fin qu'il est presque transparent. Ses cheveux, attachés quand elle travaille, cascadent sur ses épaules en épaisses boucles brunes soyeuses, et j'ai un mouvement de recul, comme si j'avais reçu un coup de poing. Elle est trop belle, bordel.

« C'est pour toi, dis-je en lui tendant les fleurs.

– Qu'est-ce qu'on dit ? demande Dismas.

– Merci. Elles sont très jolies. »

Elle les écrase contre son nez.

« Revenez avant le coucher du soleil, surtout. »

Dismas nous accompagne jusqu'à la porte du bar, comme s'il était le père de la fille. Et j'imagine que c'est le cas. Lyra est une habitante de Syracuse que je courtise dans les règles, et son père approuve cette union. La ruse semble marcher et je retrouve le moral, jusqu'à ce que Dismas se penche vers elle pour lui glisser à l'oreille :

« Occupe-toi bien de lui. Fais tout ce qu'il veut. Jusqu'à l'heure de ton service. »

Elle hoche la tête, hume les fleurs de nouveau, comme si elle essayait de cacher son visage, et nous sortons ensemble.

Depuis quelques jours, le ciel est teinté de rouge, et à cause de la poussière soulevée par tous ces chantiers de construction, il flotte dans les rues une atmosphère brumeuse qui obscurcit votre champ de vision, et j'ai peur de la perdre dans la foule. Fort heureusement, elle reste collée à moi. Je sens ses doigts frôler les miens et, par instinct, je lui prends la main. Elle en fait autant. Je suis aux anges. Puis les paroles de Dismas me reviennent : fais tout ce qu'il veut et ensuite, tu rentres. Elle me demande où nous allons. À elle de décider, dis-je. « Non, on va où vous voulez », répond-elle, et pendant un instant, la conversation tourne en rond, comme nous-mêmes d'ailleurs, car nous en sommes à notre deuxième tour de marché quand je repense à cette crique dont m'a parlé Gélon. Et puis, merde, me dis-je.

« Allons au bord de la mer. Mais d'abord, je vais faire des courses. »

Skiron est à son emplacement habituel, en train de se pourlécher et de brailler le prix de ses céréales. J'envisage de marcher vers lui en me pavanant avec Lyra à mon bras, pour lui couper la chique, mais je me retiens. Cela parviendrait aux oreilles de ma mère, de la pire des manières. En outre, nous n'avons pas besoin de blé ni d'orge, mais d'alcool. J'aimerais bien un petit vin de Catane, mais je sais que Lyra n'aime pas le rouge, alors j'opte pour un blanc d'Italie dont le négociant affirme qu'il « fait sensation ». En tout cas, il fait mal à ma bourse. Pour grignoter, j'achète une miche de pain de seigle tout frais, encore chaud, agrémenté de petits morceaux d'olives noires. Lyra choisit quelques fromages à pâte molle, et nous voilà partis pour la crique.

C'est une sacrée trotte. La plage est composée essentiellement de cailloux aux bords tranchants et Lyra doit s'arrêter plusieurs fois pour les extraire de sa chaussure. Je lui demande un de ces cailloux et, bien que surprise, elle m'en tend un. Il est rond, d'un jaune profond, poli par la mer, et je lui dis que ce caillou vaut une fortune.

« Ah bon ? fait-elle, vaguement intéressée.

– Oui. On raconte qu'un jour, il y a très très longtemps, il s'est coincé dans la chaussure de la déesse Lyra. »

C'est nul, mais ça fera l'affaire. Elle secoue la tête et contemple le large. Le ciel est couvert et la surface de la mer ressemble plus à du métal fondu qu'au bleu habituel. Des baigneurs sont encore dans l'eau : on voit leurs têtes ballotter au milieu des lames métalliques, et parfois une main ou un pied pâle apparaît.

« Tu sais nager ? »

Elle me regarde comme si elle devait réfléchir.

« Tu ne sais pas si tu sais nager ?

– Quand j'étais enfant, je savais. Mais je n'ai pas nagé depuis des années.

– Ça ne s'oublie pas. »

Je laisse cette phrase en suspens et nous continuons à avancer. Un peu plus loin, il y a un sanctuaire dédié à Protée. Durant la guerre, il était très fréquenté, car quiconque devait servir à bord d'un navire venait là pour faire une offrande, mais ça s'est beaucoup calmé. Le prêtre qui veille sur le sanctuaire, assis sur les marches, joue avec un chat tigré. Il agite de haut en bas un fil de sa cape, hors de portée du félin, et il sourit comme s'il était plus rusé que Hermès chaque fois que le chat loupe sa cible.

« Pauvre abruti, dis-je. Pas étonnant que les gens perdent la foi.

– C'est encore loin ? »

Un peu plus d'un kilomètre, mais je ne le dis pas. Au lieu de ça, je demande :

« Tu es fatiguée ?

– Non, non. J'aime bien marcher. Mais c'est ces chaussures, elles sont terribles. J'ai un autre caillou sacré, si ça vous intéresse ?

– Donne. »

Cette fois, elle me tend un caillou aux angles plus tranchants. Du même gris que le ciel. Je le glisse dans ma poche, malgré tout. Nous ne parlons presque pas durant le kilomètre suivant. Ce n'est pas un silence né d'une situation confortable, non, c'est un silence tendu, dans lequel on sent palpiter les pensées de l'autre : des phrases mort-nées agonisent sur les lèvres avant d'être prononcées. J'ai envie de parler, pourtant, mais rien d'intéressant ne me vient à l'esprit, alors je lui demande si elle a un autre caillou dans sa chaussure.

« Non, je ne crois pas. Je vous le dirai. »

Nous atteignons la crique de Gélon. Les falaises sont creusées de cavernes qui apparaissent seulement à marée basse. D'aucuns affirment que c'est là que le Cyclope a enfermé Ulysse. C'est pour cette raison, je crois, que Gélon a emmené Desma ici la première fois. C'est très beau, en effet, mais Gélon a toujours eu besoin d'un petit plus. La plupart des gens croient aux mythes, car nous les rattachons à des endroits réels, et cette croyance ajoute à ce qui existe déjà, mais avec Gélon, c'est le contraire. Il croit à ce qu'il a devant lui par le biais des histoires que l'on raconte.

« On dit que c'est dans cette caverne qu'Ulysse a crevé l'œil du Cyclope.

– Oh.

– Hélas, on ne la voit pas pour l'instant, à cause de la marée haute. »

Elle hoche la tête poliment, mais je sens qu'elle a la tête ailleurs. L'esclave s'ennuie.

« Tu crois que tu reverras la Lydie un jour ? »

Cette question la fait sursauter. Elle me regarde, réveillée tout à coup.

« Je ne sais pas.

– C'est peu probable... Installons-nous ici. »

La rougeur de ses joues s'étend des yeux à la mâchoire. J'ai oublié d'emporter une couverture et nous sommes obligés de nous asseoir sur les rochers humides. J'étale notre pique-nique. Une des outres de vin s'est ouverte et le dessus de la miche de pain est mouillé comme une éponge. Je l'arrache et le balance, ce qui provoque presque aussitôt un déferlement de plumes lorsque des mouettes fondent sur nous. Peut-être qu'elles seront ivres.

« Je crois que je n'y retournerai jamais. »

Elle regarde droit devant elle, au-delà de la mer sombre comme du vin. Je ressens un pincement de culpabilité, mais quelque chose en moi murmure : continue comme ça.

« Une réaliste, dis-je. Je crois que tu as raison.

– Fut un temps où j'étais certaine d'y retourner. Un événement allait se produire. Mon père viendrait me chercher. Dismas tomberait amoureux de moi et me rendrait ma liberté. Ou bien, la guerre..., dit-elle en riant. Oh, vous ne pouvez pas imaginer comme je souhaitais la victoire d'Athènes. Vous vous souvenez des tracts qu'ils distribuaient en ville ?

– Tu sais lire ? » demandé-je, étonné.

Elle hoche la tête et boit une gorgée de vin.

« En Lydie, on apprend à lire aux femmes. Je lisais beaucoup dans le temps, mais ce que j'ai lu de mieux, ce sont ces tracts. Athènes est là pour vous libérer. Des mensonges, très certainement, mais n'importe quel rêve est bon à prendre.

– En tout cas, c'est formidable. Que tu saches lire. »

Elle secoue la tête.

« Le grec, c'est facile. C'est le persan qui est difficile. »

J'en ai la tête qui tourne.

« Tu es une petite garce futée. »

Elle sourit. Premier sourire sincère depuis le début de notre promenade. Elle boit une longue gorgée de vin blanc et me passe l'outre. Le vin est frais, fruité, et il y a autre chose que je ne parviens pas à décrire. Cette autre chose, ce doit être elle, je suppose.

« C'est mon père qui m'a appris. Il travaillait pour le gouvernement.

– Tu étais une aristo ? »

Elle semble déroutée par cette question, alors je la formule différemment.

« Vous étiez riches ? »

Une grimace de dégoût, comme si être riche était méprisable. Elle parle de son père. Il n'était pas riche, mais il aurait pu l'être si l'argent l'avait intéressé, mais il trouvait ça trop facile, trop vulgaire. Il aspirait au savoir, dans tous les domaines. Les marées, l'envergure des ailes d'une mouche, pourquoi les feuilles étaient vertes, le mouvement des étoiles. Il n'y avait pas un seul sujet qui n'intéressait pas son père.

Il pouvait même prédire les éclipses. Un père exceptionnel, cet homme, et je souris tellement que j'en ai mal aux dents.

Jamais je n'ai vu Lyra aussi vivante chez Dismas. La voilà qui m'explique le principe des éclipses. Elle ramasse une pierre blanche, censée symboliser la lune, et il est question d'axes, de rotation, pas besoin des dieux pour expliquer ces phénomènes, dit-elle. Ses mains s'agitent, ses yeux pétillent. Soudain, je donne une claque sur son bras, à l'endroit où le fer a flétri la peau.

« Pardon. J'ai vu une guêpe. »

Elle se raidit. Elle ne sait pas si elle doit poursuivre.

« Continue. »

Alors, elle continue, hésitante tout d'abord, puis très vite, elle retrouve son débit précipité et son enthousiasme. Le vent rabat ses cheveux bruns devant ses yeux : elle les repousse d'un geste, laissant quelques grains de sable sur ses sourcils.

« Ton père pouvait prédire les éclipses, dis-je. Pourtant, il ignorait que sa fille allait devenir esclave. Tu parles d'un devin ! »

C'est comme si je l'avais giflée. Une traînée blême se répand sur la peau de sa mâchoire.

« Je n'ai jamais dit que c'était un devin. Il était tout le contraire.

– Inutile de te mettre en colère. Je te taquine. Tiens, prends une olive. »

Elle ne prend pas celle que je lui tends. Elle contemple le ciel. Les nuages noirs et fins se déplacent tels des insectes.

« Finis ce que tu racontais au sujet des éclipses. »

Elle secoue la tête.

« Je n'ai pas envie.

– N'oublie pas les ordres de Dismas. Tu dois faire tout ce que je veux. Et je veux en savoir plus sur les éclipses. »

Les fleurs de ma mère sont posées sur ses genoux. J'en prends une pour la glisser dans ses cheveux.

« Continue.

– Non. Vous pouvez me prendre, mais je ne parlerai plus de ça. »

Je ne sais pas comment réagir. Nous restons assis là, côte à côte, bouillonnants. À sept ou huit mètres de nous, dans la mer, un rocher pâle se dresse. Élancé, presque semblable à une main. Une main de néréide. Je ramasse une pierre, et c'est comme une révélation. Si j'atteins ce rocher, tout s'arrangera avec Lyra. Dans le cas contraire, ma vie est foutue. Je vise avec le plus grand soin et lance la pierre. Elle part dans la mauvaise direction et mon ventre se noue, mais soudain, sous l'effet du vent ou d'autre chose, sa trajectoire varie et elle atteint le rocher pâle avec un petit bruit presque inaudible, comme si elle avait touché une peau. Mon cœur cogne dans ma poitrine : c'est elle.

« Tu es magnifique. »

Elle pousse un soupir, presque de résignation, et tourne son visage vers moi. Les yeux fermés, elle semble attendre un baiser.

« Pas si vite, dis-je. Je crois que nous sommes partis du mauvais pied.

– Pas du tout. Je vous comprends très bien.

– Non. Tu ne comprends rien. Le truc, c'est que j'aime t'écouter. Tout ce que tu m'as raconté sur les éclipses et l'harmonie entre les nombres, j'ai adoré t'écouter : hélas, il y a une autre partie en moi, une saloperie empoisonnée, qui me murmure à l'oreille pendant que tu parles. “Elle se croit supérieure à toi, Lampo. Elle te prend pour un connard sans travail, avec un pied de traviole, et elle se promène avec toi sur cette plage en marchant au ralenti à cause de ta claudication. Elle accepte de te suivre en traînassant parce que tu as payé son maître, mais au fond d'elle-même, elle sait qu'elle est de haute lignée, bien qu'esclave, et que tu es un miséreux.” J'entends tout ça dans mon crâne et j'ai envie de hurler, mais je me retiens. Au lieu de ça, je dis des choses dont j'espère qu'elles t'infligeront un peu de la douleur que je ressens. Je suis une merde. »

Surprise tout d'abord par cette sortie, Lyra hoche la tête à la fin de ma tirade. Pour montrer qu'elle comprend ou pour confirmer que je suis une merde ? Je l'ignore. Je romps un morceau de pain. Pour m'occuper les mains, plus que par appétit. Je le fourre dans ma bouche et fais semblant de mâcher.

« J'avais envie de venir ici aujourd'hui, dit-elle sans me regarder.

– Pardon ?

– J'avais envie de me promener avec vous. J'attendais ce moment avec impatience.

– Tu n'avais pas le choix.

– En effet, j'étais obligée de venir. Mais c'est moi seule qui décide si ça me fait plaisir ou pas. »

La pâleur le long de sa mâchoire s'intensifie. Elle lève les yeux vers moi, et s'empresse de tourner la tête.

« Je ne sais pas lire, avoué-je.

– Hein ?

– Je ne sais pas lire. Mon père a foutu le camp quand j'avais deux ans. Ma mère a fait de son mieux, mais en définitive elle a été obligée de me retirer de l'école pour que je commence à travailler. Mon camarade Gélon a appris tout seul, et il a essayé de m'apprendre deux ou trois fois, mais ça a foiré. Je me dis qu'avec toi ça pourrait marcher. »

Elle semble réfléchir.

« Dismas ne voudra jamais.

– Il t'a laissée venir ici.

– Pour lui, c'est logique. Mais je pense qu'il ne comprendrait pas que je vous apprenne à lire.

– L'argent l'aiderait à comprendre. »

Elle porte l'outre de vin à sa bouche, boit avec élégance, et ramasse une pierre. La même pierre blanche qui lui a servi à représenter la lune. Elle regarde autour d'elle, puis se lève.

« Venez. »

Je la suis. Nous marchons vers la mer. Elle s'arrête sur une étendue de sable mouillé. Là, elle entreprend de tracer quelque chose, lentement, méthodiquement.

« Vous voyez ça ? »

Je regarde les symboles. Je reconnais des lettres de l'alphabet grec, mais ça s'arrête là.

« Ça dit quoi ?

– *Lampo*. Là, c'est le L, le A ensuite. Vous devez savoir… »

Je regarde de plus près. C'est à la fois étrange et dément. Je n'ai jamais vu mon nom écrit. On voit des noms sur des statues, des ostracons, les portes des temples, mais ce sont ceux de personnes riches et célèbres. Ils sont sculptés dans la pierre. Alors, peut-être est-il logique que mon nom soit écrit dans le sable, mais avant que Lyra puisse m'épeler les autres lettres, une vague s'abat sur nos pieds, et quand elle reflue, elles ont disparu.

« Je t'aime, dis-je, premier surpris par ces paroles.

– Pardon ? »

Elle paraît effrayée à présent.

« J'ai dit : je t'aime. Qu'as-tu à répondre à ça ?

– Ça n'a aucun sens. Nous sommes deux étrangers. »

Je scrute la mer. Elle ne contient aucune réponse, le ciel non plus. Tout est vide, un véritable vide. Pas même un oiseau en vol. Et soudain : un grondement de tonnerre.

« C'est un signe. Zeus pense que nous devrions être ensemble. »

Un très léger sourire, et un mouvement de tête.

« C'est uniquement un excès d'humidité dans les nuages. Quand ils se rencontrent, c'est comme une collision. Pensez à une course de chars, au fracas quand ils se percutent. Mon père avait écrit un traité sur ce sujet.

– Ça pourrait être un signe malgré tout. Pourquoi ça ne serait pas les deux ? »

Quelques gouttes de pluie froide frappent mon visage. Nouveau coup de tonnerre. Plus proche. Sans doute vaudrait-il mieux rentrer, mais pas tout de suite.

« Et si je te rachetais ? »

Elle veut dire quelque chose, mais les mots meurent sur ses lèvres.

« Je n'ai pas les moyens pour l'instant, mais cette ville est en train de changer, crois-moi. Rapidement. Je pourrais gagner de l'argent si j'avais une motivation. J'en suis sûr. Si je te rachetais pour te rendre ta liberté ? Ça te plairait ? »

Apparemment, oui. On le voit dans ses yeux, semblables à deux lunes sombres chargées d'espoir, mais presque aussitôt ils se transforment en deux fentes soupçonneuses. Comme si elle craignait que ce soit une farce.

« Je ne peux pas vous faire confiance. »

Que répondre à ça ? Elle a raison. Elle ne peut pas me faire confiance. Moi-même je ne me fais pas confiance. Trop souvent, j'ai trahi les gens, moi y compris. Mais si je n'ai jamais désiré une chose dans ma vie, réellement, comme Gélon quand il veut une chose, si fortement qu'il ne peut en être autrement. Si jamais cette chose a existé, c'est elle.

« Tu ne peux pas me faire confiance. C'est vrai. »

Elle ne s'attendait pas à cet aveu.

« Exactement », dit-elle pour régler la question, mais je perçois une pointe de déception.

« Confiance ou pas, supposons que ça se produise ?

– Je ne comprends pas.

– Tu n'as aucune raison de me faire confiance. Mais admettons que je trouve l'argent nécessaire, et que Dismas accepte de te vendre. Est-ce que tu voudrais bien de moi ? »

Le vent mugit à présent. La mer, meute de loups gris infinie, lacère le rivage et nous sommes obligés de reculer un peu pour éviter d'être mouillés. Je vois ses lèvres remuer, mais je n'entends pas ce qu'elle dit et je suis obligé de la faire répéter. Je me penche vers elle, et je sens son odeur qui couvre celle de l'air marin.

« Je n'aurais pas le choix. Si vous me rachetiez, je vous appartiendrais. »

Ah, bordel de merde. J'ai envie de la secouer. Ne pourrait-elle pas mentir un peu ?

« Mais si je te laissais le choix ? Est-ce que tu retournerais en Lydie, ou est-ce qu'on pourrait construire quelque chose ? »

Je vois qu'elle réfléchit. Les pensées voltigent derrière ses yeux sombres, et je vois bouger les muscles de sa gorge au moment où elle va parler, mais elle ravale ses paroles et continue à réfléchir. C'est à cet instant seulement que l'évidence me saute aux yeux. Vérité ou pas, elle va répondre oui, car a-t-elle une autre option ? Quelques années encore chez Dismas, à se faire peloter tant qu'elle est séduisante. Et ensuite ? Dismas ne m'a pas l'air du genre sentimental. Il la revendra, et ce que j'ai prédit ce soir se réalisera : elle battra le blé dans les champs. Peut-être perçoit-elle ce raisonnement sur mon visage, car elle fronce les sourcils et secoue la tête.

« Qu'y a-t-il ?

– Ma vie n'est pas aussi affreuse que vous le pensez. Pour vous, ce n'est peut-être pas grand-chose, mais c'est ma vie, et ça pourrait être pire. Qui me dit que ça ne serait pas pire avec vous ?

– Merde alors. Je suis si pitoyable que ça ?

– Je suis honnête. Je ne sais pas si vous l'êtes ou pas, mais je le suis. C'est ma nature. »

Je n'avais pas imaginé que ça se passerait de cette façon. Une voix dans un recoin de ma tête me murmure : sa réticence est bon signe, méfie-toi plutôt de ses sourires et de son enthousiasme. Alors, je me retiens de l'injurier. Je prends sa main. Elle tressaille, mais ne la retire pas. La chaleur de sa peau contraste avec la pluie froide qui tombe du ciel. Mes doigts se referment sur son poignet et je sens battre son sang.

« C'est toi, dis-je. Je le sais. Et j'espère que tu le sais aussi. Je ne suis pas grand-chose, c'est vrai, et si tu étais libre, sans doute que tu y réfléchirais à deux fois, mais voyons les choses en face. Je n'ai pas l'argent nécessaire pour le moment, mais je travaillerai comme un damné pour gagner de quoi racheter ta liberté. Ensuite, ce sera à toi de décider. Si tu veux foutre le camp, tu foutras le camp. Si tu veux rester avec moi, tu sais à quoi t'en tenir. Un potier avec un pied de traviole. Je pense que si tu étais avec moi, je pourrais devenir bien plus que ça. Jamais je n'ai eu quelque chose qui me poussait à travailler, un but auquel je croyais sincèrement, or un homme a besoin de ça, plus que tout. Je m'investirais tout entier pour toi, je travaillerais jusqu'à avoir les doigts en charpie si c'est pour nous, pas uniquement pour moi. »

J'essaie de redresser mon pied, mais c'est peine perdue.

« Et puis merde. J'ai dit ce que j'avais à dire. »

Je n'ose pas la regarder, mais elle est là. J'entends sa respiration, malgré le vent, précipitée et hachée.

« D'accord, dit-elle, comme si elle se parlait à elle-même.

– Quoi, d'accord ?

– Si vous tenez parole, et si je suis libre. Je resterai ici, avec vous, et je ferai de mon mieux.

– Tu es sérieuse ? »

Elle hoche la tête et des larmes mouillent ses yeux, sans que je sache si c'est de joie ou de chagrin. Elles roulent sur ses joues et se mêlent à la pluie. Je crois que jamais nous ne serons plus proches des cieux.

« Nous sommes deux désormais. Tu ne seras plus jamais seule. »

Elle détourne le regard et nous retournons chez Dismas.

17

Le coq n'a pas encore chanté lorsque je me lève. Je marche pieds nus sur le sol en pierre froid, à l'aveuglette, le plus doucement possible afin de ne pas réveiller ma mère. Je coince la boîte sous mon bras et franchis la porte pour sortir dans les rues argentées. En raison du quartier de lune, réduit et enveloppé de nuages, mais étonnamment brillant. Un chien enchaîné pisse contre un mur, me grogne après quand je passe, mais quelque chose dans ce calme irréel m'accueille chaleureusement. C'est comme si je ne pouvais pas me tromper. Je reviens sur mes pas, guidé par l'éclat de la lune qui se reflète sur la chaîne du chien et ses crocs luisants de bave. La peur et la rage font sortir ses yeux de leurs orbites. Malgré cela, j'approche la main, lentement, et lui tapote la tête. Et s'il continue à grogner, ses grognements s'atténuent peu à peu pour n'être plus qu'un bourdonnement.

« Gentil chien. »

Sa queue fouette joyeusement l'air. Je le gratte derrière les oreilles et il lèche ma paume. Un chouette moment. Je poursuis mon chemin avec un sentiment de bien-être, heureux de ma place dans le monde. Il est foutrement tôt. Personne n'est encore levé, à part moi et ce chien. Et quelques oiseaux qui chantent dans la pénombre. Il fait froid, vraiment froid, et je frissonne en marchant. Je hume l'air jusqu'à ce que je sente les premières bouffées d'air marin. J'entends les vagues. Il fait plus clair sur le rivage, grâce à toutes les étoiles, et au clair de lune qui se reflète sur la peau de la mer. Je continue à marcher jusqu'à l'eau et m'asperge les joues d'une poignée d'étoiles pour me porter chance. Bien que l'eau soit plus chaude que l'air, je suis saisi. Au loin se détache la silhouette de chez Dismas, bien nette au clair de lune. Le bar est fermé évidemment, mais je ne viens pas pour boire un verre. Le chien de garde à l'entrée semble dormir.

Le crissement de mes pas le réveille. Son cou se redresse, son oreille droite tressaute. C'est à cet instant que je comprends pourquoi j'ai caressé ce chien en venant : je voulais me préparer. Le chien de Dismas est énorme et méchant. Pendant les heures d'ouverture, il reste enfermé, mais la nuit, il est libre. Tous les quinze jours environ, un pauvre gars se fait mordre, mais la plupart des gens du coin savent qu'il faut éviter cet endroit à partir d'une certaine heure, dépassée depuis longtemps. Je n'ai pas d'os sur moi, uniquement un morceau de pain rassis dans ma poche, que je lui lance. Le molosse le renifle deux fois, mais c'est tout. Ses yeux ne me quittent pas.

« Tout doux, mon gars. »

Quand il se met à grogner, je songe à rebrousser chemin. Je n'ai plus vraiment de raison de continuer. Malgré tout, j'ouvre la boîte et regarde à l'intérieur. Je me dis : pas question de détruire un espoir à cause d'une petite difficulté. Curieusement, la peur reflue, et parallèlement, le comportement du clebs se modifie. Oh, rien de spectaculaire : il ne se met pas à gambader gaiement en remuant la queue, mais il ne grogne plus. Lampo, le dompteur de bêtes sauvages. Appelez-moi Héraclès ! Je m'avance vers lui, sans prendre la peine de ralentir, sûr de moi, et lui tapote la tête.

« Gentil toutou. Comment ça va ? »

Il me mord. Il plante franchement ses crocs dans mon bras. J'étouffe un cri de douleur et de stupeur.

« Putain de merde ! »

Il relâche ma main et semble sur le point de me sauter dessus, à la gorge, mais pour une raison quelconque, il se retient. Je ne m'attarde pas pour essayer de comprendre. Je décampe en sentant la chaleur mouillée du sang au creux de mon bras. Hubris, me dis-je. Les dieux m'ont remis à ma place, comme Héraclès. Cette pensée me met un peu de baume au cœur, et même si ça fait un mal de chien, donner un sens à ma douleur me permet de me l'approprier. Les appartements des employés se situent à l'arrière de chez Dismas, au rez-de-chaussée. Autrefois, Dismas lui-même dormait au premier étage, mais d'après Lyra, il passe presque toutes les nuits en ville à présent, dans son nouvel établissement.

Elle m'a confié que sa chambre était celle avec les volets verts, à gauche. Je vois bien une fenêtre à gauche, mais dans l'obscurité, impossible de savoir si les volets sont verts. La peinture est écaillée, j'en arrache quelques petits morceaux avec l'ongle de mon pouce et les pose sur ma langue. Ça a le goût de la peinture verte. Les couleurs ont-elles un goût ?

Je décrète que oui, pour quiconque s'y intéresse vraiment, et celle-ci a un goût de vert. Je frappe au volet, assez fort pour que Lyra entende, mais pas trop afin de ne pas réveiller les autres. Pas de réponse. Je recommence. Je ne perçois que les bruits de mes jointures contre le bois et le filet de sang qui coule le long de mon bras

« Merde. »

Le chien est derrière moi. Il ne grogne pas, il me regarde simplement, mais je n'ai aucune envie d'être mordu de nouveau, alors je m'apprête à frapper au volet une dernière fois, quand celui-ci s'ouvre soudain. Et elle apparaît.

« Qui est là ? demande-t-elle, apeurée.

– C'est moi. Lampo. »

Aucune réaction. Et je me sens bête tout à coup, ne sachant pas quoi dire ni faire.

« Qu'est-ce que vous faites ici ?

– Je voulais te voir. »

Mais il fait trop sombre pour la voir. Je ne distingue que ses dents quand elle parle et sa silhouette. Mais je la sens : la transpiration nocturne et l'odeur de ses cheveux. Peut-être suis-je venu pour ça : la sentir. Peut-on faire ce genre de choses ? Ça paraît débile. Je tends la main. Je touche l'étoffe de sa tunique et la chaleur tiède de son corps dessous.

« C'est ça que vous voulez ? »

Oui, mais pas de cette façon. Et si jamais le chien me mord le cul ? Si j'entre par la fenêtre, que d'autres domestiques la dénoncent et qu'elle reçoit des coups ? Non, je ne veux pas agir comme un voleur dans la nuit.

« Tiens, dis-je en lui tendant la boîte. C'est pour toi.

– Un cadeau ?

– À Syracuse, c'est ainsi que nous faisons la cour. Nous offrons des cadeaux à la fille. C'est pareil en Lydie ?

– Oui, répond-elle, tout bas.

– Tant mieux. Restons-en là. »

Je fais demi-tour et m'éloigne, assez lentement pour l'entendre ouvrir la boîte et émettre un petit râle de plaisir en découvrant ce qu'elle contient, et je m'en vais. Le clebs me prend en chasse. C'est peut-être mon imagination, mais à cet instant, alors qu'il essaie de mordre mes talons, je n'ai plus l'impression de boiter. Lyra m'a guéri. Et plus tard, une fois loin d'elle et du chien, mon pied ayant retrouvé son angle à la con qui le fait se tordre dans le sable, je ne peux pas m'empêcher d'afficher un grand sourire.

J'ai rendez-vous avec Gélon et les enfants à la carrière dans deux heures. Avant cela, je me rends au marché. Bien qu'il fasse encore nuit, certains commerçants installent déjà leurs stands. Je leur propose mes services. En échange de quelques oboles je déchargerai leurs marchandises et transporterai les caisses. Un travail de larbin, mais indispensable, car un peu partout dans la ville le commerce est en plein essor, et divers commerçants louent mes services. Pendant plusieurs heures, je sue à grosses gouttes en transportant des caisses et des amphores, à en avoir tous les muscles en feu et la peau des doigts semblable à du lait caillé. La douleur est réelle, mais les pièces d'argent avec lesquelles ils me paient le sont encore plus. Même si ce n'est pas grand-chose. À peine de quoi m'offrir quelques pichets chez Dismas, mais je ne dépenserai pas ce fric pour acheter de l'alcool.

Plus tard, sur la route solitaire qui mène à la carrière, j'écoute le son produit par les pièces dans ma poche, bien plus faible que le tintement de la bourse que m'avait confiée Gélon, mais cette musique est plus douce à mes oreilles, car elle m'appartient, autant qu'à elle, et je sais qu'avec le temps, nous pourrons en faire une chanson.

Gélon et Darès attendent au croisement, avec la brouette, et tous les deux rient. Je suis arraché à mes rêveries, car je n'ai pas entendu Gélon rire depuis très longtemps.

« Bonjour, Lampo, dit-il, souriant.

– Bonjour, Lampo », répète Darès, puis, intrigué : « Ta main ! Elle saigne.

– Un loup, dis-je. Cerbère avait l'air d'un chiot à côté, mais ne t'en fais pas, je l'ai repoussé. »

Darès semble dubitatif, alors je change de sujet. Je demande où sont les autres. Darès fronce les sourcils et redresse les épaules.

« Toutes mes excuses. Ce n'est pas suffisant, je sais, mais ils sont jeunes et immatures, et la ponctualité n'est pas leur fort. Rassurez-vous, je vais leur faire la leçon. »

À mon tour de sourire.

« Tu es un garde-chiourme sans pitié, Darès, dis-je. Je suis sûr que tu feras un bon soldat.

– Un général, corrige-t-il avec le plus grand sérieux. La stratégie me passionne. »

Je prends quelques noix dans un sac, dans la brouette, et je les gobe. Nous attendons. Darès tient le crachoir. Il a des idées pour la pièce. Il aimerait savoir s'il y a un combat à l'épée. Gélon lui répond qu'il n'y a pas de combat à l'épée dans *Médée* ni dans la dernière pièce d'Euripide, à sa connaissance. Mais Darès insiste. Médée pourrait se battre pour quitter Corinthe, dit-il, et la pièce d'Euripide ne se déroule-t-elle pas à Troie ? Gélon ébouriffe les cheveux du garçon et promet d'y réfléchir.

Des rires se font entendre au loin, des raclements de petits pieds. Les enfants arrivent et aussitôt, on perçoit un changement dans l'air. Leurs bavardages emplissent la route solitaire de toute l'excitation de la vie et, comme par solidarité, le soleil semble émettre un peu plus de chaleur.

« Vous êtes en retard ! » leur lance Darès.

Les enfants ralentissent et se regardent, hésitants. Le petit Strabo, distancé et obligé de courir pour rattraper les autres, se réjouit de les voir ralentir. Sans s'arrêter pour en connaître la raison, il les dépasse, en riant, et fonce droit sur Darès, qu'il percute brutalement.

« Tu es en retard, Strabo, dit celui-ci d'un ton sévère.

– Ce n'est pas grave, dit Gélon. Il est arrivé quand il devait arriver. »

Il plonge la main dans la brouette et entreprend de distribuer des figues aux enfants. Visiblement mécontent de voir que l'on récompense leur retard, Darès s'abstient de tout commentaire.

C'est un autre gardien qui surveille l'entrée de Laurion aujourd'hui. Un type trapu à la lèvre fendue. Il semble avoir la gueule de bois et il dort à moitié. Avant que Gélon sorte des pièces de sa bourse, je l'arrête et tends au gardien un pichet d'alcool à la place. Il le prend et nous fait signe de passer sans poser de questions.

« Inutile de gaspiller notre argent », dis-je.

Gélon acquiesce et rabat le tissu sur les provisions. Nous descendons dans la clairière. Une tempête de feuilles a dû se produire dans la nuit, car la carrière est inondée de lambeaux de peau rouge et or de la déesse Carpo. Certains prisonniers ont même des feuilles sur la tête, brillantes comme des couronnes, et ils nous regardent passer tels des rois enchaînés.

De nouvelles tombes sont apparues. Les empilements de pierres sont presque aussi hauts que Strabo et je prie en silence pour qu'aucun membre de notre troupe ne repose dessous. L'odeur est moins désagréable toutefois. Grâce à la météo peut-être : la fraîcheur a atténué les relents de pourriture. Pachès nous aperçoit le premier, et je me réjouis de constater que son état s'est amélioré. Certes, il fait toujours peine à voir, mais ses cheveux noirs ont épaissi sur son crâne, sa peau est moins distendue. Il agrippe ma main et sourit. Les autres ont répété, m'annonce-t-il. Le chœur attend devant les murs de la carrière, et il m'y conduit. D'abord, je ne les vois pas. Pachès m'explique qu'ils se cachent dans les tunnels, et en effet, je distingue leurs yeux humides dans l'obscurité.

« Pachès m'a annoncé la bonne nouvelle, dis-je. Je suis fier de vous. »

Leurs yeux papillotent et, peu à peu, les Athéniens commencent à sortir des tunnels, à plat ventre, le visage aussi blanc que des dieux taillés dans l'ivoire à cause de la poussière de calcaire. Gélon s'approche et aide l'un d'eux à se relever. Voyant cela, Darès s'empresse d'en faire autant. Et très vite, tous les enfants les imitent. Ils se précipitent vers les murs pour aider ces créatures pâles à se mettre debout. Strabo est si petit qu'il perd l'équilibre quand un prisonnier prend sa main, mais il persiste, et le prisonnier parvient à se relever. Strabo, tout fier, conduit le type jusqu'à la brouette. En voyant cette scène sous un certain angle, vous pourriez penser, sans qu'on vous le reproche, voir un homme avec son fils. Et quelque chose dans la manière dont les Athéniens tiennent les mains des garçons, dans le changement d'expression des enfants m'incite à me demander si, inconsciemment, ces pauvres hères ne jouent pas la comédie de la paternité, car nul doute que la plupart de ces hommes ont laissé chez eux des enfants qu'ils ne reverront jamais. Je sens que je devrais regarder ailleurs, comme si j'avais surpris une scène intime, alors je me retourne et décide de compter les fromages dans la brouette.

Ce matin, les répétitions tardent à commencer. Les Athéniens se sont goinfrés et ils manquent d'énergie au départ. Apparemment, c'est une constante. Pendant une heure après le repas, tout ce qu'ils font est empreint de langueur, mais impossible de faire autrement, car s'ils ont le ventre vide, ils sont nuls. Mais ce n'est pas le véritable problème. Le véritable problème, c'est de savoir comment enchaîner *Médée* et cette nouvelle pièce, *Les Troyennes*. Je ne suis pas certain que ce soit une bonne idée de coller deux pièces. Je pense que nous devrions monter l'une *ou* l'autre, mais Gélon ne veut même pas en entendre parler. Nous avons déjà investi trop de temps dans *Médée* pour l'abandonner, et à son avis, la pièce d'Euripide est meilleure. Alors, nous gardons *Médée*, mais nous gardons aussi *Les Troyennes*. C'est la dernière œuvre en date d'Euripide, et peut-être même la dernière tout court. Nous devons la monter, afin de la faire vivre, mais surtout, nous devons la montrer à un maximum de gens, affirme-t-il.

« Ah bon ?

– Oui. »

C'est un choc. J'ai toujours cru que nous montions cette pièce juste pour nous, pour Tuireann et son équipage éventuellement. Et pour les enfants peut-être, maintenant. Mais faire venir des spectateurs dans les carrières, pour assister à une véritable pièce... C'est trop bizarre. Nous allons nous retrouver en prison.

Je le fais remarquer à Gélon, dont le visage s'empourpre, et je m'attends à un flot d'insultes, mais finalement, il se contente de soupirer et de demander, d'une voix calme :

« On joue aux metteurs en scène ou on l'est pour de bon ?

– On l'est pour de bon.

– Alors, il n'y a rien à ajouter. Une pièce de théâtre a besoin d'un public. Sinon, ce ne sont que des répétitions. »

Il se tourne vers les Athéniens. La plupart se tiennent le ventre à deux mains, car ils ont trop mangé.

« Qu'en pensez-vous ? Public ou pas ? »

C'est peut-être un effet de mon imagination, mais j'ai l'impression de voir leurs pensées traverser en frissonnant leurs visages émaciés. Pas plus que moi ils n'ont envie de se produire devant un auditoire de Syracusains, mais ils savent que c'est le spectacle de Gélon. Certes, je suis là également, mais je ne tiens pas les rênes. La nourriture vient de Gélon, comme tout le reste. Je vois tout ça dans leurs yeux, et avant même que leurs lèvres remuent, je devine leur réponse.

« Un public », répond l'un d'eux. C'est Anticlès, l'Athénien à la barbe argentée qu'il caresse fiévreusement, en tirant dessus. Il se tourne vers les autres. « N'est-ce pas ? Que voulons-nous ?

– Un public ! » répondent quinze voix réunies en un chœur tremblant.

Seul Pachès ne dit rien.

« Formidable, dis-je. Mais ne vous attendez pas à une ovation.

– Au travail. »

Les Athéniens se lèvent lentement. Après une brève discussion, il est décidé que les répétitions du jour seront consacrées aux *Troyennes*. Je ne sais pas grand-chose de cette pièce, hormis qu'elle se déroule à Troie, et j'ai droit à une autre mauvaise surprise quand Numa raconte l'intrigue. Le problème, c'est que l'intrigue n'existe pas. Hécube, Cassandre et un chœur de Troyennes racontent leur vie de merde, c'est tout. Ça se passe après la guerre, Troie a été rasée et les Grecs se partagent le butin. Ça ne ressemble pas à une tragédie habituelle où les choses commencent plutôt bien avant de se dégrader. Ici, on touche le fond dès le début, du moins c'est ce qu'on croit, car ensuite les Parques s'en mêlent et la terre se met à trembler, à se fissurer. Hécube et sa bande s'aperçoivent alors qu'elles étaient loin d'avoir touché le fond. Leurs vies vont devenir bien plus terribles. Je n'ai jamais rien vu ni entendu d'aussi noir, et je constate que Gélon lui-même est déconcerté en écoutant les détails. À l'évidence, on l'a appâté avec des petits indices, mais c'est la première fois qu'il découvre la totalité de l'histoire.

« C'est trop sinistre, mec, dis-je une fois que Numa a terminé.

– C'est une pièce extraordinaire », répond Numa sans se démonter.

Je me tourne vers Pachès, car il est le seul de la bande en qui j'ai confiance.

« Qu'en penses-tu, Pachès ? Donne-moi ton avis, franchement. »

Pachès regarde ses camarades, puis les murs de la carrière. Il se gratte la tête, et quelques cheveux lui restent entre les doigts, mais moins qu'avant.

« Ça ne ressemble à rien de ce que j'ai pu voir.

– Est-ce que ça t'a plu ? »

– Non, répond Pachès en secouant la tête. Mais je ne l'oublierai jamais. Euripide estime que c'est sa meilleure pièce, à ce qu'on dit.

– Vraiment ? » demande Gélon, et à cet instant, je comprends qu'on est baisés. C'est parti pour *Les Troyennes.*

Le personnage principal est Hécube, et il n'y a pas vraiment de discussion pour savoir qui va l'incarner. Numa est notre meilleur comédien, et il est enthousiaste, alors le rôle est pour lui. Viennent ensuite Cassandre et Hélène. Dans cette pièce, les hommes sont surtout des connards. Ménélas apparaît vers la fin, mais n'ouvre quasiment pas la bouche. Alors, la question est de savoir qui va jouer Cassandre et qui va jouer Hélène. À ce stade, Cassandre est cinglée, mais toujours magnifique, et Agamemnon est fou d'elle : il veut la ramener à Argos. Cet abruti pense que son épouse les accueillera à bras ouverts, le mari et la maîtresse, mais Cassandre sait que retourner en Grèce est synonyme de mort. Pourtant, elle s'y rend. C'est un joli rôle et j'aimerais qu'il revienne à Pachès, mais Gélon hésite. Il veut faire passer une audition à d'autres membres du chœur, et c'est sans doute équitable, mais ça fait chier. Je veux Pachès.

« Il y a une symétrie, dis-je.

– Je suis occupé, Lampo. »

Qu'il aille au diable. Je suis metteur en scène moi aussi, et je le lui rappelle.

Gélon soupire et me regarde.

« Vas-y, dis ce que tu as à dire.

– Réfléchis. On enchaîne deux pièces. Les spectateurs vont s'apercevoir que ce sont les mêmes comédiens. C'est souvent un défaut, mais nous pouvons en faire une force. En se servant de leurs attentes.

– Continue. »

Si Gélon n'est guère intéressé, il ne m'écoute plus seulement pour me faire plaisir.

« Médée est une femme qui a tué ses enfants, et Hécube est une femme qui n'a plus de vie car on a tué ses enfants. Il y a une résonance là, non ? L'une détruit tout, l'autre doit tout endurer. Il y a du rythme, et tu as eu raison de choisir Numa. Mais pense à Jason et à Cassandre. Quel est leur lien ? » Je prends Pachès par les épaules. « Jason est l'incarnation du coureur de jupons, d'accord ? Son infidélité est à l'origine de ce drame. S'il respectait la promesse faite à Médée, ils seraient peinards, mais il en est incapable. Il a besoin de planter ses dents dans de la chair fraîche, et à cause de ça, tout flambe. En face, nous avons Cassandre. »

Je serre Pachès contre moi. « Agamemnon rentre chez lui et, comme Jason, il est victorieux. Mais sa récompense, ce n'est pas une toison à la con, c'est Troie elle-même. Il pourrait se la couler douce à Argos, boire le meilleur vin, pendant que sa femme roucoule à son oreille, mais il veut absolument garder cette jeune créature, et sa femme n'est pas d'accord. Elle le découpe en morceaux, ce qui déclenche la vendetta, car après sa mort, ses enfants tuent leur mère pour se venger. Tu ne vois pas que l'un est le miroir brisé de l'autre ? C'est parfait ! »

Essoufflé, je marche de long en large. Tout le monde m'écoute, tous les regards sont fixés sur moi. Les enfants eux-mêmes semblent captivés. Ils se tournent vers Gélon, impatients d'entendre sa réponse.

« Il y a du vrai dans ce que tu dis, Lampo, mais ce n'est pas aussi simple. Clytemnestre déteste Agamemnon de toute façon. Il a sacrifié leur fille uniquement dans le but de modifier les vents. » Il s'interrompt, comme frappé par une idée. « Je perçois un contrepoint là-dedans. Si Agamemnon apparaissait dans la pièce, je verrais bien Pachès dans le rôle, hélas il n'y est pas. » Il se tourne vers Numa. « N'est-ce pas ?

– Exact, confirme Numa. Il est juste fait allusion à Agamemnon. »

C'est un coup dur, mais je ne m'avoue pas vaincu. Les acteurs principaux sont preums au buffet et je ne veux pas que Pachès se contente des rations du chœur.

« C'est juste. Néanmoins, tu oublies une chose. Ce qu'on veut, c'est un miroir brisé, pas une reproduction. On veut un personnage modifié, mais reconnaissable. Et puis, regarde-le. Il est né pour jouer le rôle de Cassandre. Pas vrai, Pachès ?

– Oui », répond celui-ci, avec moins de conviction que je l'espérais.

Gélon interroge les gamins, qui ne savent pas trop quoi penser. Puis il s'adresse au chœur, ce qui est idiot, car ils vont réclamer des auditions, évidemment, pour avoir une chance de décrocher un vrai rôle, et les avantages qui vont avec.

Il y a une grosse pierre plate qui ressemble à un podium, et Gélon décide d'en faire le rocher des auditions. Il demande à ceux qui sont intéressés de faire la queue, chacun pourra réciter le monologue de Cassandre. À mon grand étonnement, certains n'essaient même pas de passer l'audition. J'interroge l'un d'eux, qui marmonne quelques mots où il est question de trac. Les timides sont minoritaires toutefois, et la plupart tentent leur chance. L'un après l'autre, ils montent sur ce rocher et interprètent Cassandre. Un sacré bordel. Heureusement, nous pouvons compter sur Numa. Il possède une mémoire dingue. Il connaît par cœur le rôle de Cassandre, en plus de celui de Médée, semble-t-il, et il souffle le texte à ceux qui ont des trous de mémoire, c'est-à-dire quasiment tous.

Nous avons choisi la scène où Cassandre est sur le point d'être conduite sur le navire d'Agamemnon, qui l'emmènera en Grèce pour assurer son statut de maîtresse. Ce sont les dernières paroles qu'elle prononcera à Troie, et à cette occasion, elle délivre une prophétie. Elle s'y entend pour plomber l'ambiance, cette Cassandre. Il y a des fleuves de sang, un trou dans le bateau, et vous ne savez pas nager.

C'est sinistre, mais ça ne manque pas de force, à l'évidence, si c'est bien fait. Hélas, personne ne semble à la hauteur. Cela me rappelle nos premières descentes dans la carrière. On dirait que le rocher des auditions s'assombrit au gré des tentatives, privant chaque Athénien d'un peu de courage, si bien qu'ils ont de moins en moins confiance en eux. Pachès est le suivant. Je suis super nerveux, mais je m'oblige à sourire.

« Montre-leur, Pachès. »

Il manque de trébucher en montant sur le rocher, mais se rattrape très vite. Après avoir regardé autour de lui, il prend une profonde inspiration, hoche la tête et se lance. Sans retenue. Il livre une prestation supérieure à tout ce qu'il a pu faire en Jason, et quand il a fini, je regarde vers Gélon pour voir s'il est impressionné. Numa se lève pour serrer la main de Pachès.

« Formidable.

– Gélon, je te présente Cassandre. Cassandre, Gélon. »

Quelqu'un se racle la gorge derrière nous. Je me retourne et découvre un dernier Athénien en train de monter sur le rocher. Mince et imberbe, il n'a pas plus de dix-neuf ou vingt ans. Sa peau est aussi sèche et pâle que celle de ses congénères, mais presque sans aucune ride. Il a des yeux noisette, ourlés de longs cils noirs, étrangement expressifs. Il ressemble à une biche ou à quelque créature des bois, et c'est exactement l'impression qu'il donne sur ce rocher, debout sur ses jambes grêles branlantes, nerveux comme un animal sauvage. Son corps tout entier semble trembler sous l'effet d'une émotion refoulée, et je sens mon estomac se nouer.

« J'aimerais essayer, dit-il d'une voix aiguë.

– Pas de chance, dis-je. Les auditions sont terminées. N'est-ce pas, Gélon ? »

Celui-ci secoue la tête, sans quitter des yeux le jeune gars.

« Comment t'appelles-tu ?

– Linar.

– Vas-y, Linar. Quand tu seras prêt. »

Linar hoche la tête, regarde autour de lui, lève ses longs bras vers le ciel et griffe le vide comme s'il voulait décrocher le soleil.

« Sa maîtresse, dit-il d'une voix féminine dans laquelle on reconnaît encore la sienne. L'homme qui a détruit tout ce que j'aime va partager ma couche. Sa maîtresse. » Sa voix est un sifflement. « Moi qui ai donné ma vie à Apollon, je serai sa maîtresse. Les dieux m'ont-ils abandonnée ? Tout cela n'a existé que dans ma tête ? ».

Il poursuit, et c'est magnifique, bordel. Je ne sais pas s'il est meilleur que Numa, mais il est aussi bon, dans un autre genre. Dans le cas de Numa, vous le voyez devenir le personnage. Avec ce garçon, c'est l'inverse. Il ne se transforme pas, il se glisse dans une présence qui est déjà là, au plus profond de lui, dans une enveloppe qui a la forme de Cassandre. Il vous hurle au visage sa prophétie : elle aspire toute la lumière qui est en vous et fait se dresser les poils de vos bras. Vous avez envie de détourner le regard, mais c'est impossible. Je jette un coup d'œil à Strabo : il pleurniche. Darès lui-même est ému. Linar continue, possédé et tremblant sur son podium : ses mains se tordent comme d'étranges fleurs en pleine tempête. Quand il s'arrête, épuisé, il bascule dans le vide, et un de ses camarades du chœur doit le retenir. Personne ne l'applaudit ni ne l'acclame. Les témoins regardent droit devant eux, abasourdis. Gélon se tourne vers moi. Une lueur d'excuse brille dans ses yeux, mais le choix s'impose de lui-même : Linar est Cassandre.

« Désolé, Pachès, dis-je. Tu as été très bien. »

Il hoche la tête, mais on voit qu'il est dégoûté. Il a donné tout ce qu'il pouvait au cours de cette audition, et malgré cela, il n'a pas pu rivaliser.

Après la prestation de Linar, tout le monde est d'humeur un peu sombre. Nous allons et venons sans trop savoir comment enchaîner. Par quelle scène commencer ? Nous avançons en plein brouillard. Gélon décrète une courte pause. Les Athéniens étant déjà repus, pas question de distribuer à manger, mais il y a du vin en abondance et chacun a droit à un gobelet. Effet garanti. Ils s'animent davantage à chaque gorgée. Finalement, c'est Anticlès qui suggère qu'on s'y remette. Débordant d'enthousiasme, il caresse sa barbe argentée en expliquant à ses camarades que tout est une question de pratique.

Autre raclement de gorge.

Linar encore. Le visage décomposé. Une pellicule de sueur fait briller sa peau grise. Il tient son gobelet entre ses doigts tremblants.

« Et Hélène ? demande-t-il d'une voix haletante. Qui va l'incarner ? »

L'évocation d'un nouveau casting parachève le travail commencé par le vin. Le chœur déborde d'entrain à présent. Oui, et Hélène ? disent-ils. C'est un rôle essentiel. Même les enfants cèdent à l'excitation générale, car tout le monde connaît et déteste Hélène de Troie. Si Cassandre est un personnage étrange et obscur, l'infamie de cette Spartiate est une chose qu'ils comprennent très bien.

« Oui, dit Darès. Il me semble qu'avant d'aller plus loin, il faut distribuer ce rôle. »

Je me penche à l'oreille de Pachès.

« Tu veux jouer Hélène ? »

Il hoche la tête, mais il est évident qu'il a perdu sa motivation, et je ne miserais pas une drachme sur lui pour cette nouvelle audition. Putain de merde.

« Inutile de discuter, dis-je. Pachès jouera Hélène. »

Tous les regards se tournent vers moi. Si je perds encore une bataille, je vais être la risée.

« Peut-être, dit Gélon. Si son audition est la meilleure.

– Pas d'audition.

– Quoi ? »

Je crois entendre quelques ricanements dans le chœur.

« Réfléchis, Gélon. On parle de Hélène de Troie, bordel. La plus belle femme du monde. Elle n'auditionne pas pour un rôle. Elle est, simplement. Si tu demandes à ces types de danser et de jouer pour savoir qui sera Hélène, on aura l'impression qu'ils quémandent des restes, mais Hélène ne quémande pas. Elle est, simplement. »

C'est un bon argument, et je me félicite de l'avoir utilisé. Hélène est, simplement. Je me tourne vers Pachès : un sourire éclaire son visage, il s'est un peu redressé. J'ai gagné.

« Dans la pièce, Hélène quémande, dit un membre du chœur.

– Exact, ajoute un autre. N'est-ce pas justement le sens de la scène où elle tente de convaincre Ménélas de ne pas la tuer ? »

Des murmures d'approbation parcourent le chœur, et je me demande comment on en est arrivés là, bordel. Pourquoi suis-je en train de débattre avec ces connards enchaînés ?

« Désolé de vous décevoir, les gars, mais vous êtes loin de l'assemblée d'Athènes ici. Vous n'avez pas le droit de vote.

– Lampo, intervient Gélon d'un ton réprobateur. Ne leur parle pas sur ce ton. »

Nouveaux murmures d'approbation. Une audition pour le rôle de Hélène me semble inévitable. Et pourquoi ne pas laisser faire après tout ? Pachès a déjà le rôle de Jason, et s'il a besoin de rations supplémentaires, je les lui donnerai. Alors, qu'est-ce qui me tracasse à ce point ? Il faut que je remporte cette bataille, voilà tout. Soit je suis metteur en scène moi aussi, comme Gélon, soit je suis un simple soutien moral. Être le second metteur en scène ne me gêne pas, du moment que je suis metteur en scène. C'est ça ou rien.

« Je me barre.

– Quoi ? fait Gélon, hébété.

– Tu as très bien entendu, mec. Je n'ai pas réclamé grand-chose, il me semble. Je croyais que nous étions deux sur ce coup-là. Je me suis peut-être trompé, dans ce cas, pas de souci. Je connais le chemin pour rentrer en ville. »

Le silence se fait. Gélon et moi sommes devenus le spectacle. Les Athéniens, aussi affamés et brisés soient-ils, veulent savoir ce qui va se passer ensuite. Qui va l'emporter ? Le beau et grand salopard ou le connard boiteux qui le suit partout ? Je devine à leurs regards qui ils ont choisi, mais ils veulent quand même savoir : chacun doit réciter son texte, jouer son rôle. Ils attendent, ils regardent.

« C'est important pour toi ?

– Oui.

– Pourquoi ?

– Pachès est né pour jouer ce rôle. »

Gélon soutient longuement mon regard. Finalement, il secoue la tête et murmure :

« Au moins, il a les yeux.

– Les yeux ?

– Ne disait-on pas que Hélène avait les yeux vert émeraude ? »

Est-ce mon imagination ou Gélon m'a fait un clin d'œil ? Les Athéniens échangent des murmures, et bientôt, j'entends dire parmi le chœur et les enfants que j'ai peut-être raison. Un Athénien se souvient d'avoir entendu parler des yeux verts extraordinaires de Hélène. D'autres lui emboîtent le pas, et soudain, ça devient une réalité. Tous pensent que Pachès devrait jouer ce rôle, et pourtant je sais que ce sont des conneries. Hélène n'avait pas plus les yeux verts que Jason. Gélon a inventé cette histoire pour ne pas me perdre. Je lui serre la main. Gêné, je me détache de lui et marche vers la brouette. Je prends un pot d'olives et le tends à Pachès.

« Il faut que tu te remplumes. Hélène est super bien roulée.

– Merci, dit-il d'une voix tremblante. Mais pourquoi ?

– On est potes », dis-je, surpris de constater que c'est vrai.

Pachès sèche ses larmes.

Je vais rechercher du pain.

18

Quelques heures plus tard, nous voici chez Dismas. C'était mon idée. Gélon voulait rentrer directement, mais j'avais besoin de parler à Lyra, ou de la voir simplement. Ce soir, elle n'est pas au bar, elle ne sert pas en salle non plus. Elle est sur scène. Ou plus exactement à côté de la scène, qui n'est en fait qu'un ensemble de caisses attachées par des cordes. Dismas se tient à côté d'elle, tout sourire : ses cheveux sont lissés en arrière et luisants d'huile. Il se racle la gorge et réclame le silence. Celui-ci tarde à venir, mais les clients finissent par se calmer. Maintenant que Carpo approche à pas feutrés, annonce-t-il, que les arbres flétrissent et que les nuages nous pissent sur la tête, un peu de musique s'impose pour nous remonter le moral. Et nous avons de la chance. Il vient de découvrir que la fille qu'il a achetée n'est pas seulement une beauté. Non. Elle a du souffle également. Il l'a entendue chanter ce matin, pour la première fois. Elle chantait toute seule, guillerette, et il s'est dit : pourquoi serait-il le seul à profiter de sa jolie voix, alors que ses clients, qui travaillent si dur, pourraient l'écouter eux aussi en sirotant un petit gobelet de vin rouge ? Lyra semble mortifiée. On sent qu'elle aimerait être ailleurs, mais Dismas lui ordonne de monter sur les caisses, et elle s'exécute. Quand ses yeux se posent sur moi, quelque chose en elle se relâche, et même si elle demeure nerveuse, le désespoir s'est envolé.

« Voici une chanson de Lydie, dit-elle. J'ai traduit les paroles en grec pour…

– Allez, chante ! » braille un type assis derrière moi.

Je me retourne.

« Ferme-la. »

Le type se lève, mais Gélon en fait autant, et il s'empresse de se rasseoir.

Lyra poursuit son introduction. C'est une chanson simple que lui chantait leur domestique quand elle était enfant. Tout le monde dans ce bar sait que c'est une esclave, et vous imaginez aisément leur gêne en entendant ces allusions à une autre époque, un autre monde. Un client murmure qu'ils sont là pour écouter une chanson, pas l'histoire de sa vie, et elle se met à chanter.

La voix n'est pas très belle, et je suis déçu tout d'abord, puis à mesure que les paroles se déversent, ma peau est parcourue de picotements, car il y a dans cette voix une soif de vivre inhabituelle et bien plus que ça, et je m'aperçois que je ne connais pas du tout cette femme, ce n'est qu'un souhait de ma part. Il s'agit manifestement d'une chanson venue d'ailleurs. La traduction en grec accentue son aspect insolite. Elle raconte l'histoire d'un jeune berger qui tombe amoureux d'une fille qu'il voit se baigner dans un lac, mais il n'ose pas lui parler. Pauvre et d'un physique quelconque, qu'aurait-il à lui offrir ? Alors, il décide d'utiliser la ruse pour qu'elle tombe amoureuse de lui. Il grimpe dans un grand arbre feuillu qui surplombe le lac, un soir de pleine lune. Le jeune berger se dit que s'il se faisait passer pour cette énorme lune jaune, et réussissait à convaincre la fille qu'il n'était pas un berger, peut-être qu'elle s'intéresserait à lui. Alors, perché en haut de l'arbre, de sa plus belle voix il explique qu'il est la lune et qu'il souffre par amour. Comme on peut s'y attendre, la fille est sceptique tout d'abord, mais en écoutant la lune se vanter de ses exploits – les mers lui sont redevables, les loups, les vagues et toutes les créatures de la nuit sont sous son emprise, sa demeure est le ciel tout entier, et elle vit dans le luxe, servie par une multitude de domestiques, qu'on appelle des étoiles, des milliers et des milliers de flammes argentées qui n'ont d'autre but que de lui obéir – en écoutant tout cela, la jeune fille finit par y croire, elle est envoûtée. Elle rêvait d'un beau mari, d'un travail régulier, d'une petite propriété, avec quelques vaches peut-être, mais épouser la lune et être servie par des étoiles… Ses parents seraient aux anges, ses amies vertes de jalousie. Elle l'avoue à la lune et le jeune berger répond en riant que c'est ce qu'elle mérite, ni plus ni moins. Toutefois, à mesure qu'il évoque son royaume nocturne et ses servantes célestes, le berger commence à avoir des doutes. Il regarde de plus près la fille qui lève vers lui ses yeux remplis de désir, et il ne la trouve plus aussi jolie. Ses dents sont un peu de travers, son oreille gauche décollée. Il songe qu'il va peut-être trop vite en besogne. Alors, sans un mot, il redescend de l'arbre et s'éclipse. Seule désormais, la fille supplie la lune de dire quelque chose, n'importe quoi. Le berger sillonne les collines, il n'est plus vraiment un jeune garçon, il est la lune à présent, et quand il voit une jeune fille à son goût, il se cache et lui parle avec sa nouvelle voix, et toutes celles qui l'entendent tombent amoureuses, bien des cœurs sont ainsi brisés, voilà pourquoi on qualifie de lunatiques les personnes versatiles. Ce n'est pas la lune qui les émeut, mais le berger fou qui a oublié qui il est.

Quelques clients applaudissent, mais on dirait plutôt qu'ils se frottent les mains pour se réchauffer, et aucun ne s'est levé. Non, c'est faux. Un type est debout, et il acclame Lyra. Une voix isolée, au timbre particulier. En me retournant, je découvre Tuireann, notre producteur, quelques tables derrière nous, aux anges.

« Le grand homme en personne », dis-je à l'oreille de Gélon.

Il hoche la tête et sa main se resserre autour de son gobelet.

« Allons-nous-en », dit-il.

Je n'ai aucune envie de discuter avec lui moi non plus, mais je n'ai pas eu l'occasion de parler à Lyra, alors je rechigne.

« Restons encore un peu. La soirée ne fait que commencer.

– Comment vont mes metteurs en scène ? »

Tuireann s'assied à notre table et quand, à sa demande, nous lui disons ce que nous sommes en train de boire, il secoue la tête, comme pour signifier que ça ne va pas, et il commande un vin dont je n'ai jamais entendu parler. L'amphore, bouchée et poussiéreuse, arrive sur notre table accompagnée de tout un cérémonial. Le vin qu'elle contient est sombre et visqueux, on dirait de la sève.

« Dismas sert ça ? »

Tuireann secoue la tête et sourit.

« Non, bien sûr que non. C'est moi qui lui ai demandé de le commander. Il existe seulement une dizaine de ces amphores dans toute la Sicile. »

Je ne dis rien, j'observe d'un œil dubitatif ce liquide noir, et bois une petite gorgée. Le vin est si épais qu'on doit presque le mâcher, le goût est salé et aigre. Mon premier réflexe est de le recracher, mais soudain, il vous frappe en douceur et une agréable chaleur se répand dans votre poitrine, semblable aux caresses d'une femme. Je bois une autre gorgée et regarde le contenu de mon gobelet, désorienté.

« On n'oublie jamais la première fois que l'on goûte du Vin noir de Babylone.

– Il vient de Babylone ?

– D'un vignoble situé juste à côté, pour être précis.

– Dingue. Vous êtes allé à Babylone ?

– Bien entendu, dit-il en regardant autour de lui. Où est passée la chanteuse ? Je crois qu'un pourboire s'impose. Elle était vraiment merveilleuse. Je dois avouer que je suis surpris d'entendre ce genre de chansons, ici en Sicile. Je ne pensais pas que vous aviez ça en vous. »

Je m'apprête à lui expliquer que Lyra vient de Lydie, mais quelque chose me retient. Alors, je dis :

« La pièce est presque prête.

– Vraiment ? »

Il regarde Gélon.

« Presque, confirme celui-ci. Encore une semaine de travail environ, et nous serons parés.

– Et cette nouvelle pièce d'Euripide dont vous m'avez parlé ? Avez-vous décidé de la monter, finalement ? »

Gélon lui raconte le sujet des *Troyennes*, et comment nous allons la traiter. Tuireann est tout ouïe. À croire qu'il n'a jamais rien entendu de plus passionnant. J'en profite pour prendre congé et partir à la recherche de Lyra.

« Faut que j'aille vérifier un truc. »

Aucun des deux ne fait attention à moi, alors je m'éclipse. Le bar est bondé. La sueur de tous ces corps forme une sorte de brume qui obscurcit les murs, et la salle paraît plus vaste. Je suis obligé de me frayer un passage pour me faufiler jusqu'au comptoir. Quelques clients m'insultent, et je les insulte en retour, mais ils me connaissent et ça en reste là. Enfin, j'arrive près de Lyra. Elle court dans tous les sens : elle transporte tellement de pichets et de gobelets, de bols de ragoût, en même temps que son corps semble écarlate et survolté. Sa blouse est tachée, ses cheveux collés par la transpiration, mais je remarque un accessoire neuf et presque immaculé : une paire de chaussures jaunes. Le premier cadeau que je lui ai offert, et en les voyant à ses pieds, j'éprouve une joie idiote.

« Je suis la lune, dis-je, est-ce que je peux te toucher ? »

Elle lève les yeux et me sourit.

« Même pas en rêve.

– Ce n'est pas ainsi qu'on parle à sa majesté céleste. »

Elle rit et manque de laisser tomber un bol de ragoût.

« Laissez-moi servir ça, d'accord ?

– Bien sûr. »

Je suis obligé d'attendre un certain temps, mais enfin, après avoir apporté toutes les assiettes et tous les bols, elle se glisse dans un recoin pour que nous puissions parler.

« Tu étais formidable », dis-je en lui prenant la main.

Elle secoue la tête, mais je vois bien que ce compliment lui fait plaisir.

« Je ne voulais pas chanter, c'est Dismas qui m'y a obligée.

– Bientôt, ce sera fini tout ça, mon pharaon. »

Malgré son sourire, je la sens sceptique. Je serre sa main dans la mienne, plus fort, comme si je voulais faire fusionner nos doigts, jusqu'à ce qu'on ne puisse plus les différencier, et je lui demande de sortir un instant, car entre les relents de sueur et de viscères de poissons, ce n'est pas un endroit pour courtiser une telle beauté. Lyra hésite, alors j'insiste, et finalement, elle accepte, mais pas longtemps, et nous nous faufilons dehors. La fraîcheur de l'air marin, après le brouillard de chez Dismas, me coupe le souffle. Je la prends par la taille et je sens sa peau moite à travers le tissu de sa blouse. Elle se raidit légèrement, sans pour autant chercher à me repousser.

« Tu connais d'autres chansons ? »

Elle hoche la tête.

« Tu me les chanteras ? J'ai envie de toutes les écouter. Je veux entendre toutes les chansons que tu connais. »

Le vent plaque ses cheveux devant ses yeux et sur sa bouche, étouffant ses paroles, mais je crois qu'elle est d'accord : elle me les apprendra. Une main se pose brutalement sur mon épaule. Aussitôt, je me dis que c'est un des aristos, et que je vais recevoir une correction, mais en me retournant, je découvre la frêle et courte silhouette de Dismas qui lève les yeux vers moi.

« Si tu ne ramènes pas tes miches vite fait pour servir les clients, va y avoir une émeute », dit-il à Lyra en la regardant à peine.

Elle s'excuse et s'empresse de retourner à l'intérieur, et j'ai bien envie de tabasser Dismas, séance tenante. Sans doute le voit-il dans mes yeux, car il recule de deux pas et tente de se justifier :

« Le bar est bondé, Lampo. Tu l'as bien vu. Si tu veux discuter avec elle, pas de problème. Tu me connais : je suis un type raisonnable. Je te demande juste de ne pas faire du tort à mes affaires. »

Bizarre. Mon plan, évidemment, c'est de racheter la liberté de Lyra à Dismas et de l'épouser. J'en ai parlé à Lyra. Je l'ai même confié à Pachès ce soir au cours d'une pause-repas. Mais je n'ai encore rien dit au premier concerné, à savoir Dismas. Pour quelle raison ? Suis-je sérieux ou pas ? J'affiche un large sourire et ouvre les bras.

« Dismas, légende absolue ! Dans mes bras ! »

Il recule de nouveau, méfiant face à cette soudaine démonstration d'amitié.

« Qu'y a-t-il ? »

Je sors une bourse contenant des pièces d'argent. Tout ce que j'ai économisé en portant les caisses au marché le matin. Ce n'est pas grand-chose, heureusement la lune brille et sa lumière blanche accentue l'éclat des pièces. Je les secoue bruyamment.

« Je veux racheter Lyra. »

Un sourire apparaît sur les lèvres de Dismas, satisfait ou moqueur, je ne sais pas. Il ne dit rien.

« Tu as entendu ? Je t'ai dit que je voulais te racheter la fille.

– Oui, j'ai entendu, mais ai-je envie de la vendre ? Telle est la question, hein ? »

Qu'il puisse ne pas avoir envie de la vendre, cela ne m'a pas effleuré.

« Évidemment que tu veux la vendre. Tu es un homme d'affaires. Tu n'écoutes pas ton cœur mais le bruit de l'argent, c'est pour ça que tu es un gagnant. »

Dismas acquiesce, visiblement ravi. Puis il secoue la tête d'un air désolé.

« Je suis très attaché à elle. C'est presque comme ma fille. »

Dans son œil s'allume une lueur sur laquelle je préfère ne pas m'attarder. Je respire à fond et souris de plus belle.

« Donne-moi un chiffre. On peut s'arranger.

– Trois cents drachmes. »

Prenez mes pires craintes et multipliez-les par deux. Trois cents drachmes, c'est ridicule !

Dismas en est conscient, car il ajoute :

« Cette somme inclut les dommages émotionnels. Et ça n'a pas de prix.

– Tu viens d'en donner un. Avec trois cents drachmes, tu pourrais t'offrir deux esclaves.

– Pas deux comme elle. » Il a prononcé ces mots dans un murmure. « Pas vrai, Lampo ? »

Je suis baisé. Non seulement je ne possède pas une telle somme, mais je ne peux même pas espérer la posséder un jour. J'enfouis mon visage dans mes mains. Mes doigts ont gardé l'odeur de la peau de Lyra. Est-ce que je perds la foi trop facilement ? Ne m'est-il pas arrivé dernièrement un tas de choses qui m'auraient paru dingues avant ? Je suis metteur en scène et notre pièce va bientôt être représentée. J'ai vu un dieu. Ce n'est pas strictement exact, je le sais bien, étant donné que j'ai décampé avant qu'il crève la surface de l'eau, mais j'ai senti sa présence. Je suis devenu pote avec un Athénien. Trois choses dont j'aurais pourtant affirmé qu'elles ne pouvaient pas se produire se sont produites, sans même parler du monde qui, depuis l'an dernier, tourne à l'envers et marche sur la tête. Athènes au bord de la destruction. Syracuse devenue une grande puissance. Lampo metteur en scène. Un dieu dans une caisse sur un bateau. Tout est possible, et l'a toujours été. Car le monde n'était autrefois qu'un rêve dans l'œil d'un dieu, et l'homme qui n'a plus confiance en lui incite ce même dieu à détourner le regard.

« Je trouverai l'argent, dis-je. Je ne l'ai pas dans l'immédiat, mais je le trouverai. »

Dismas n'en revient pas. Il s'attendait à ce que je marchande. Il s'attendait à ce que je l'envoie chier, ou que je le supplie. En tout cas, il ne s'attendait pas à ça. Je le regarde droit dans les yeux, je prends sa main et je répète :

« Je trouverai l'argent. Je te le promets. Et toi, tu me promets qu'elle sera à moi ? »

Dismas me regarde comme s'il me voyait pour la première fois.

« Promis. Pour trois cents drachmes, la fille sera à toi.

– Alors, elle sera à moi. »

Sur ce, je retourne dans le bar.

Gélon est assis seul à notre table. Le vin de Tuireann a teinté ses lèvres, et je me demande s'il a teinté les miennes aussi. Je les frotte avec ma cape.

« Alors, que t'a-t-il dit ? » demandé-je.

Gélon ouvre la bouche, la referme et veut remplir son gobelet, mais le pichet est vide.

« Qu'est-ce qui ne va pas ?

– Tu crois que nous avons pris la bonne décision, Lampo ?

– Évidemment. Mais… de quoi tu parles, au juste ?

– Du fait d'accepter son argent. Pourquoi est-ce qu'il nous aide, Lampo ? En réalité ? Toutes ces choses qu'il raconte. Je ne sais pas si nous avons eu raison d'accepter.

– Comment ça "pourquoi" ? C'est évident, mon pote. Il apprécie le talent, et il sait qu'il a décroché le gros lot avec nous. Non ? »

Gélon ne répond pas. Ça me file un coup. Je n'ai jamais vu Gélon hésiter. Moi, j'ai toujours eu des doutes, mais sa conviction m'aidait à continuer. Quelque chose a changé en lui. Il y a moins de mélancolie, plus de peur. Il commande un autre pichet et nous restons assis là, à boire en silence. Effrayés l'un et l'autre. Cela se voit dans la manière dont nous tenons nos gobelets, dont nous regardons autour de nous, en scrutant les recoins sombres du bar pour voir ce qui s'y cache. Et cette nervosité confère un tout autre aspect à notre beuverie. Ce soir, nous ne picolons pas pour oublier, mais pour nous souvenir et rêver. C'est l'espoir qui alimente notre peur, et je me rappelle qu'un homme devrait être reconnaissant envers ses peurs, car cela signifie qu'il a quelque chose à perdre ou à gagner.

19

Je nage un peu dans le brouillard, à vrai dire. Je ne dors que quelques heures par nuit, et parfois même, pas du tout. Ce sont les nuits les plus étranges. J'en déduis que l'esprit a besoin de rêver, car quand je n'ai pas fermé l'œil, le lendemain il se produit des choses que je ne peux expliquer. Souvent, le ciel prend la violente couleur vermillon de la mer dans le grand port durant l'ultime bataille. La nuit, la lune reste pleine, et les chauves-souris qui tourbillonnent autour sont aussi grosses que des corbeaux. Pourtant, je sais que les spécimens de Syracuse sont minuscules. Tout cela m'amène à me demander si l'épuisement n'a pas arraché le firmament de mon esprit pour les libérer. Malgré cela, je pense être heureux. Je le sais. Parfois, j'ai envie de pleurer, mais je crois que c'est parce qu'il se passe enfin des choses, et que je me soucie de leur évolution.

Chaque matin, je me lève avant l'aube, et je me mets en route, avec un os pour le chien de Dismas et un cadeau pour Lyra. Parfois, sa fenêtre est ouverte, et elle m'attend. Ces matins sont les meilleurs. Certaines fois, elle dort encore et je dois frapper au volet. Elle m'ouvre en bâillant, à moitié endormie, et c'est très bien aussi. Cette heure qui précède le lever du soleil est notre seul instant d'intimité. Je l'interroge sur la Lydie, et sur sa vie avant qu'ils la capturent. Malgré l'obscurité, je la vois s'animer à l'évocation de sa patrie. Le souffle coupé par l'émotion, elle se lance dans une description de sa cité, des rues et des boulangeries, des temples et des mains de son père, la colline orange derrière leur maison qui s'enflammait comme une torche le matin. Nous parlons à tour de rôle. J'évoque ce que je vais faire, et elle, ce qu'elle a fait et vu. Cela devient si intense que je parviens à imaginer la grande cité de Lydie, la splendeur de notre avenir : pourtant c'est surtout l'instant présent, ici et maintenant, elle et moi à quelques pas l'un de l'autre, qui me paraît invraisemblable. Souvent, j'éprouve le besoin de la toucher, de sonder la chaleur de son corps pour m'assurer qu'elle est bien réelle.

Après ces rendez-vous, j'ai un peu la tête qui tourne et je me traîne jusqu'au marché pour mon boulot du matin. Les contremaîtres me connaissent à présent et je suis régulièrement engagé pour transporter des caisses. Celles-ci me semblent plus légères. Alors que quelques semaines plus tôt, je grognais, ahanais et chancelais sous les charges, c'est devenu un jeu d'enfant. Je sens les muscles noueux de mes bras, et même si je ne ressemble pas encore à Gélon, je suis plus fort que je ne l'ai jamais été. Mon travail accompli, je me grouille de rentrer chez moi en rapportant un petit déjeuner pour ma mère, je planque mon salaire dans une chaussure sous le lit et me rends à la carrière.

Au moment où j'atteins l'intersection, le soleil commence juste à pointer son nez au-dessus d'Épipoles, mais j'ai déjà une journée de boulot derrière moi. Parfois, j'arrive le premier. D'autres jours, je suis le dernier, et j'entends leurs rires avant de les voir : les enfants se courent après autour de la brouette. Darès jacasse avec Gélon, qui l'écoute avec un sourire satisfait, et je me demande : est-ce Euripide que nous essayons de sauver ? Néanmoins, le spectacle avance. Chaque matin, après la distribution de nourriture, nous attaquons une nouvelle scène : plus elle est consistante, mieux c'est. Nous n'avons toujours pas choisi la musique, ce qui n'a aucun sens, compte tenu de tout l'argent dépensé pour le reste. C'est Gélon qui fredonne les mélodies, rejoint par les enfants, un peu comme une sorte de second chœur, mais curieusement, cela fonctionne. Je suppose que Darès les a fait travailler, car les harmonies sont bien meilleures qu'au début – aussi bonnes que dans ces chorales des mômes d'aristos que l'on entend parfois dans les festivals –, et les enfants ne sont pas les seuls à s'améliorer : toute la troupe se met au niveau.

Les rations supplémentaires que nous leur distribuons ont commencé à porter leurs fruits. Une personne extérieure pourrait deviner qui sont les comédiens parmi les Athéniens, à la rondeur de leurs joues, à la droiture de leur posture. À mesure que notre troupe s'empâte, les autres prisonniers dépérissent à vue d'œil. Ils semblent aussi desséchés et craquelés que les feuilles qui tombent des arbres disséminés au-dessus de la carrière. Nous passons devant eux en poussant notre brouette. La nourriture est cachée par des capes, mais évidemment ils savent bien ce qui se joue. C'est fou de se dire que nous avons pu espérer agir en secret. Sans doute faisions-nous semblant d'y croire. Mais que peuvent faire ces pauvres types, à part garder leurs distances ? Gélon et moi, nous avons nos gourdins, et ces prisonniers sont si faibles que les enfants eux-mêmes pourraient les repousser. En outre, plus que leur corps, c'est leur esprit qui est brisé. Ils n'ont plus rien, ils n'ont même plus peur. Comme s'ils étaient au-delà de la terreur et du désir. Certes, si nous leur donnions de la nourriture, ils la mangeraient, mais je ne suis pas sûr que cela leur fasse encore envie. Il ne reste en eux que quelques braises mourantes qu'il serait très difficile de raviver, et nous n'essayons même pas.

Aucun signe de Biton. Présentement, ce qui perturbe les répétitions, c'est la météo, qui s'est dégradée. Souvent, il pleut comme vache qui pisse, et Gélon n'aime pas que les enfants soient mouillés. Son fils, Hélios, était sujet à toutes sortes de maux, et j'ai envie de lui dire que ces gamins ne sont pas Hélios, qu'ils sont robustes et en bonne santé, nous pouvons donc continuer à répéter, mais quelque chose m'en empêche. Néanmoins, en dépit des interruptions incessantes, la pièce prend forme. Lentement, telles des fourmis qui transportent des cailloux deux fois plus lourds qu'elles, nous progressons – nous assemblons des bribes de scènes –, et bien que nous soyons les chefs des opérations, les Athéniens ont voix au chapitre, tout comme les enfants, et c'est difficile de dire si la réalité ressemble à ce que nous croyons, car tout cela ressemble à un rêve, et je ne dors pas beaucoup, mais souvent, je pleure en écoutant leurs tirades, surtout dans *Les Troyennes*, et je dois cacher mon visage derrière un bout de cape ou une miche de pain pour que les enfants ne me voient pas. Il y a toujours quelque chose à faire : un aspect auquel nous n'avions pas pensé, une scène de liaison que nous avions oubliée, ou un extrait de dialogue que Numa lui-même ne parvient pas à mémoriser, ce qui nous oblige à le réécrire, après de longs débats autour du choix des mots. Bref, il y a toujours quelque chose à faire.

Jusqu'au jour où c'est terminé. Jusqu'au jour où, alors que le soleil couchant baigne le chœur d'une lumière blessante, que les enfants fredonnent leur accompagnement musical et que les premiers rats sortent au crépuscule, Hécube lève les yeux au ciel et rugit ses derniers vers.

Nous nous regardons, Gélon et moi, et nous sourions. La pièce est prête.

Il ne manque plus qu'un public.

20

Alekto nous fait signe d'entrer. Les Libyens posent leur travail sur les établis pour le soumettre à notre inspection. Front plissé, j'examine chaque pièce de près, en me caressant le menton, mais en toute franchise, c'est tout bonnement génial. Il y a des masques et des costumes pour tous les membres de la troupe, chœur compris, mais la tenue la plus saisissante est certainement celle de Hélène. Une parure lumineuse : une tunique pourpre fluide, ornée de papillons et de roses brodés au fil d'or. Si la teinture est authentique, je n'ose imaginer le prix.

« C'est de la pourpre de Tyr ? »

Alekto rit et secoue la tête.

« Impossible de voir la différence, hein ? dit-elle en prenant une sorte de cosse violette, brillante, en forme de cœur. C'est de la betterave, plus un ingrédient secret. »

Le masque de Hélène, c'est quelque chose également : lèvres écarlates et pommettes couleur ivoire. J'ai demandé à Alekto d'agrandir les trous pour les yeux, car le comédien a des yeux verts comme Hélène, et bien qu'elle m'ait regardé comme si j'étais un demeuré, ces trous sont deux abîmes.

On verra sans peine les yeux vert lézard de Pachès, et je pense que l'effet sera saisissant.

Nous avons tout un assortiment devant nous. Les haillons des *Troyennes* côtoient les jolies robes des nobles Corinthiennes de *Médée*. La couronne dorée du roi de Corinthe repose sur une armure éclatante et diverses armes en bois, et c'est bizarre de voir tous ces accessoires conçus pour traduire des personnalités, encore vides et creux, mais dès demain, au contact des Athéniens, ils pétilleront de vie. Rien ici n'est vivant, mais chaque chose – les tuniques, les couronnes – vibre d'impatience et tressaille, comme des fleurs de printemps avant l'arrivée des abeilles.

« Ce n'est que du bois, commente Gélon en prenant une épée.

– Quel âge as-tu ? Tu crois que les comédiens utilisent de véritables épées ? On va les peindre. »

Elle montre un seau contenant un liquide frémissant.

« Oui, évidemment. Je suis impressionné, voilà tout.

– Tu es un garçon sensé », dit Alekto, aux anges.

Elle nous conduit dans la pièce voisine pour nous montrer les toiles de fond. Gélon a exigé une toile pour chaque tragédie. Le décor de Médée montre une chambre luxueuse, pleine de tapis et de coussins, et j'aime bien le concept des tableaux sur les murs de la chambre, à l'intérieur même de la toile peinte. En regardant de plus près, je constate que l'un d'eux représente un enfant. Je le montre à Gélon, qui hoche la tête avec vigueur.

« C'est lui qui a eu cette idée. »

Alekto désigne un des Libyens : celui qui m'a raconté son périple dans le désert, au cours duquel il a perdu sa mère.

Il paraît nerveux, comme s'il craignait qu'on lui attribue un mérite quelconque.

Gélon marche vers lui, sort une pièce de sa bourse et la donne au Libyen, qui s'incline et le remercie vivement. Quelque chose me dit qu'il est davantage ému par le compliment que par l'argent. Le visage de l'enfant sur ce tableau au-dessus du mur est un chef-d'œuvre. Vous pourriez aisément passer à côté. Vous pourriez assister à toute la pièce sans le remarquer. Néanmoins, je pense que vous sentirez sa présence, et si jamais vous le remarquez du coin de l'œil, vous ne l'oublierez pas de sitôt.

La toile de fond des *Troyennes* est plus familière. Elle représente les murs scintillants de quelque citadelle, avec les traînées de sang sur la tour, mais Alekto l'a adaptée à notre projet. Elle a fait ajouter des trous dans la muraille, des lézardes qui fendent les tours et des flammes qui s'enroulent autour des remparts tel du lierre écarlate. Je n'aurais jamais cru qu'il était possible de conférer une telle vitalité à une construction. Ces murs déformés évoquent une créature qui se tord de douleur à l'article de la mort. Troie est en flammes, en sang et à l'agonie. Rien qu'à regarder ce décor, on est pris de tremblements. Je me retourne vers Gélon, occupé à piocher d'autres pièces dans sa bourse. Alekto ricane dans son coin, ravie de nous voir aussi accablés, car le résultat dépasse nos espérances. Pourtant, je me sens très mal à l'aise. Je détourne le regard et demande aux Libyens de tout emballer. Il est temps de prendre congé, car maintenant que tout le matériel est prêt, nous avons une pièce à promouvoir.

Gélon arrange tout avec Alekto. Le Libyen, dit-elle, va prendre la charrette pour nous emmener, avec les décors.

Ce n'est pas étonnant, car ils occupent énormément de place et je parie qu'elle a hâte d'en être débarrassée.

« Attendez ! » s'exclame-t-elle.

Nous sommes déjà dans la cour et je m'apprête à sauter à bord de la charrette où se trouve le matériel. Un Libyen fixe le harnais sur la mule et Gélon sort un machin vert de sa poche : une pomme ou un légume quelconque, qu'il donne à la mule en lui frictionnant les oreilles.

« Vous allez vraiment monter ces deux pièces ?

– Exact.

– Devant un public ?

– Oui.

– Dans cette putain de carrière.

– On vous l'a déjà dit, réponds-je. Alekto devient sénile ? Dites-moi que ce n'est pas vrai.

– C'est de la folie. Vous le savez ?

– Salut, Alekto ! »

Mais c'est le Libyen qui tient les rênes et la charrette ne bouge pas.

« Ferme-la, Lampo », dit Gélon.

Je me retourne vers Alekto, et je m'aperçois qu'il a raison. Elle n'essaie pas seulement de nous dissuader. Il y a autre chose en jeu.

« C'est une de mes plus belles réalisations, dit-elle. Du niveau de ce qu'on trouve à Athènes. Soyez-en sûrs.

– Nous le savons. Merci. »

Elle secoue la tête, presque exaspérée – par nous ou par elle-même.

« La carrière ? Personne ne viendra, vous vous en doutez bien.

– Les gens viendront », affirme Gélon, habité par une étrange certitude.

Alekto l'observe, avant de reporter son attention sur la charrette, dans laquelle s'entassent ses créations.

« Ça commence à quelle heure ? »

Nous lui indiquons l'horaire : elle hoche la tête, nous tourne le dos et s'en va.

« Insolente, cette garce », dis-je.

Le Libyen me foudroie du regard, tire sur les rênes : et nous voilà partis dans les rues de Syracuse.

« Comment faire la promotion du spectacle ?

– En informant les gens.

– Formidable. »

Et c'est ainsi que nous nous retrouvons à assurer la promo. Sur le trajet de chez Gélon, nous apostrophons un passant. Nous l'informons qu'un incroyable spectacle a lieu actuellement en ville, la dernière pièce d'Euripide, une unique représentation dans la carrière de Laurion. Les gens nous observent, perplexes. J'imagine que nous ne faisons pas très bonne impression : deux pauvres types dans une charrette tirée par une mule, qui braillent en pleine rue. Le Libyen semble exaspéré. Il n'a pas dit un mot depuis notre départ. Je n'aurais pas dû traiter Alekto de garce, mais le travail d'un metteur en scène est stressant, et parfois, on se laisse emporter. C'est ce que j'explique au Libyen, en ajoutant que s'il ne s'endurcit pas, il ne réussira jamais dans ce métier. Il agrippe les rênes, sans desserrer les dents. Toutefois, après avoir déposé tous les accessoires chez Gélon, il annonce qu'il passera nous chercher demain pour nous conduire à la carrière.

« Tu es un brave gars, dis-je. Prometteur. »

Le Libyen est déjà reparti et nous poursuivons notre promotion à pied. Nous prenons tout d'abord la direction du marché, mais il y a tellement de gens qui vantent leurs marchandises que notre spectacle disparaît au milieu du prix du fromage, du poisson salé et de toutes les autres merdes proposées.

« Ils ne nous écoutent pas », dis-je.

Gélon hoche la tête, mais continue. Lui qui est d'un naturel si timide, c'est presque jouissif de le voir aborder les passants avec son air de chien battu pour leur demander s'ils sont amateurs de tragédie. Il n'a aucun boniment, aucune finesse, mais j'ai beau faire de grands sourires et des courbettes, je ne m'en sors guère mieux. Malgré cela, nous persistons. Nous avisons des touristes près du rocher de décapitation : cette grosse pierre violette sur laquelle a été exécuté Nicias. Le même guide est en train de débiter son baratin, mais il a amélioré son histoire. Désormais, Nicias n'a pas simplement supplié qu'on lui laisse la vie sauve, il s'est pissé dessus. La prochaine fois, je parie qu'il aura fait sous lui. Et la suivante ? Qui sait ? Peut-être est-ce la frustration due à cette promotion compliquée, ou autre chose, toujours est-il que je marche vers lui.

« Tout ça, c'est des conneries. »

Les touristes reculent.

« Excusez-moi, mais il s'agit d'une visite privée, dit le guide.

– Lampo ! » me crie Gélon.

Qu'est-ce qui me prend ? Nicias n'est rien pour moi. Juste un riche connard qui a misé sur lui-même et qui a perdu.

« Faites-vous rembourser, dis-je aux touristes. Nicias ne s'est pas pissé dessus. »

Les touristes se regardent, puis regardent leur guide. Derrière la peur, on sent poindre une sorte de doute. Ils semblent attendre de leur guide qu'il se défende.

Celui-ci doit s'en apercevoir, car il bredouille :

« Je vous assure que si.

– Faux. »

Il se retourne vers les touristes.

« Il s'est pissé dessus. Pas beaucoup, mais un peu quand même.

– Pourquoi vous mentez ? »

Cette question émane de Gélon. Il mesure trente centimètres de plus que le guide, obligé de lever la tête.

« Je vous demande pardon ?

– Nous avons tous vu Nicias mourir. Il est mort dignement. Pourquoi souiller ainsi la mémoire d'un homme ?

– Mais c'est la vérité !

– C'est quoi, votre problème ? Vous dégradez la souffrance d'un homme pour de l'argent. Vous ne voyez donc pas que nous sommes perdants ? »

Il se produit alors une chose amusante. Juste au-dessus de l'œil du guide, la peau se met à tressaillir et sa voix se brise, et bien qu'il ait manifestement peur de nous – surtout de Gélon –, je devine qu'il y a autre chose. De la honte.

« Bon, d'accord, soupire le guide, épaules tombantes. Il n'a pas uriné. J'ai tout inventé. »

Les touristes ne cachent pas leur colère. Ils somment leur guide de s'expliquer. D'une voix gémissante, il raconte qu'il doit faire vivre sa famille, et ce genre d'anecdotes, ça encourage les pourboires. Les touristes l'injurient et nous remercient. Ils sont en ville pour deux jours seulement, que pouvons-nous leur conseiller ?

« Une pièce de théâtre, dis-je.

– Ah bon ? Nous n'avons pas entendu parler de nouvelles productions. »

Ils ont de l'argent, apparemment : des pères de famille d'un certain âge qui s'offrent une petite virée, pendant que les femmes et les enfants restent à la maison.

« C'est une nouvelle pièce d'Euripide, précise Gélon. Jamais montée en Sicile. »

S'ensuivent des hochements de tête enthousiastes, et ils demandent où ça se passe.

« Dans les carrières.

– Hein ? Pardon ?

– Oui, je sais, dis-je. C'est loin, mais bienvenue à Syracuse ! Vous voyez ce que je veux dire ? Il faut prendre des risques. Cette production utilise des prisonniers athéniens. Ce sont les seuls dans toute la Sicile qui connaissent cette nouvelle pièce d'Euripide. Beaucoup sont des comédiens confirmés, et vous pouvez me croire, les gars : cette pièce va cartonner. Oubliez la pierre de Nicias. C'est vu et revu. C'est comme aller en Égypte et visiter uniquement les pyramides. Mais voir des Athéniens interpréter la dernière pièce d'Euripide… c'est une expérience unique. Tout bonnement. »

Le guide a filé en douce, il n'y a plus que nous.

« Combien ? »

Je me tourne vers Gélon et vois ses lèvres former le mot « gratuit ». J'interviens avant qu'il sorte de sa bouche.

« Deux drachmes pour vous tous. »

Ils sont six, et c'est un prix très élevé. La surprise se lit sur leurs visages, mais ces gars sont pleins aux as. Il suffit de voir leurs chaussures : du cuir de chevreau.

L'argent change de mains et je leur indique le trajet. Ils ne marchandent même pas et ils repartent contents d'eux, convaincus d'avoir réalisé une bonne affaire.

« Tu n'aurais pas dû les faire payer, dit Gélon. On ne fait pas ça pour l'argent.

– C'est là que tu te trompes. Si tu ne fais pas payer les richards dans leur genre, impossible de les appâter. Il fallait que je les fasse raquer pour qu'ils y croient. »

Il me sourit, un sourire adorable.

« Pourquoi tu joues les idiots, Lampo ? Tu n'es pas un idiot.

– Si, et j'en suis conscient. Du coup, je suis plus futé que la plupart.

– Quelqu'un a dit ça. Qui était-ce ? »

Il plisse le front comme s'il fouillait dans sa mémoire.

« Le grand Lampo a adressé ces paroles à un connard sur le marché de Syracuse, à en croire la légende. »

Nous prenons la direction de chez Dismas, car assurer la promotion, ça donne soif.

Chabrias est assis sur un tabouret à la porte. Je dépose une outre de vin sur ses genoux et lui parle de notre pièce.

« Ne laisse entrer personne sans lui expliquer ce qu'on prépare. Une vraie production. Avec un chœur. Éblouis-les, Charias. Tu crois en être capable ? »

Chabrias reluque l'outre, se gratte la joue avec son moignon rougeaud.

« On aura de la vraie musique également. N'oublie pas de leur préciser. »

Il avale une longue gorgée de vin et soupire.

« Comme chez moi », dit-il en redressant un peu sa posture avachie. « De la musique argienne. Il n'y a pas ça ici. »

Dans un instant, il va embrayer sur Argos, alors nous passons devant lui, Gélon et moi, pour entrer. L'excitation provoquée par la vente de ces billets aux touristes se dissipe très vite devant les rebuffades des pêcheurs de chez Dismas. Et même les regards que me lancent Lyra derrière le comptoir ne parviennent pas à apaiser la douleur des « va te faire foutre » successifs que j'obtiens quand j'essaie de présenter la pièce. La plupart ne pigent pas un mot de notre projet, et les autres nous qualifient de traîtres. Pour eux, les Athéniens devraient être au bout d'une pique, pas sur scène, et ils m'envoient chier. Malgré tout, je me traîne de table en table et je récite mon laïus. Gélon ne se fait pas injurier de la même manière. Les pêcheurs ne sont pas stupides à ce point, mais aucun ne paraît intéressé.

« Putain de merde, lâche-t-il quand nous nous retrouvons au bar. Je n'arrive pas à me faire entendre.

– Bande de barbares, dis-je. Ils ne comprennent qu'une chose : l'alcool. »

Gélon réagit au quart de tour.

« Bien vu !

– À la tienne, mon pote… Hein, quoi ? »

Il se dirige vers la chaise de Homère. Un pêcheur s'y est assis, mais à l'approche de Gélon, il se lève d'un bond. Le bois craque, les pieds se tordent, et je me dis : putain, il va briser la chaise de Homère. Gélon se racle la gorge et lève les bras. Les clients lèvent leurs gobelets, et quelques-uns parmi les plus courageux marmonnent des jurons.

« Demain, nous montons *Médée* et la toute dernière pièce d'Euripide, dans la carrière de Laurion.

– Ouais, d'accord », dit quelqu'un.

Gélon le foudroie du regard et le type en question découvre au même moment quelque chose de captivant à ses pieds.

« C'est la vérité. Si vous n'y croyez pas, il y a un moyen très simple de vérifier. Venez à la carrière demain après-midi, et vous verrez. Il s'agit d'une authentique production.

– Ouais. Avec un chœur et des masques.

– De la musique.

– On a de la musique ?

– La ferme, Lampo. »

Quelques clients rigolent. Je détourne le regard, honteux. Heureusement, Lyra est au fond du bar.

« Nous avons de la musique, oui, mais là encore, vous pourrez vous en rendre compte par vous-mêmes demain, dit-il avant de s'interrompre et de tripoter sa bourse. Un pichet de rouge de Catane pour toute personne qui s'engage à venir voir la pièce demain. »

Le silence se fait, les clients se regardent. Tout le monde est attentif à présent.

« C'est du baratin.

– Non », répond Gélon.

Il fait sauter une pièce en l'air, d'un air guilleret qui ne lui ressemble pas, et la rattrape.

« Vous vous engagez à venir voir la pièce et en échange je vous offre un pichet.

– Je m'engage ! braille un type dans le coin, d'une voix pâteuse.

– Moi aussi ! »

En l'espace de quelques instants, toutes les personnes présentes, à l'exception d'une poignée de connards d'aristos, se sont engagés à venir voir notre pièce, et l'argent que j'ai soutiré aux touristes sert à payer la tournée générale. Ça me fait mal au cœur, car il aurait apporté une bonne contribution à la cagnotte Lyra, et quand j'essaie de le garder, Gélon me traite de radin.

« À Euripide ! s'exclame-t-il en portant un toast avec un pichet. À la tragédie !

– À la tragédie ! » rugissent les clients, et ils trinquent si énergiquement que certains pichets se brisent, mais Gélon leur en offre un autre, et ils braillent de plus belle.

J'ai envie de rester pour parler à Lyra, mais Gélon rétorque que la nuit ne fait que commencer. Dismas n'est qu'un bar parmi d'autres et nous avons une carrière à remplir. Il sait forcément que les engagements de ces types n'ont aucune valeur. Ils seront oubliés dans la gueule de bois de demain matin. Si une poignée d'entre eux se présente, nous aurons de la chance.

Malgré cela, nous arpentons la ville pour vanter cette nouvelle production fabuleuse. La toute nouvelle pièce d'Euripide, interprétée par d'authentiques comédiens athéniens qui ont joué dans de grands spectacles en Grèce. Dans l'ensemble, nous avons droit au même accueil stupéfait. Une beauté brune, portrait craché de Desma, vend des pétases et des chapeaux de paille dans la rue. Je m'attends à voir Gélon entrer dans un état de transse comme toujours, mais il lui explique simplement que nous montons une pièce, et qu'elle devrait y assister. Et il poursuit son chemin. Je suis impressionné, et je m'apprête à le lui dire, mais il est déjà loin, et je suis obligé de presser le pas pour le rattraper. J'ai mal aux pieds à force de marcher et ma claudication a un côté comique. Je n'ai pas dormi la nuit dernière, et par conséquent la ville prend un aspect fiévreux et irréel. C'est peut-être pour cette raison que je tarde à le remarquer.

Un char tiré par quatre chevaux roule dans les rues. La musique frénétique d'un dithyrambe s'en échappe. Le type qui tient les rênes porte un masque et une tunique qui flotte au vent. Un autre, posté à côté de lui, joue de la lyre, tandis qu'un troisième, derrière, se déchaîne sur une cithare. Eux aussi sont masqués. Le joueur de lyre se met à chanter. D'une voix de femme, familière qui plus est. Elle parle d'une toute nouvelle pièce d'Euripide qui sera jouée demain après-midi dans la carrière principale. Une seule et unique fois. Ne manquez pas ça ! Les passants demeurent bouche bée, impressionnés par ce char qui passe devant nous dans un grondement de sabots, un tourbillon de poussière et de musique, et une brume stagne dans l'air longtemps après son passage. Les échos lointains de la lyre et de la cithare flottent au-dessus d'une rangée sombre de maisons et s'élèvent dans le ciel violet.

« C'était cette foutue Alekto ? » demandé-je.

Gélon sourit.

« Non. C'était le théâtre. »

21

Il ne fait pas encore totalement nuit, et au lieu de rentrer, nous nous rendons à la carrière. C'est bizarre de venir là sans les enfants. Tout paraît trop calme, abandonné. Plus nous approchons de la fosse, plus je me sens envahi par un sentiment d'angoisse. Ça pourrait être un tour de mon esprit épuisé, mais je crois entendre les rats qui détalent tout en bas. Si Gélon n'était pas avec moi, je ferais demi-tour, mais nous continuons d'avancer jusqu'à la petite colline qui domine la carrière. C'est là où, pour la première fois, Gélon a proposé que nous devenions metteurs en scène. Il fait moins noir ce soir, et je distingue les Athéniens en bas, réunis en petits groupes, ou se déplaçant lentement pour se réchauffer. Difficile, cependant, de reconnaître les nôtres, mais je pense que ce sont ceux qui bougent, en traînant les pieds comme si leurs vies étaient une flamme qu'ils voulaient entretenir.

« Et maintenant ? »

Gélon sort un pichet de vin qu'il a acheté en chemin à un négociant. Le plus cher de la boutique.

« Buvons un coup. »

Mais voilà qu'il verse le vin dans la carrière, jusqu'à ce que le pichet soit vide. Et il me demande de lui prendre la main. Je ne plaisante pas, je ne l'insulte pas pour avoir gaspillé ce vin. Il émane de ce lieu une impression trop étrange à cet instant. J'ai envie de la chaleur d'une main amie. Je la serre dans la mienne.

« Et maintenant ?

– Nous prions », dit Gélon.

Et durant les quelques heures qui suivent, c'est ce que nous faisons.

22

Il fait encore nuit quand je sors de chez moi au matin, et Gélon est déjà là, à m'attendre. Il tient dans les mains ce qui ressemble à un masque et un morceau d'étoffe, avec lequel il astique le masque, faisant étinceler à chaque mouvement diverses parties du bois brillant, qui projette une lumière dorée semblable à l'étoile solitaire qui clignote à travers les nuages bleu marine.

« Tu es matinal, dit-il sans lever les yeux. Allons-y, alors. »

J'avais prévu d'aller voir Lyra d'abord, pour lui apporter son cadeau : un stylet et une tablette de cire. Sans oublier l'os pour le chien de Dismas. Le stylet est rangé dans une boîte coincée sous mon bras, mais je tiens l'os à la main, et je vois le regard de Gélon s'arrêter dessus. Il ne pose pas de question. Nos pas crissent sur le sol. Si la terre n'est pas gelée, elle n'en est pas loin, et je sens les graviers froids à travers les semelles de mes chaussures en croco. Eh oui, j'ai mis les chaussures en croco et le chiton bleu éclair, car un metteur en scène doit apparaître comme tel, surtout un soir de première. Une charrette stationne au bout de ma rue : l'haleine du cheval projette des nuages de vapeur devant un mur lézardé. L'esclave libyen d'Alekto tient les rênes. Il est emmitouflé dans de la laine, ce qui ne l'empêche pas de claquer des dents.

« Bonjour ! »

Il répond par un hochement de tête et je monte à l'arrière. Tout d'abord, je crois me retrouver au milieu des enfants, à cause de tous ces visages, mais ce ne sont que les masques, avec leurs yeux ronds et leurs bouches béantes. Le trajet est éprouvant dans un premier temps, en raison de tout ce matériel : des épées en bois me rentrent dans le cul, mais j'utilise une des tuniques en guise de coussin, et m'enveloppe dans une autre pour me tenir chaud. J'accède ainsi à une sorte de confort alors que nous roulons en direction de la carrière. Seul un couple d'oiseaux s'est mis à chanter, et leur chant fragile est noyé par le vent et les renâclements du cheval. Blotti au fond de la charrette, je ne vois pas grand-chose et c'est une étrange expérience d'entendre les bruits de l'aube sans la voir. Les oiseaux paraissent hésitants au départ, tels des comédiens nerveux face à un auditoire difficile. Mais à mesure que nous avançons, ils prennent confiance, et bientôt, ils se donnent à fond. D'autres oiseaux, perchés dans des arbres différents, se joignent à eux, et quand je jette un coup d'œil à travers la bâche, j'aperçois une lueur jaunâtre qui ourle chaque chose et qui dans une heure environ deviendra le soleil.

« C'est le grand jour », dis-je.

Gélon me tend une outre et nous buvons tour à tour, sans parler, jusqu'au croisement. Là, un vieil homme coiffé d'un large chapeau de paille attend. C'est le type qui a vendu la brouette à Gélon. Et aujourd'hui encore, il a une brouette à côté de lui.

« C'est ici ? demande le Libyen.

– Oui, mais on attend.

– Quoi donc ?

– Les enfants. »

Nous n'attendons pas longtemps. J'entends déjà leurs rires au loin, et peu de temps après, nous les voyons avancer telle une armée qui défile, conduits par Darès. Ils sont aussitôt réquisitionnés pour remplir la brouette jusqu'en haut, et Gélon la fait rouler en direction de l'entrée de la carrière. Le gardien nous regarde à peine, il n'a d'yeux que pour la bourse que lui remet Gélon, et il s'écarte nonchalamment afin de compter son contenu.

« Doit-on lui parler du spectacle ? Du public qui va arriver ? demandé-je tout bas.

– C'est fait.

– Formidable. »

Nous zigzaguons au milieu des Athéniens endormis et des monticules de pierres en poussant la brouette jusqu'à l'endroit adéquat. Gélon l'a choisi il y a un certain temps déjà en raison de cet énorme rocher contre lequel nous pouvons caler le décor, et derrière lequel les Athéniens peuvent changer de costumes. Mais surtout, il est situé au centre de la carrière, en son cœur, et vous avez l'impression d'être encerclé par les murs de calcaire. Comme si la terre elle-même se rassemblait pour écouter ce que vous aviez à dire. La plupart des Athéniens dorment encore, mais certains commencent à bouger, et parfois un cri retentit. Peut-être se réveillent-ils d'un cauchemar pour plonger dans un autre.

« Bonjour.
– La ferme, Lampo. »

Nous devons effectuer plusieurs voyages pour tout transporter, car aujourd'hui, il n'y a pas que les vivres, il y a également les costumes et les décors, mais la charrette est enfin vide.

« Je reviendrai ce soir, annonce le Libyen.

– Merci.

– Bonne chance. »

Il s'incline, tire d'un coup sec sur les rênes et le cheval s'élance. Les roues de la charrette produisent un vacarme épouvantable sur les graviers. En regagnant la carrière, je remarque que le vieil homme au chapeau de paille marche à mon côté et tient quelque chose de long et fin dans ses mains.

« Lampo, je te présente Alcar », dit Gélon.

Le vieux bonhomme ôte son chapeau et me salue. Son visage crevassé ressemble à un sol de terre sèche qu'on a martelé, ses yeux sont deux étroites fentes bleues, où brille une lueur malicieuse, si bien qu'il paraît sourire, alors qu'il n'en est rien.

« Alcar va se charger de la musique. »

Le vieil homme lève la main, et je m'aperçois qu'il tient un aulos. La peinture qui orne la flûte est écaillée, et dessous le bois présente les mêmes taches couleur vieux cuir que la main de son propriétaire, comme si l'instrument en faisait partie, un doigt extrêmement long.

« Jolie. »

Le soleil s'est levé et la plupart des membres de la troupe nous ont rejoints. Les enfants sont en pleine forme. Chacun s'est vu confier une petite tâche, à laquelle il s'attelle. La clé du métier de metteur en scène, c'est avant tout de laisser les gens faire leur travail. Il faut être clair et précis : ensuite, c'est à eux de jouer. En tout cas, c'est ainsi que je gère ma troupe. Certains enfants sont responsables des accessoires et costumes de *Médée*, certains s'occupent de ceux des *Troyennes*, et puis il y a ceux qui sont chargés de distribuer la nourriture. Les autres prisonniers nous observent : quelques-uns sont même accroupis aux premières loges. Ils ont entendu parler de ce spectacle, évidemment, même si nous avons toujours essayé de répéter en secret, derrière des amas de rochers ou dans des recoins. Aujourd'hui, nous apparaissons au grand jour. Gélon a apporté deux sacs de vivres supplémentaires, que nous laisserons là après le spectacle, mais dans l'immédiat, nous avons besoin de travailler en paix. Sans être interrompus. Je m'avance en brandissant mon gourdin.

« Bonjour, les gars. Je suis sûr que vous savez tous ce qu'on prépare. Et c'est aujourd'hui. Dans quelques heures, la carrière sera remplie de membres de la bonne société de Syracuse. Ils viennent apprécier la seule chose bien qu'a enfantée Athènes : Euripide. » Un clin d'œil. « Si vous vous comportez correctement, vous aurez peut-être quelque chose à boire et à manger quand tout sera terminé. En revanche, si vous intervenez d'une manière ou d'une autre, alors, pour citer le grand Homère, je vous défoncerai le crâne. »

Je fends l'air deux ou trois fois avec mon gourdin, sans viser quelqu'un en particulier, et ceux qui approchaient en rampant détalent.

« Bien. Je vois que vous connaissez vos classiques. »

Je me retourne, tout sourire, et découvre le petit Strabo, qui me regarde d'un air effaré.

« Il le fallait, Strabo. Je ne pouvais pas laisser ces salopards piller les vivres. »

Il hoche la tête, mais je ne suis pas sûr qu'il comprenne, car un peu plus tard, il essaie de donner une carotte à un des Athéniens, et Darès doit l'en empêcher.

Les toiles de fond étant trop grandes pour être transportées en entier, nous avons dû les scier en trois parties, que nous sommes en train d'assembler. Après quoi, nous les calons contre le rocher, dans leur ordre d'utilisation. Le décor de *Médée* devant. Comme ça, une fois la pièce terminée, nous pourrons retirer le décor pour laisser apparaître les murs de Troie et enchaîner. Malgré cela, heureusement que nous avons commencé tôt, car d'innombrables petites choses vont de travers au cours de la générale. Les Athéniens n'ont pas porté de vêtements neufs depuis des mois, et quand nous leur tendons les costumes, ils les regardent, perplexes, ils les caressent doucement comme des aveugles, ils les tiennent à bout de bras en affichant des sourires idiots, et je me dis qu'ils ont retrouvé une deuxième jeunesse. Leurs souffrances ont éliminé les années, de la même manière que des ébénistes peuvent mettre au jour les premières années d'un arbre en frottant leur rabot contre la vieille écorce. Alors, oui, je pense qu'ils ont retrouvé une sorte d'innocence dans leur déchéance.

« À l'aide », dit Pachès en se tournant vers moi, la robe violette de Hélène à cheval sur les bras.

Il est le premier à appeler au secours, alors je le rejoins immédiatement.

« Que se passe-t-il ?

– Comment… euh… ça s'enfile ? »

En vérité, le costume de Hélène est sans doute la création la plus démente d'Alekto pour ce spectacle. Une masse de tissu scintillant. Et il me faut un certain temps pour localiser les trous censés accueillir la tête et les bras de Pachès, mais à nous deux, nous y arrivons.

« Où est le masque ? »

Un gamin me le tend. Je suis obligé d'ôter la craie de la carrière et de démêler les nœuds de la perruque blonde, mais finalement, tout va bien. Pachès enfile le masque et disparaît derrière. Il ne reste de lui que ses yeux verts, à travers les trous, mais eux-mêmes s'en trouvent modifiés, presque féminins.

« Je suis comment ?

– Époustouflant, réponds-je, et c'est la vérité. Gélon, viens donc voir Pachès. »

Gélon et Darès aident un Athénien à enfiler une fausse armure. Gélon s'interrompt pour nous rejoindre.

« Qu'en dis-tu ?

– Magnifique, dit-il, et on voit que c'est sincère.

– Vas-y, bouge, Hélène. »

Pachès exécute un des pas de danse de la reine de Sparte et la perruque blonde produit un léger bruissement dans l'air.

« Balance plus les hanches, dit Gélon. N'oublie pas que tu danses pour sauver ta peau. Si tu ne le séduis pas, Ménélas te tuera.

– Allez, Hélène, remue ton cul ! »

Pachès se donne à fond maintenant, et même s'il se prend les pieds dans la robe et si ses mouvements semblent empruntés à cause de l'absence de musique, il a chopé le coup, il s'abandonne, il devient Hélène. Je lui donne une tape sur les fesses.

« Sale allumeuse. Ménélas n'a aucune chance. »

Les yeux verts papillotent, et j'entends un « merci » essoufflé.

La répétition des gestes est la clé. Pendant une bonne heure, la troupe ne fait rien d'autre que d'enfiler et retirer les costumes, et de se mettre en position. Je suggère un filage avec le texte, car il nous reste un peu de temps, mais Gélon s'y oppose. La répétition a ses limites, il veut que les comédiens se sentent un peu perdus sur scène. Le meilleur théâtre, dit-il, ce n'est pas celui qui montre, mais celui qui trouve. Les certitudes sont l'apanage des lâches et des imbéciles – et Euripide n'est ni l'un ni l'autre. Sa voix tremble quand il prononce ces paroles, et je le sens nerveux. Je n'ai presque jamais vu Gélon dans cet état, et tout d'abord, je crois me tromper. Le froid ou la brume de la carrière qui obscurcit ma vision, mais non, Gélon est tendu comme un arc, et seulement à cet instant je m'aperçois que tout le monde est dans le même état. Les enfants eux-mêmes sont muets, et les rares qui rient le font de manière exagérée, comme s'ils étaient des comédiens eux aussi. Les Athéniens vont et viennent, en serrant contre eux leurs costumes pour se rassurer. On dirait qu'ils se parlent à voix basse, mais en m'approchant, j'entends qu'ils récitent tout bas leur texte, comme une prière, et chacun a choisi une partie différente, qui le début de *Médée*, qui le milieu des

Troyennes, et une fois de plus, j'éprouve cette sensation du temps qui se dilate dans une chanson sans fin. Seul le vieil homme paraît détendu. Il boit et fredonne dans son coin, près de la brouette, et j'ai envie de profiter de son calme, alors je le rejoins, accompagné de Pachès.

« C'est donc vous qui faites la musique ? »

Le vieil homme acquiesce et boit une gorgée de vin.

« Vous êtes doué ? »

Il repousse son chapeau de paille pour montrer ses yeux bleu très clair, plissés et rieurs, et émet un petit ricanement.

« Qu'y a-t-il de si amusant ? »

L'agacement perce dans ma voix, mais il ne semble pas s'en apercevoir.

« Trop tard pour poser cette question, répond-il. Mais je suis là. C'est une certitude. »

Il me propose du vin, je décline, alors il en offre à Pachès, et je décide que ce vieux salopard n'est pas le pire.

Rassemblés tous les trois près de la brouette, muets, nous regardons autour de nous, et nous échangeons parfois un sourire, comme si c'était une journée normale. Puis Pachès demande :

« Vous croyez que les gens vont venir ?

– Ils viendront, dis-je. Les Syracusains sont dingues de théâtre. »

Le vieil homme semble sur le point de dire quelque chose, mais il se retient. Il prend son aulos et s'amuse à faire courir ses doigts sur les trous de l'instrument à une vitesse folle, sans souffler dedans. Je reconnais qu'il est doué.

« L'homme le plus heureux qui ait jamais vécu est mort dans le ventre de sa mère.

– C'est quoi, ça ?

– Un proverbe athénien, répond le vieil homme dont les doigts continuent à s'agiter. Un peuple très mélancolique, les Athéniens. Une mélancolie farouche.

– Pas nous, dit Pachès en portant l'outre à sa bouche.

– Inutile de les défendre, Pachès. Je sais que vous êtes différents. »

Ce compliment ne le satisfait pas, visiblement, car il fronce les sourcils et continue à boire.

« Ralentis un peu. Je ne veux pas que tu sois ivre. Une goutte pour calmer la nervosité, mais pas au point d'en bafouiller.

– Vous n'avez jamais vu aucun peuple rire autant que les Athéniens, dit Pachès. J'avais un ami qui vous aurait fait rire à vous fêler les côtes. » Il sourit fièrement, comme si avoir des côtes fêlées était une chose formidable. « C'était l'homme le plus drôle que vous puissiez rencontrer, et un excellent musicien.

– De quel instrument jouait-il ? demande Alcar, intéressé.

– De la lyre. Nous jouions ensemble. » Sans doute voit-il l'étonnement sur mon visage car il s'empresse d'ajouter : « J'étais très mauvais, mais il adorait jouer avec moi. Il disait que je l'apaisais. » Toujours ce grand sourire. « Athènes ne se limite pas à la tragédie. Nous rions à en pleurer. Et nous buvons. » Et hop, encore une gorgée de vin. « Nous buvons à rouler par terre, mais nous levons à l'aube pour intriguer, aimer et construire, et recommencer. Athènes est une cité de croyance, et non de désespoir. Les Athéniens que j'ai connus n'ont rien à voir avec ce proverbe. »

Le vieil homme le regarde. Le pétillement dans ses yeux a été remplacé par quelque chose de plus sombre, de respectueux même, et il tapote l'épaule de Pachès.

« Je ne voulais pas t'offenser. »

Pachès hoche la tête et nous restons là encore un moment, à nous passer l'outre. Trois types qui boivent un coup par une belle matinée. Je prends Pachès par les épaules et lui frictionne les cheveux, ravi de voir qu'aucun ne me reste dans les mains.

« C'est ça le but, hein ?

– Oui, dit-il, mais il est évident qu'il a la tête ailleurs.

– Qui était ton ami, Pachès ? demandé-je. Il est retourné à Athènes ou quoi ? Où le caches-tu ? »

Pachès presse ses mains sur ses tempes et ferme les yeux avec force. Le vert lézard disparaît. La manière dont ses mains compriment son crâne me rappelle les fois où, à la fabrique, on brisait un pot : cet instant où, par réflexe, on essayait de maintenir tous les morceaux ensemble, tout en sachant que c'était foutu.

« Il est ici, répond-il d'un air hébété. Je l'ai enterré le jour où nous nous sommes rencontrés. »

Je me sens misérable soudain, car je m'aperçois que je le savais déjà, et que je voulais juste lui arracher ces paroles. Pourquoi ?

Je suis presque soulagé d'entendre des éclats de voix devant nous. Une discussion animée a lieu à proximité des décors. Je m'y rends sans me presser, soulagé, ô combien, lorsque Pachès me rejoint. Gélon et Numa se disputent, bizarrement, car jusqu'à présent tout allait bien entre eux.

Le trac sans doute. Je leur propose à chacun une petite gorgée de vin.

« Une goutte pour calmer la nervosité, mais pas au point d'en bafouiller », répété-je.

Numa s'adresse à moi :

« Lampo, dis-lui que c'est de la folie.

– Réfléchis, insiste Gélon. Personne n'a jamais fait ça.

– Je suis largué. »

Gélon m'explique : il veut qu'un des enfants joue dans *Les Troyennes.* Vers la fin de la pièce, le très jeune fils de Hector, Astyanax, est assassiné, jeté du haut d'une tour, car Agamemnon craint qu'une fois devenu grand, il revienne se venger. Cette scène se déroule en coulisse et elle est décrite par le chœur, mais Gélon veut la représenter sur scène. Il n'y a pas de texte : il suffit que l'Athénien qui joue le garde pousse l'enfant du haut du rocher. Nous installerons quelque chose pour éviter qu'il se fasse mal. Gélon est persuadé que ce geste inattendu provoquera la stupeur, mêlée d'admiration. J'ai tendance à pencher du côté de Numa, et je le dis :

« Trop risqué. Et puis, il est trop tard pour ajouter de nouvelles idées. Le public va bientôt arriver et nous n'avons pas répété. Imagine que quelque chose se passe mal ? »

Une faible lueur dans les yeux de Gélon m'incite à penser que cette idée n'est pas si nouvelle que ça.

« C'est simple, dit-il. La brouette est remplie de céréales. On étale des vêtements dessus et ça amortira sa chute. Ce n'est pas très haut.

– La question n'est pas là, rétorque Numa. Il n'y a aucune femme dans cette pièce, et encore moins d'enfants. C'est de la folie.

– Je trouve ça regrettable, rétorque Gélon. Le théâtre doit évoluer dans ce sens : des hommes, des femmes et des enfants. J'en suis convaincu. »

Numa secoue la tête : il semble véritablement excédé, car c'était un comédien professionnel à Athènes. Le théâtre est toute sa vie. Évidemment, le dernier mot nous revient, à Gélon et à moi, mais jusqu'à présent, Gélon s'est toujours comporté comme s'il s'agissait d'une collaboration. Chaque élément était discuté et débattu avec la troupe, et il ne me paraît pas très judicieux de les obliger à avaler une innovation bizarre au tout dernier moment.

« Il a raison ! » s'exclame une voix aiguë.

C'est Linar. Il a déjà revêtu la robe en haillons de Cassandre, et il tient le masque contre sa poitrine. Il paraît encore plus agité qu'en temps normal, si cela est possible. Ses yeux courent dans tous les sens, écarquillés, à tel point qu'on voit le blanc.

« Merci, Linar, dit Numa en souriant.

– Je parlais de Gélon. Tu ne vois donc pas que c'est une idée géniale ? Les spectateurs ne s'y attendront pas. Ils entendront dire qu'un enfant va être exécuté, et quand ça se produira pour de bon… Le garçon ne portera pas de masque, si je ne m'abuse ?

– En effet, confirme Gélon.

– Oh, ce sera irrésistible ! Je pense qu'il faut le faire. Ça n'a jamais été tenté, et si ça se trouve, cette pièce ne sera plus jamais montée.

– Ne dis pas ça ! rugit Numa. Bien sûr que si ! »

Des rumeurs circulent parmi les Athéniens. Je sens que la balance peut pencher d'un côté comme de l'autre. Gélon fait face à la troupe.

« Qu'en pensez-vous ? »

Aucune réaction tout d'abord. Il est quasiment impossible de déchiffrer leurs expressions, la plupart ayant le visage masqué. Et quand ils répondent tous en même temps, comme un authentique chœur, l'effet est saisissant.

« Utilisons un enfant. »

Gélon se tourne vers les enfants.

« Qu'en pensez-vous ? »

Question de pure forme apparemment, car ils en ont déjà discuté entre eux et les enfants répondent immédiatement.

« Utilisez l'un de nous !

– Lequel ?

– Astyanax n'est encore qu'un bébé, répond Linar, avec fougue. Il faut choisir le plus jeune. »

Strabo s'avance. Il mesure une bonne tête de moins que ses camarades. Son grand sourire dévoile ses dents qui semblent encore plus tordues que d'habitude.

« Je vais jouer dans la pièce ?

– Oui, répond Darès.

– Je ferai quoi ?

– Tu vas tomber. C'est tout ce que tu auras à faire. Tomber. Mais c'est très important, Strabo. Tu en es capable ? »

Strabo acquiesce. Et voilà. Il vient de décrocher le rôle d'Astyanax. Je demande à Gélon pourquoi il ne prend pas deux gamins pour jouer les enfants de Médée, également. Il me répond que Médée les assassine avec un couteau : ce serait trop compliqué de rendre cette scène convaincante. Il faudrait du sang, ou quelque chose qui y ressemble. En outre, *Les Troyennes* sont l'apogée du spectacle. La dernière pièce. Et il veut utiliser cet effet le plus tard possible.

L'après-midi approche et nous passons l'heure qui suit à préparer la chute de Strabo : comment le balancer du haut du rocher pour qu'il tombe dans la brouette, sur les sacs de céréales et les vêtements qui serviront de coussins. Au début, il pousse des cris de joie en tombant, et nous sommes obligés de recommencer, encore et encore. Ce que nous voulons, c'est un cri de terreur, et puis plus rien. Strabo est désorienté, mais Darès lui explique patiemment, et le gamin finit par comprendre ce qu'on attend de lui. La dixième chute est parfaite, alors Gélon le relève et le serre dans ses bras et ensemble, main dans la main, ils marchent vers le centre de la scène.

« Du bruit pour Strabo, dit Gélon. Le plus jeune comédien au monde. »

L'ensemble de la troupe l'applaudit et l'acclame. Les enfants encore plus que les autres. Gélon tapote la tête de Strabo, qui s'en va rejoindre ses camarades, avec un sourire jusqu'aux oreilles.

« Aujourd'hui, nous allons faire une chose inédite, reprend Gélon. Une chose qui va au-delà du cadre habituel de la tragédie. Je tiens à tous vous remercier. Toutes les personnes présentes devraient être fières d'elles et de ce qu'elles ont accompli. Moi, je sais que je suis fier de vous. Et Lampo aussi.

– Super fier, dis-je.

– Je vous présente Alcar. Il vous accompagnera avec son aulos, et les enfants fredonneront. »

Alcar ôte son chapeau de paille et salue.

« Je pense que nous sommes prêts, autant que nous pouvons l'être en tout cas. Dans quelques instants, les spectateurs vont arriver. Combien seront-ils ? Difficile à dire, mais nous serons bientôt fixés. Je crois que vous allez leur montrer un spectacle qu'ils n'oublieront jamais. Quand ils repartiront d'ici, certains – nombreux peut-être – s'en trouveront changés, et quoi que nous réserve l'avenir, ils se souviendront d'Athènes, et vous ferez partie de ces souvenirs. Voilà ce que je crois. »

Le chœur ne se manifeste guère, mais Gélon va le trouver. En toute logique, ces salopards disent ce qu'on a envie d'entendre parce qu'ils ont peur et faim. Et en effet, c'était sans doute leur motivation première, mais en observant ces Athéniens maintenant, costumés et accrochés à leurs accessoires, je constate qu'ils sont terrorisés, certes – à l'idée que des spectateurs se présentent –, mais une autre angoisse l'emporte : que personne ne vienne. Ils veulent un public.

Pour l'instant, il n'est pas là. Toute la troupe est en place, en costume, ils tiennent leurs masques dans leurs mains moites. Les décors sont dressés, les accessoires prêts. Le soleil, semblable à un poing serré, émet une lumière douloureuse et la carrière présente un aspect sombre qui correspond parfaitement à l'ouverture de *Médée.* Gélon fait les cent pas, les yeux levés vers le chemin qui conduit au puits, espérant apercevoir quelqu'un, n'importe qui.

« Les autres prisonniers peuvent être considérés comme des spectateurs, dis-je.

– La ferme. Ils vont venir. »

Mais ils ne viennent pas. Les Athéniens gardent leurs positions, fébriles. Les enfants, incapables de tenir en place, courent partout en murmurant « Où ils sont ? », et Darès leur ordonne de se taire.

« Il faut commencer, dis-je. Si on attend plus longtemps, il ne fera plus assez jour pour continuer.

– Non, répond Gélon, les yeux toujours levés. Ils vont venir. Il le faut. »

Le temps passe, et la troupe à son tour commence à dire, tout bas, que nous devrions commencer.

« Patience, leur dit Gélon. Une pièce sans public, ce n'est qu'une répétition. Nous devons faire les choses dans les règles. »

Il semble sûr de lui, et les Athéniens sont rassurés, mais je le connais bien et j'entends les prémices du doute s'insinuer dans sa voix. L'après-midi glisse vers le soir, et malgré cela, nous restons là, à attendre, les yeux fixés sur le chemin sombre et sinueux qui descend vers la carrière, à l'affût du moindre mouvement, comme un faucon qui traque une souris.

« Là ! » dit Gélon tout à coup, main tendue.

Une silhouette suit le chemin et pénètre dans la carrière, suivie d'une autre.

« Deux personnes, dis-je. C'est déjà ça.

– Regarde ! »

Sept ou huit autres suivent de près. En toute franchise, je pensais que nous pourrions nous estimer heureux si nous avions dix spectateurs, et je crois que Gélon lui-même sera satisfait à présent. L'essentiel, c'est que des étrangers voient notre production. Des gens pour qui tout cela est nouveau et déroutant.

« En place, tout le monde ! »

Personne ne bouge. Ils demeurent hébétés – yeux écarquillés et bouche bée –, et on pourrait croire qu'ils ont déjà mis leurs masques.

« En place, bordel de merde ! »

Même les enfants sont pétrifiés. Je lève la tête de nouveau et le chemin tout entier semble onduler, tel un magnifique serpent qui descend dans la carrière. Il n'est plus sombre, mais constitué d'innombrables couleurs, et je découvre la cause de cette stupéfaction.

Des centaines de personnes affluent vers nous.

23

Jamais depuis la guerre autant de Syracusains et d'Athéniens n'ont été rassemblés dans un même lieu. Les locaux se placent en demi-cercle, presque comme dans un véritable théâtre. Ils s'assoient sur des tas de pierres, dont certains sont les tombes improvisées déjà évoquées. La foule demeure silencieuse. Étrangement. Le regard chargé d'une intensité troublante. Je reconnais de nombreux visages : des potiers de notre ancienne fabrique, des pêcheurs de chez Dismas, des femmes du marché, et d'innombrables autres personnes que j'ai croisées en ville sans jamais leur adresser la parole. Il y a même des aristos. Pas très nombreux, mais il y en a. Reconnaissables aux couleurs éclatantes de leurs capes et à leurs cheveux huilés qui brillent au soleil.

Mes mains tremblent. Mes doigts sont aussi rouges que des plaies. Je sens mon pouls palpiter dans mes poignets, et ma bouche est aussi sèche que la poussière sous mes pieds.

« Bonjour… » La voix qui en sort est une bouillie, mais je continue. « Ce soir, nous allons vous présenter un super spectacle. Je vous assure que vous allez vous régaler. Je…

– Silence, Lampo. »

Quelques ricanements fusent dans l'assistance, et même si c'est à mes dépens, cette bonne humeur est la bienvenue.

« Aujourd'hui, ajoute Gélon, vous allez assister à deux pièces. La première, comme vous le savez, est la *Médée* d'Euripide. La seconde n'a jamais été jouée hors de Sicile. Il s'agit des *Troyennes*, la dernière pièce en date de ce même Euripide. Que nous considérons comme sa meilleure. »

Des murmures se font entendre. Gélon lève la main et je remarque qu'il tient un pichet, dont il verse le contenu sur le sol, et le vin éclabousse nos jambes. On dirait des entailles.

« Que les dieux portent un regard favorable sur ce que nous allons voir et faire aujourd'hui. »

Certaines personnes parmi les spectateurs répètent ces paroles, mais la plupart restent muettes.

Gélon s'incline comme nous l'avons vu faire à des metteurs en scène avant des spectacles en ville, et je l'imite. Dans l'assistance, une femme se met à crier. De plus en plus fort. Levant la tête, je constate qu'elle vient vers nous, d'un pas décidé. Ses cheveux bruns voltigent furieusement, et à cet instant, je suis persuadé que la véritable Cassandre est parmi nous.

« Le monde est-il devenu fou ? hurle-t-elle d'une voix stridente. Allez-vous rester là à regarder ces salopards danser et chanter ? Mon mari est mort, et le vôtre aussi ! » Elle montre une femme parmi le public. « Votre fils est crevé, lui aussi ! »

Avant de poursuivre, elle est soulevée de terre par un colosse dont la gorge est barrée d'une cicatrice. Il l'emmène, alors qu'elle hurle et se débat. Personne ne tente de s'interposer, mais des murmures parcourent l'assistance, et je me dis : et voilà. Un simple souffle de vent contraire et nous sommes foutus.

« Et maintenant ? » demandé-je.

Gélon ne dit rien. Pour la première fois depuis le début de cette entreprise, il est aussi largué que moi.

« Ah, les femmes », dis-je en m'obligeant à sourire.

Personne ne rit. Quelques personnes commencent même à siffler. Tout en moi m'ordonne de foutre le camp. « Tire-toi d'ici vite fait. » Mais je ne bouge pas. Je ferme les yeux, comme si l'obscurité était la réponse. C'est alors qu'une musique se fait entendre. Si Alcar est nul, il va y avoir une émeute. Même s'il est doué, j'imagine des jets de pierre dans notre direction. Mais il n'est ni l'un ni l'autre. Alcar tire de son aulos des sons que je n'aurais jamais pu imaginer, et quoi qu'il arrive à partir de maintenant, nous avons réussi la musique. Les sifflets cessent et, profitant de cet instant, Gélon bondit sur un amas de pierres, et s'adresse à la foule d'une voix puissante et ferme.

« Tout le monde ici a perdu quelque chose dans cette putain de guerre. Regardez autour de vous ! »

Quelques-uns le font et découvrent les créatures squelettiques enchaînées et couchées sur le sol, tels des animaux à l'agonie.

« Maintenant, regardez cette scène, et ne la quittez plus des yeux. Ce n'est pas une scène, ce n'est pas une carrière, mais le palais de Corinthe. Admirez-le. Il n'y a plus rien d'autre ! »

La musique noie tout, puis quinze femmes de la noblesse Corinthienne font leur apparition. En temps normal, dans la pièce, c'est à ce moment-là que la nourrice fait son entrée, suivie du chœur un peu plus tard, mais Numa lui-même ne parvenait pas à mémoriser le texte de la nourrice, alors nous avons décidé d'entrer directement dans le vif de l'action. Sauter à la gorge des spectateurs et ne plus lâcher prise. Comme prévu, ils retiennent leur souffle de manière audible, car Alekto a fourni un travail remarquable et le chœur a tout d'un vrai.

« J'ai extrêmement peur, chante-t-il à l'unisson. Médée a perdu la raison. J'ai terriblement peur de ce qu'elle pourrait faire. »

Ils se mettent à danser, de manière hésitante et pataude. Nous avons longuement répété pour nous assurer qu'ils pouvaient se mouvoir assez aisément, malgré leurs chaînes, mais quasiment pas avec les costumes et les masques. Mon cœur se serre. Oui, les costumes sont beaux, magnifiques même, et les décors aussi, mais ni les costumes, ni les décors ni la musique ne suffiront à donner vie à cette pièce. Comme pour en apporter la preuve, un membre du chœur trébuche en faisant une pirouette et se vautre, perdant son masque. Un autre, dont la barbe argentée incongrue dépasse de sous son propre masque, l'aide à se relever. Tandis que le comédien au sol se débat pour remettre son masque, on aperçoit son visage décharné et paniqué, et les spectateurs se mettent à rire. Alcar souffle plus fort dans son aulos, mais les rires enflent eux aussi. Les gens se pissent dessus. La tension, insoutenable quelques instants plus tôt, s'est évanouie. Les spectateurs se détendent. Ils se tournent les uns vers les autres, se sourient, échangent des coups de coude et tendent le doigt. Quelque chose me dit qu'ils attendaient ça depuis le début. Même s'ils n'en avaient pas conscience. Un naufrage.

Je n'ose pas regarder Gélon. Mes yeux restent fixés sur le public, si bien qu'au lieu de suivre la pièce, j'observe surtout ses effets. Dans le chœur, c'est la débandade. Au lieu de sortir à l'unisson, les mots se chevauchent et basculent les uns sur les autres, formant une bouillie sonore. Seul Alcar garde le cap, et la musique, quand on parvient à l'entendre malgré le charabia du chœur et les rires de l'assistance, est parfaite, sombre et menaçante. Hélas, on ne l'entend pas toujours.

Un autre membre du chœur trébuche. Au moins il conserve son masque et se relève vite, mais il a complètement perdu le rythme, et braille en solo :

« Regardez, voilà Médée ! »

Imité immédiatement par les quatorze autres.

« Regardez, voilà Médée ! »

Mais aucun signe de Médée. Nouvelle cause d'hilarité.

« Regardez, voilà les Athéniens, et ils sont nuls ! » crie un spectateur.

Éclats de rire. Je me retourne vers Gélon : il est dévasté. Aussi pâle que la pierre calcaire sur laquelle il est assis, il serre les poings, les yeux fixés sur la scène comme s'il était incapable d'en détacher son regard. Enfin, Médée apparaît. Vêtue de sa robe écarlate ornée, tout en bas, de petites pustules de tissu plus sombre qui brillent comme des baies. Hélas, à cause des cris de la foule, impossible d'entendre Numa. Celui-ci devait commencer par une chorégraphie complexe, mais il demeure pétrifié, et inaudible. Il regarde autour de lui, très lentement, mais ces mouvements infimes sont empreints d'une certaine menace, et rien qu'à la regarder, je sens mes poils se hérisser. J'ai envie de fuir. Je me souviens de ce jour où, alors que je travaillais à la ferme de mon oncle, j'avais vu un serpent passer tout près de mon pied. Eh bien, la sensation que j'éprouve en observant Numa est de même nature, sous une forme atténuée. De nombreux spectateurs continuent à rire, mais c'est un rire forcé, nerveux plus que joyeux. Et peu à peu, la voix de Numa se fait entendre.

« De toutes les créatures douées de vie, nous autres femmes sommes les plus misérables. »

La foule ferme sa gueule. Numa se met à danser, lentement tout d'abord, puis le tempo s'accélère, au rythme de l'aulos, et quand il tourne sur lui-même, la robe écarlate fend l'air comme des plaies d'où gicle le sang.

« Ces hommes parlent des dangers de la guerre. Les idiots ! Les idiots finis ! J'aimerais mieux mille fois affronter l'ennemi que de porter un seul enfant ! »

Numa crache ces paroles au visage du chœur, qui recule sous l'effet de la peur. Il y a dans leurs mouvements une fluidité nouvelle ! Quand il répond, c'est comme un seul homme cette fois : quinze voix à l'unisson.

« Les affaires reprennent », glissé-je à Gélon, mais toute son attention est dirigée vers la pièce.

Ne vous méprenez pas, le chœur n'est pas devenu parfait subitement. Il y a encore des plantages, et la chorégraphie ne décolle pas vraiment comme elle devrait, mais les rires ont cessé et on sent que les spectateurs se laissent emporter : ils oublient où ils sont, et on ne peut rien demander de plus. Une seule personne ne se laisse pas transporter, et cette personne c'est Lampo. Je suis trop nerveux. Pachès n'a pas encore fait son entrée. Il est le prochain, et je ne sais pas à quoi m'attendre. Lors des dernières répétitions, il connaissait son texte et il faisait un Jason acceptable. Sans plus. Les scènes fonctionnaient surtout grâce à Numa, et quand enfin il fait son apparition, mes yeux ne sont plus que deux fentes, et je l'entends plus que je le vois maudire Médée.

Je décolle les paupières, et il est là. Impression un peu bizarre tout d'abord, car Numa est bien plus grand, mais là encore Alekto a assuré : le costume est parfait. Pachès incarne à merveille Jason l'arrogant, et à travers les trous du masque, ses yeux verts toisent Médée avec mépris. Pachès m'a confié qu'il était un aristo à Athènes. Son père avait dessiné et même financé le bateau à bord duquel il avait débarqué à Syracuse. Un mauvais calcul, mais ce qui importe, c'est qu'à une époque, Pachès avait donné des ordres, et sans doute se sert-il de cette expérience présentement, car il se déplace sur scène avec une autorité que je ne lui connaissais pas.

Il plastronne et déclare à Médée que même s'il la quitte pour une femme deux fois plus jeune, il mérite sa gratitude, car il fait ça pour elle et les enfants. Médée n'est pas convaincue, c'est le moins qu'on puisse dire. Elle fait mine de se jeter sur lui, mais au dernier moment, elle se retient et pivote sur elle-même : les projections écarlates de la robe le frôlent, et tous les deux se hurlent au visage en marchant de long en large. La mélodie de l'aulos n'est plus qu'un léger bourdonnement pour permettre aux spectateurs de saisir chaque mot, et c'est violent. Un authentique agôn, peut-être le meilleur auquel j'aie assisté. Je ne sais plus quoi penser. Tour à tour, je penche du côté de Jason, puis de Médée, et l'échange balance ainsi d'un bord à l'autre comme la bataille dans le grand port, mais Médée en veut davantage. Elle est prête à aller jusqu'au bout, et finalement, c'est Jason qui décampe, en marmonnant que toutes les femmes sont des connasses, et la scène est rendue à Médée qui entonne l'air de la vengeance, devant le chœur qui tremble d'effroi.

Puis les corps s'effondrent. L'épouse de Jason tout d'abord, son père ensuite, le roi Créon. Tout cela se déroule hors de scène, mais l'Athénien qui joue le messager décrit avec brio leur agonie : et Numa, brillant comme à son habitude, hurle sa joie en écoutant chaque détail horrible. Enfin, vient le moment où les enfants doivent passer l'arme à gauche. Je ne sais pas par quel prodige, Numa parvient à vous faire éprouver autant de peine pour Médée que pour sa progéniture lorsque celle-ci s'apprête à commettre l'irréparable.

La suite se déroule très vite. Jason pleure en découvrant les cadavres de ses enfants. Ne disposant pas de grue pour le deus ex machina quand Médée s'enfuit avec le chariot tiré par des dragons, nous avons demandé au chœur de décrire l'action. Il danse autour de Jason en pleurs, montre le soleil et raconte, en se lamentant, comment Médée est emmenée vers son grand-père, le dieu soleil, et même si ça ne peut pas être vrai, peut-être que les dieux vont jusqu'à approuver cet acte. Par chance, deux corbeaux traversent la carrière à cet instant et, telles deux taches sombres, s'élèvent vers le soleil. Et voilà. La musique s'arrête. La pièce est terminée. Les spectateurs restent muets. Sur les visages les plus proches, je ne vois que des regards hantés. Je n'en espérais pas tant, et je sens mes muscles se relâcher. Je n'avais pas remarqué que j'étais tendu à ce point. Effrayé également, Gélon n'est pas à côté de moi. J'entends des mouvements sur scène, mais je m'en fiche, je suis trop abasourdi. Soudain, il réapparaît, perché sur un rocher encore plus gros. Il y a dans son regard une innocence sauvage, comme si on avait enfoncé dans ses orbites des yeux d'enfants qui découvraient tout pour la première fois.

« Vous n'êtes plus à Corinthe ! crie-t-il. Vous êtes devant les murailles de Troie après la mise à sac de la ville. Hector est mort. Achille également. Les Grecs ont gagné. Ne détournez pas le regard ! »

Le luxueux décor du palais corinthien a cédé la place aux murs blancs maculés de sang et aux tours lézardées. Moi-même je tombe de fatigue. Numa et les autres ne peuvent pas enchaîner directement, c'est impossible. Pourtant, ils le font.

24

Ils sont lessivés. Cela se voit à la manière dont ils montent sur scène, en traînant les pieds comme s'ils marchaient dans la boue, et non dans une carrière de pierre sèche. Les amples tuniques des Corinthiennes ont été remplacées par des chitons dépenaillés, découpés afin de montrer les jambes décharnées des Athéniens, les chaînes à leurs chevilles, et les arcs pâles des côtes. C'est parfait. Leur apparence dévastée colle parfaitement à la pièce. Ils sont faits pour incarner des Corinthiennes qui ont tout perdu, et qui fouillent les ruines de leur cité, en attendant qu'un bateau les conduise en Grèce.

Il n'y a pas d'histoire. Ou alors, s'il y en a une, je suis incapable de la raconter. Cela ressemble davantage à un rêve vu à travers les yeux d'une personne étrangère. Tout baigne dans la brume et dans l'obscurité, et le vent qui s'est levé et remplit l'atmosphère de poussière de calcaire n'arrange rien. Si bien que parfois, on ne voit plus les comédiens, on entend uniquement leur chant, les tintements des chaînes et la musique envoûtante d'Alcar. Si je ne savais pas que Numa incarnait Hécube, je refuserais d'y croire. Il ne reste aucune trace de la fière princesse dans cette femme au dos voûté qui contemple le public et raconte à voix basse, en psalmodiant, que tout ce qu'elle a aimé est mort ou lui sera bientôt retiré. Et une fois que tout l'amour aura disparu, quand chaque objet d'attachement aura été brûlé et dispersé comme de la fumée emportée par le vent, elle-même existera-t-elle encore ?

Nous avons commencé tard. Le soir arrive au galop. Heureusement, c'est une pièce courte, sinon les comédiens se produiraient bientôt dans le noir. Pour l'instant, un rougeoiement cendreux fait palpiter la scène. À ce moment précis, le chœur et Hécube dialoguent, en titubant sur leurs jambes tremblantes, et l'épuisement est perceptible, mais soudain, l'énergie se déplace, et un cri perçant retentit derrière nous.

« Voici la belle Cassandre ! chante le chœur.

– Oh, ma pauvre fille, si intelligente. La souffrance a réduit sa raison en lambeaux, et elle est redevenue une enfant. »

Linar bondit sur scène et trébuche. Plusieurs spectateurs ricanent. Au lieu de se relever, il reste couché, à plat ventre, visage contre terre, et se met à gratter le sol tel un animal qui cherche à creuser un terrier pour se protéger. J'ignore s'il s'agit d'une astuce de mise en scène, mais quand il se relève, du sang coule de ses ongles arrachés, entre ses doigts, et il se met à danser. Après les mouvements apathiques de Hécube et du chœur, la vitalité de la chorégraphie de Linar a un aspect choquant, et très vite, toute mon attention est accaparée par Cassandre. Cette pièce est une prophétie tragique, assurément, mais je perçois ici et là quelques lueurs d'espoir, tremblotantes, qui m'avaient échappé lors des répétitions. Sa mère la croit folle, le chœur également. Et c'est sans doute vrai, mais derrière cette démence, elle essaie de transmettre un message : si leurs vies sont foutues, cela ne signifie pas qu'il ne reste plus rien. Il reste toujours quelque chose pour la personne qui se souvient. L'échange entre Hécube et Cassandre ressemble à un agôn entre la folie et la raison, et va même au-delà. Ce qui s'affronte ici, c'est le désespoir et le sens des choses, et la question est celle-ci : si le sens s'écarte de la raison, n'y a-t-il pas de la sagesse dans une folie remplie de foi ? Avant que la réponse soit formulée, les gardes grecs débarquent et obligent Cassandre à monter sur le bateau à destination d'Argos, et du lit d'Agamemnon. Cassandre est traînée hors de scène, et le tintement de ses chaînes trouve un écho, un contrepoint tout autour de nous. Pour cette pièce, l'auditoire a plus que doublé, mais le nombre de Syracusains n'a pas bougé, ce sont les Athéniens, les prisonniers qui n'ont jamais participé à notre production, qui se sont joints à eux. En prenant soin de garder leurs distances, ils se sont approchés de la scène le plus possible. Moi qui croyais que ces types se foutaient de tout. Qu'ils avaient atteint un stade au-delà de toute forme de désir. Sur leurs visages burinés tendus vers la scène se lit la fascination.

Dans la scène suivante, Andromaque, épouse de Hector et mère d'Astyanax, apparaît. Kalias, l'Athénien qui l'incarne, est plutôt bon, mais il oublie quelques répliques, et je vois bien, à la manière dont Numa se penche vers lui, qu'il lui souffle son texte. En écoutant Linar, je m'étais plongé dans la pièce, mais maintenant que j'en suis sorti, je me ronge les sangs. Voici venir la scène du meurtre d'Astyanax, là où intervient la véritable innovation de notre production. J'aperçois des mouvements derrière la scène, et une ou deux fois, des têtes d'enfants apparaissent. Astyanax devrait être là à présent, et je me demande si Strabo fait des siennes ou s'il hésite au dernier moment. Mais le voilà qui entre en traînant les pieds. Les spectateurs retiennent leur souffle. Ils n'ont jamais rien vu de tel. Ils s'attendaient à découvrir dans le rôle de l'enfant un type court sur pattes à la voix de crécelle. Eh bien, non. Nous sommes allés jusqu'au bout. L'apparition de Strabo semble inspirer Kalias, car il se fond dans son rôle désormais, et quand il serre Strabo dans ses bras en pleurant, pendant un court instant, c'est une mère et son fils que je vois. Le type qui joue le garde prend l'enfant par la main et improvise une idée brillante. Il s'agenouille et demande à Strabo s'il aimerait monter au sommet de la tour afin de contempler la ville sur laquelle il régnera un jour. Strabo répond par un grand rire joyeux qui va droit au cœur des spectateurs. On les sent presque se raidir, puis se détendre quand l'homme et le garçon quittent la scène. Ils sont soulagés, car ils comprennent qu'ils n'assisteront pas au meurtre.

Aucune pièce ne montre jamais ça.

Mais voilà que le garde et l'enfant réapparaissent au sommet d'un rocher qui surplombe la scène. Ils se tiennent toujours par la main et le garde montre un point à l'horizon, en demandant :

« Est-ce que tu aimerais survoler ta cité ? »

Strabo dit quelque chose, mais sa voix n'est qu'un croassement, comme toujours, et je ne comprends rien.

« Alors, vole ! »

Il pousse l'enfant dans le vide. Strabo disparaît dans un hurlement de terreur. Je sais que la chute n'est pas très importante et que des sacs de céréales et des vêtements sont là pour amortir sa chute, mais je l'oublie sur le coup, et je crie en même temps que tous les spectateurs.

« L'enfant ! s'exclame quelqu'un. C'était un vrai ! »

Les autres spectateurs le font taire. Le sort de l'enfant ne peut rivaliser avec l'envie de savoir ce qui va se passer ensuite. Quelques sanglots étouffés se font entendre ici et là. La pièce se poursuit. Apparaît Pachès, en Hélène. Il est bon, pas aussi bon que la scène précédente, mais c'était l'apogée de la soirée. Il connaît son texte et le costume de Hélène est éblouissant. Dans cette scène, elle supplie Ménélas de lui accorder la vie, et Hécube de lui infliger la mort. Pachès exécute une danse de séduction, en agitant le bassin dans sa robe moulante et scintillante, produisant un sentiment d'horreur indicible juste après le meurtre de l'enfant. Je me joins aux autres pour siffler et insulter Hélène, si bien qu'on n'entend plus la voix de Pachès, on peut juste le regarder se déhancher et éclater d'un rire triomphant tandis que les gardes l'emportent. Tout le monde comprend alors que Hélène a gagné. C'est vers le lit de Ménélas qu'ils la conduisent, et non vers le bourreau.

La fin approche, et tant mieux pour nous, car il n'y a plus beaucoup de lumière dans le ciel, mais Numa, en professionnel qu'il est, ne se précipite pas. Au contraire, il semble ralentir, extrayant des mots la moindre goutte de chagrin comme s'il s'agissait du plus précieux des nectars. On transporte le corps d'Astyanax sur un bouclier en bois. Il est couvert de traînées rouges et empeste le vin. Ses camarades ont versé sur lui le contenu d'un pichet de rouge de Catane pour simuler le sang. Je suis suffisamment près pour voir le pied de Strabo tressauter et un léger sourire se dessiner sur ses lèvres. La lumière déclinante devient notre alliée : le public ne peut pas distinguer ces détails, il ne voit qu'un garçonnet mort étendu sur un bouclier. J'entends de véritables sanglots à présent. Des pêcheurs aux visages aussi anguleux que les parois de la carrière reniflent. Des aristos également. Les prisonniers pleurent eux aussi. C'est de la folie. Pendant un très court instant, cette fiction mêle les Syracusains et les Athéniens en un unique chœur de chagrin. Numa toise Strabo et caresse son visage du bout des doigts.

« Oh, enfant de mon enfant. Douces joues qui auraient dû être le réconfort de mes vieux jours.

– Tes vieux jours. Le réconfort de tes vieux jours, reprend le chœur.

– Ce rire joyeux qui devait être la plus belle des musiques à mes oreilles.

– Musique ! Le rire de l'enfant était une musique !

– Les histoires que j'aurais pu te raconter sur ton père. Oh, ton… »

Numa n'a pas la possibilité d'achever sa phrase, interrompu par un hurlement du chœur. Les yeux orientés vers les spectateurs pour essayer de deviner ce qui se passait sur scène en observant leurs réactions. Je me retourne. Numa est allongé au sol. Le masque de Hécube est brisé, seule la partie inférieure est restée attachée et le sang coule de sa bouche. Il tente de s'échapper en rampant, suivi de Biton, qui lève son gourdin. Numa tend la main devant lui et dit une chose que je n'entends pas. Puis son visage disparaît derrière la masse sombre du bois qui s'abat, et lorsqu'il réapparaît, toute sa tête est enfoncée. Nouveau coup de gourdin. Cheveux collés par le sang, morceaux de crâne jaunâtres, long lambeau de peau agrémenté d'un unique œil marron. Planté devant ce qui reste de Numa, Biton pousse le corps avec le bout de sa chaussure. Des larmes ruissellent sur ses joues. Il n'est pas seul. Une poignée de types l'accompagnent, dont certains que j'avais remarqués dans le public. Tous brandissent une arme quelconque, avec laquelle ils foncent droit sur le chœur.

Cela ressemble à une bataille, mais une bataille où un des deux camps a déjà abdiqué. Les comédiens du chœur auraient peut-être eu une chance de s'en tirer sans leurs chaînes, ou si leurs costumes avaient été plus légers, mais l'association des deux signe leur perte. Ils se rentrent dedans en tentant de fuir.

Gélon s'est déjà élancé pour essayer d'éviter le drame, mais à dix contre un, c'est du suicide. Les spectateurs assistent à la scène, horrifiés pour la plupart, mais aucun n'intervient.

« Au secours ! leur crié-je. Aidez-nous, bordel de merde ! »

Rien à attendre de ce côté-là. J'ai laissé mon gourdin dans la brouette, alors je me précipite à mains nues.

« Arrêtez, les gars ! Arrêtez, putain ! »

Gélon est à terre, il saigne. Biton lui décoche des coups de pied. Un enfant pleure. Je crois reconnaître Darès. Il s'accroche à Biton. Quelqu'un me saisit par-derrière. Me retournant, je découvre un jeune et bel aristo avec des yeux gris aux longs cils familiers.

« Tu te soucies davantage de ces Athéniens que de ton propre peuple, citoyen ? »

Il me crache au visage, puis un bâton s'abat sur mon nez. Je sens l'os se briser. Je reçois un autre coup derrière la tête. Mes jambes se dérobent. Le sol de la carrière est mouillé et salé. J'ai l'impression de me noyer dans une mer de pierre.

25

C'est la nuit. Une main sur ma joue et une voix dans l'obscurité. Des paroles indistinctes. Le souffle coupé, j'essaie d'avaler une bouffée d'air, mais il est épais, sirupeux, chargé de sang et d'objets brisés. La voix se fait entendre de nouveau, une silhouette humaine plane au-dessus de moi. Le monde est chancelant, instable. Sans doute suis-je à bord du bac qui navigue sur le Styx, et cette ombre est celle du passeur. Celle de la mort : je suis en route pour les Enfers. Mais putain, ça fait un mal de chien, et quand vous êtes mort, vous ne ressentez plus la douleur. À en croire les prêtres du moins. Réconforté par cette pensée, j'essaie de parler. Les mots sont étouffés et humides, mais je parviens à articuler :

« Où suis-je ?

– Avec nous, répond une voix familière.

– Qui ça, “nous” ?

– Les Athéniens. »

Je ressens un relâchement, et sombre de nouveau. J'alterne entre lucidité et inconscience. S'il s'agit d'un rêve, il est merdique. Je vois des rats, en nombre inhabituel, je les entends détaler dans mes oreilles, quelqu'un les chasse à coups de pied. Puis me voici à Troie. Au loin étincelle une tour, d'où un enfant ne cesse de tomber, encore et encore. Au-delà, un énorme soleil rouge occupe la moitié du ciel, que traverse un chariot, dont les rênes sont tenues par une femme. Ses cheveux noirs volettent derrière elle comme des corbeaux. Suivent d'autres rêves, que j'oublie, tous aussi enfiévrés. Il fait plus clair à présent, mais toujours nuit. Un homme se penche au-dessus de moi, pour masser mon front avec un linge humide, me semble-t-il. Ses yeux sont d'un curieux vert lézard.

« Pachès ? »

Il sourit.

« Vous me reconnaissez ? À la bonne heure. Buvez. »

Il presse quelque chose et un liquide gicle dans ma bouche. Il réveille les coupures sur ma langue et mes gencives, mais je l'avale, ainsi que ce qui semble être une dent. Ma voix s'est éclaircie quand je demande :

« Et Gélon ? Il va bien ? »

Percevant une hésitation, j'essaie de me lever, mais Pachès m'en empêche.

« Reposez-vous.

– Réponds-moi, putain de merde. Comment va Gélon ?

– Pas très bien. Il est vivant, cependant. Il a eu de la chance. Vous aussi. »

Cette fois, je me redresse et regarde autour de moi. Le toit est bas, hérissé de fines pointes de pierre blanches semblables à des crocs. J'ai l'impression de me trouver dans la gueule de quelque animal gigantesque. Et je suis désorienté, c'est le moins qu'on puisse dire.

« Où sommes-nous ?

– Dans une des cavernes, près du mur. Dehors, c'était trop dangereux.

– Et Gélon, où il est, bordel ?

– Tout près. Je vais vous conduire auprès de lui. Mais buvez, vous avez de la fièvre. »

Je tremble, en effet, mais à cause de la douleur, je ne l'avais pas remarqué, et je bois le vin que Pachès fait gicler dans ma bouche : je sens sa chaleur se répandre, et le martèlement dans ma tête s'atténue légèrement.

« Raconte-moi. Qu'est-ce qui s'est passé ? »

Pachès enfouit son visage dans ses mains et gratte ses joues. Une sorte de gémissement sourd s'échappe entre ses doigts, mais quand il ôte ses mains, je ne vois aucune larme, et sa voix est ferme. Biton et les autres ont assassiné presque toute la troupe. Lui-même a survécu en faisant le mort. Gélon aurait été tué lui aussi si les garçons ne s'étaient pas regroupés autour de lui. En un sens, on peut dire qu'ils nous ont sauvés, car c'est seulement quand Biton a frappé Darès, non pas avec son gourdin, mais du plat de la main, qu'une partie des spectateurs est intervenue. Massacrer des Athéniens était une chose, mais s'en prendre à des enfants de Syracuse, ce n'était plus pareil.

« Les enfants sont sains et saufs ?

– À part quelques bleus, oui.

– Une chance, putain. Faudra que je leur offre des bonbons.

– En fait, ce sont Alcar et Linar qui vous ont sauvé.

– Alcar ? Je lui paierai à boire alors. Et Linar aura droit à triple ration. »

Pachès secoue la tête et regarde le sol.

« Quand Linar les a empêchés de s'en prendre à vous, ils s'en sont pris à lui. Et quand Alcar a essayé de vous sauver tous les deux… je suis navré… ils l'ont tabassé à mort. Et Linar également.

– Oh. »

Pachès m'oblige à manger un peu. Il avait mis de côté du pain distribué durant les répétitions et il va en chercher un morceau dans sa planque, sous une pierre. Il est rassis et à cause de mes dents déchaussées, je suis obligé de le tremper dans le vin avant de le mâcher. Je ne sais pas quoi dire, ni penser, de tout ça. Je ne connaissais pas du tout Alcar. Et je prenais Linar pour un cinglé. Ils ont perdu la vie pour sauver la mienne. En aurais-je fait autant ? Non. Je suis intervenu à cause de Gélon. Peut-être aurais-je tenté de sauver Pachès, mais autrement, j'aurais détalé. Qu'ils aient pris tous les risques pour quelqu'un comme moi dépasse l'entendement et je me dis qu'Alcar, au moins, n'avait pas vraiment conscience du danger quand il m'a aidé. Il pensait que le fait d'être un citoyen de Syracuse le protégeait. Néanmoins, je sens qu'il y a autre chose. Pourquoi ? Je l'ignore, mais je le devine, et l'idée que quelqu'un puisse agir de cette manière me trouble plus qu'elle me rassure.

Pachès m'aide à me lever et nous émergeons dans la carrière. La nuit touche à sa fin – le ciel n'est pas véritablement noir, mais talé, et les rats font frissonner le sol. L'épaisseur de mes chaussures en croco m'offre une certaine protection, mais ces salopards sont si nombreux que je sens le frôlement de leurs queues contre mes chevilles. Pachès a une meilleure vue que moi, ou bien il connaît si bien la carrière qu'il peut naviguer à l'instinct, et souvent, il me glisse un « attention », alors que je distingue uniquement une masse plus sombre dans l'obscurité. Je tremble pour de bon à présent et Pachès m'ordonne de m'arrêter. Il ôte le vêtement qu'il a sur lui pour m'en couvrir. Je reconnais la tunique de Hélène, agrémentée d'un accessoire fluide. Je me blottis entre les plis du tissu et les frissons s'atténuent. Nous repartons, alors que l'aube annonce son arrivée dans un murmure. Un flamboiement orangé au milieu des nuages bleu marine. Des chants d'oiseaux se répandent au-dessus des couinements des rats. C'est comme si la lumière s'intensifiait à chacun de nos pas. Pachès n'a plus besoin de me tenir le bras, mais il ne le lâche pas malgré tout. Devant nous, j'aperçois une brouette, et quelque chose, ou quelqu'un, à l'intérieur.

« Gélon ? »

La chose dans la brouette remue, sans émettre la moindre réponse. J'essaie de courir, mais c'est au-dessus de mes forces : j'ai la tête qui tourne, mes jambes flageolent, je marche sur des rats qui couinent furieusement et je sens leurs petites dents pointues se planter dans le croco. Si je tombe, ce sera mauvais pour moi, mais une fois de plus, Pachès vole à mon secours. Il me soutient, tout en chassant les rats à coups de pied. C'est Gélon qui est allongé dans la brouette. Salement amoché. Sa peau a la couleur du ciel : violacée et bleu marine, zébrée d'entailles d'un rouge enflammé. Ses lèvres sont explosées, et à chaque inspiration, il grimace. J'en déduis qu'il a une côte brisée, ou plusieurs.

« Tu es réveillé, vieux ? »

Un seul œil s'ouvre. L'autre, le droit, est enflé et totalement fermé. Le gauche est une goutte visqueuse d'un bleu perçant.

« Darès ? s'enquiert-il.

– Il va bien. Tous les enfants sont sains et saufs. »

L'œil clignote rapidement, un filet de larmes coule dans les plaies ouvertes et il murmure ce que je devine être une prière de remerciements.

« Et les autres ? »

Je lui répète ce que m'a appris Pachès. Son visage se creuse, puis se crispe. Sous la pression, quelques croûtes naissantes se fendent et s'ouvrent tels des yeux rouges, et le sang se mêle à ses larmes. Il réclame ma main. Je la lui tends, mais son bras droit ne bouge pas, il pend mollement sur le côté.

« Il est peut-être cassé, vieux. »

Gélon hoche la tête et lève le bras gauche. Je l'aide à s'extraire de la brouette. Pachès et moi le soutenons chacun d'un côté. J'ai envie de foutre le camp d'ici, mais Gélon insiste pour retourner à l'endroit où nous avons joué les pièces. Il veut s'assurer que nous n'avons abandonné personne. Alors, d'un pas chancelant, nous regagnons le cœur de la carrière. Le décor de Troie est toujours là. Les cadavres des comédiens du chœur sont éparpillés. Beaucoup portent encore leurs masques : les autres laissent voir leurs visages fracassés. Je serais foutrement incapable de les reconnaître, mais Pachès désigne des fragments de crâne et dit, en pleurant : « Voici Lachès » ou « Là, c'est Meno. » Gélon pleure lui aussi, à présent. Pas moi. Je me sens vidé, dévasté, j'ai envie de rentrer chez moi.

Gélon palpe le pouls de chaque corps, et c'est seulement après avoir vérifié qu'il n'y a pas de survivants qu'il consent à s'en aller.

« Linar », dit Pachès en s'agenouillant près d'un corps désarticulé qui nous avait échappé.

Un os pâle semblable à une corne émerge des boucles brunes. Le masque de Cassandre est toujours en place, mais le bois est fendu. Sans doute a-t-il protégé le visage, car quand je le retire, délicatement, celui-ci est étonnamment intact, ses yeux de biche sont écarquillés, beaux. Alcar gît quelques mètres plus loin. Ses cheveux gris sont collés par le sang, son visage n'est plus qu'une ruine brillante. À croire que les agresseurs s'étaient déchaînés sur lui parce qu'il était de Syracuse.

« Alcar avait de la famille ?

– Non, répond Gélon. Il vivait seul, mais il avait un chien.

– Oh. »

Gélon se baisse pour ramasser quelque chose. L'aulos d'Alcar, ébréché mais entier.

« Je peux le garder ? »

Je ne sais pas pourquoi je le veux. Je n'ai jamais appris la musique et je ne saurais pas jouer de cet instrument, mais à cet instant, il me semble très important de le conserver. Gélon me le tend et nous nous dirigeons vers la sortie de la carrière. Le gardien ne sait pas quoi penser en nous voyant, amochés, et moi enveloppé dans le costume de Hélène, et nous peinons à le convaincre que nous sommes des citoyens de Syracuse. Enfin, il nous laisse passer. Pachès lui adresse un signe de la main et crie quelque chose qui pourrait être « au revoir ». Je ne sais pas comment je vais pouvoir regagner la cité dans cet état. Gélon est plus mal en point encore. Nous respirons bruyamment comme deux vieillards et nous crachons du sang. Accrochés l'un à l'autre pour ne pas tomber, nous gravissons la colline en titubant et finissons par atteindre la route déserte. Qui ne l'est pas. Une charrette attend sur le côté et l'esclave libyen d'Alekto tient les rênes.

« Montez à l'arrière », dit-il.

Nous nous exécutons.

« J'ai reçu ordre de vous ramener chez vous, ou chez Alekto, si vous le souhaitez. Que préférez-vous ? »

Ni l'un ni l'autre. Nous parcourons quelques kilomètres jusqu'à une cabane sur la plage. Elle n'abrite qu'un lit de paille, un vase contenant des fleurs et un petit chien terrier couleur sable attaché à une corde. Il gémit quand je le prends dans mes bras et remue la queue lorsque je sors l'aulos et l'approche de sa truffe. Je le détache et l'enveloppe dans ma tunique. Nous remontons à bord de la charrette et cette fois, nous prenons la direction de la ville.

26

La grande nouvelle en ville, c'est le décret. La carrière va rouvrir à la fin du mois pour permettre des travaux de construction, et les Athéniens doivent lever le camp. Où vont-ils aller ? Ils sont encore des centaines, et même s'ils n'ont quasiment plus rien, ils existent encore, mais ils dorment sur une bonne roche calcaire qui pourrait servir à bâtir et à embellir la grande cité de Syracuse, qui souffre d'une abondance de bois et d'un véritable manque de structures en pierre. Je n'ai pas suivi ce débat, j'en ai juste entendu parler par ma mère, qui en a entendu parler par le type chez qui elle achète son pain, et tout cela s'est traduit par ce décret, glaçant dans sa simplicité. Il fallait cesser de nourrir les Athéniens. Leur couper les vivres. Et dans une quinzaine de jours, ils auront disparu. Nous pourrons alors rouvrir la carrière, et bâtir quelque chose dont parlera le monde entier. Une cité d'une beauté inégalée qui fera hurler de jalousie toute la Grèce et pleurer les Carthaginois. Il est temps de passer à la vitesse supérieure. Athènes est morte, mais nous sommes ici pour toujours, et que reste-t-il quand tout s'est flétri ? La pierre. Les assemblées de pierre, les tribunaux de pierre, les maisons de pierre et, oui, cerise sur le gâteau, un théâtre de pierre. À la place de cette merde en bois actuelle, qui se fend sous le soleil et pourrit sous la pluie. Un théâtre qui durera mille ans. Et la première étape, la première pierre de ces fondations éternelles, est simple : cesser de nourrir les Athéniens.

Apparemment, je suis célèbre à présent. Des gens parlent de ce que nous avons fait. Deux potiers au chômage qui ont monté *Médée* dans la carrière, ainsi qu'une nouvelle pièce d'Euripide que nul n'avait jamais vue. Étonnamment réussie, disent-ils, très étrange, mais pas mauvaise, malgré tout. Avez-vous vu ce qui s'est passé à la fin ? Biton a dépassé les bornes, évidemment : il a tué un citoyen de Syracuse. S'ils le retrouvent, il sera exécuté, et c'est bien triste, car tout le monde sait que Biton est un brave gars, rendu fou par le chagrin, tout simplement, et ce qu'il a fait, c'est par amour. L'amour de son fils et de Syracuse. J'apprends tout ça par bribes, grâce à ma mère qui en entend parler au marché. Elle me rapporte ces nouvelles durant mes moments de lucidité entre les rêves et le délire, car je reste au lit pendant presque une semaine après la représentation, ne me levant que pour pisser et nourrir le chien d'Alcar.

Et puis, un matin, un changement se produit. Les tremblements cessent, la fièvre également. Le chien m'observe d'un coin de la pièce. Je ne connais même pas son nom, alors je l'appelle le chien, simplement. Quand je prononce le mot « Alcar », ses oreilles se dressent et sa queue remue légèrement. Je quitte mon lit. Marcher est une souffrance, mais au moins mes jambes fonctionnent, et je clopine jusqu'à la cuisine, fais disparaître le goût fétide dans ma bouche avec une gorgée de vin, et entre dans la chambre de ma mère. Elle doit être au travail, car son lit est vide. J'examine les dégâts dans le miroir de bronze posé dans le coin. Les hématomes sur mes joues ont viré au verdâtre, mais les plaies ont bien cicatrisé. En revanche, mon nez est foutu. J'avais un joli petit nez bien droit : à présent il est aussi plat et rond qu'un galet sur la plage. J'ai l'air d'un boxeur - un boxeur minable, mais un boxeur quand même - et j'en souris. Ce qui me permet de constater qu'il me manque une dent en bas. Voilà un visage qui a du caractère. Je l'espère.

Dans la rue, les gens me regardent, et on murmure sur mon passage. Pas à cause de mon visage, car beaucoup de Syracusains sont bien plus abîmés que moi. Non, c'est en raison de ce que j'ai fait, ce que Gélon et moi avons fait. Les deux cinglés qui ont monté un spectacle théâtral dans la carrière avec ces putains d'Athéniens. Vous avez appris ce qui s'est passé à la fin ?

J'ai toujours rêvé d'être célèbre, objet d'admiration et de débats. Maintenant que c'est le cas, j'aimerais redevenir ce que j'étais. Le Lampo qui se fond dans sa ville, un élément que personne ne remarque. Et je sens le filet de sang qui s'échappe de mon nez, éclabousse la chaussée et mouille la poussière à chacun de mes pas. Le chien gémit à mes pieds, il s'empresse d'aller lécher le sang, pendant que je continue à marcher, jusqu'à ce que j'arrive chez Gélon.

Il est toujours alité et sa chambre empeste la fièvre, comme la mienne, en plus intense. Je veux savoir comment il va, il me répond qu'il s'en remettra.

« Tu as entendu parler du décret ? »

Non. Alors, je l'informe et demande :

« Qu'est-ce qu'on va faire ? »

Le chien aboie et lèche le poignet de Gélon. Pas de réponse.

« Allez ! Qu'est-ce qu'on doit faire ?

– Rien. On ne peut rien faire. »

Je ne sais pas à quoi je m'attendais, mais pas à ça, et je le lui dis. Gélon me regarde. Le soleil qui entre par la fenêtre illumine son visage ravagé. Son œil droit est toujours enflé et fermé, ses joues décorées d'hématomes aux couleurs criardes, ses lèvres fendues, et sa mâchoire de traviole comme si l'articulation s'était décrochée. Il fallait une sacrée dose d'imagination pour reconnaître le visage si beau autrefois. Pourtant, tout cela n'est rien comparé au désespoir contenu dans cet unique œil bleu qui cligne rapidement. Gélon n'a jamais été très jovial, mais je ne l'ai pas vu afficher un air aussi lugubre depuis la mort de son petit Hélios. Il n'y a rien d'autre dans cet œil que sa couleur. Je prends sa main.

« Allons, mon vieux. On peut forcément faire quelque chose. Nous sommes des metteurs en scène. Tu te souviens ? »

Une grimace.

« Oublie la manière dont ça s'est terminé. Ces deux pièces étaient géniales, et nous avons réussi une chose impossible. Nous pouvons y arriver.

– À quoi ? »

Il n'y a aucune curiosité dans sa voix, uniquement une immense fatigue.

« À les sauver. Sauver Pachès. Il faut essayer. »

Un rire. Un rire qui sonne faux, amer, désagréable, comme une viande avariée. Et douloureux manifestement, car il se tient les côtes.

« Enfoiré de Pachès. C'est fini, Lampo. Tu crois que les gardiens te laisseront l'emmener ? C'est un crime capital. Tout le monde se foutait de ce qu'on faisait tant que les Athéniens restaient dans la carrière, mais essaie un peu d'en faire sortir un pour voir. Ils te tueront, cette fois.

– Tu ne veux pas m'aider ? »

L'unique œil bleu s'humidifie et je me dis que c'est gagné. Évidemment qu'il va m'aider. Gélon et Lampo, les deux libérateurs des Athéniens dont parlent les chansons et les récits.

« Non, je ne t'aiderai pas. Désolé, Lampo. Je ne peux pas.

– Super. »

Avant de repartir, je m'arrête à la porte. Gélon me regarde. Il attend que je dise que tout va bien entre nous, que je comprends. C'est ce que je m'apprête à faire, et j'ouvre la bouche pour le satisfaire, mais toute l'amertume qui mijotait en moi éclate et suinte comme une cloque purulente. Les plaies de mes gencives donnent à mes paroles le goût du sel. Et je lui dis que c'est sa faute si Numa, Linar, Alcar et tous les autres ont été tués. C'est probablement sa faute également s'ils ont décidé d'affamer les Athéniens et de rouvrir la carrière. À cause de ce spectacle, tout le monde a recommencé à parler d'eux. C'était une idée à la con, qui ne pouvait se terminer que d'une seule manière. Nous avons de la chance que les enfants aient survécu. Il n'est qu'un sale connard égoïste, et il l'a toujours été. D'ailleurs, je suis bien content qu'il refuse de m'aider, car il fait mourir tout ce qu'il touche. Si seulement il pouvait foutre le camp d'ici et crever lui aussi.

Il ne répond pas. L'œil bleu humide cligne plusieurs fois, puis se ferme. Gélon roule sur le flanc.

27

Il mouille toujours dans le port. Amarré au quai des marchands, tout au bout, avec son bélier qui scintille telle une étoile verte et les membres d'équipage à l'air louche qui glandent sur le pont. Je grimpe à l'échelle, et ils se lèvent aussitôt, tendus comme des ressorts. Ce ne sont pas des nœuds de marin qu'ils tiennent dans leurs mains, mais des couteaux aux lames brillantes. Je songe alors que j'ai commis une sérieuse erreur de jugement, mais l'un s'esclaffe et me donne une grande tape dans le dos.

« Ah, le metteur en scène ! N'ayez pas peur, les gars. Il est inoffensif. »

C'est le grand type avec la cicatrice en travers de la gorge qui ressemble à une bouche écarlate.

« Il faut que je lui parle. »

Il secoue la tête d'un air désolé.

« J'ai reçu des ordres stricts : je ne dois pas le déranger. Si je descends maintenant, il risque de très mal réagir.

– Je suis prêt à payer. »

Il regarde en fronçant les sourcils la pièce d'argent dans ma paume et se tourne vers les autres.

« Tu crois que je suis du genre à me laisser soudoyer ? Fous le camp. »

Je fais mine de m'en aller, mais au lieu de cela, je le contourne rapidement et saute dans l'ouverture qui donne sur les entrailles du navire. Je dégringole dans l'obscurité et mon épaule heurte une cloison en bois. La douleur est aveuglante. Je pousse un juron, me traîne jusqu'à la première porte et l'ouvre. La pièce est vide. J'ouvre la deuxième porte. Vide également. Alors que je me dirige vers la troisième porte, une main me projette contre le mur. C'est le type à la cicatrice. Il hurle dans une langue incompréhensible, en postillonnant sur ma joue, mais je saisis l'essentiel du message. Je ferme les yeux, trop mal en point pour riposter, résigné à subir le sort qui m'attend, quand une voix familière s'élève derrière moi.

« Lâche-le. »

Tuireann se tient dans l'encadrement de la troisième porte : celle derrière laquelle Gélon a vu le dieu. Il la referme délicatement et fait un pas dans notre direction. J'explique que je dois lui parler. C'est une affaire de la plus haute importance. Il pose son index sur ses lèvres. Chut. Ses cheveux détachés tombent librement sur ses épaules. Ils sont toujours du même noir lustré, mais veinés à présent de mèches gris argenté et je remarque dans ses yeux une lassitude qui n'existait pas auparavant. Il ouvre la seconde porte et me fait entrer dans une pièce sombre au sol couvert de tapis.

« Je ne vois rien.

– Oh. »

Il frappe au mur et il se produit un déclic, suivi d'un sifflement. J'entends quelqu'un farfouiller dans le coin. Une lampe s'allume. Sa flamme orange crachote de la fumée et projette une lumière filiforme dans la pièce, éclairant toutes ces choses que j'ai vues la fois précédente : les canapés moelleux, les tapis d'un rouge profond, les tableaux sur les murs. Le domestique d'un âge canonique est là lui aussi. Il tient dans ses mains tremblantes un plateau sur lequel des gobelets s'entrechoquent.

« Du vin, monsieur ?

– Non merci.

– Laissez-nous. »

Le vieillard et le type à la gorge tranchée sortent. Nous nous retrouvons en tête à tête, Tuireann et moi, et je ne suis pas sûr que ce soit une très bonne idée.

« Votre production était incroyable. »

Cette remarque me surprend. Au lieu de se vautrer dans le canapé comme la fois précédente, il est penché en avant, l'air pénétré, les mains jointes.

« Vous l'avez vue ?

– Évidemment. Pour quel genre de producteur me prends-tu ?

– Dans ce cas, vous avez assisté à la fin.

– Oui. Une horreur. Toutes mes condoléances. » Il baisse la voix. « Cette seconde pièce, comment s'appelle-t-elle ?

– *Les Troyennes.*

– *Les Troyennes* ? C'est la meilleure pièce que j'ai vue de ma vie… » Il hésite. « Un jour, il s'est produit une chose très similaire.

– Oui. La guerre. Ça n'arrête jamais. »

Il sourit tristement et hoche la tête.

« En effet. C'est bien vrai. Mais ce dont je parle s'est produit dans un monde très différent. Pas dans les plaines poussiéreuses d'Ilium ni à Syracuse, mais dans un pays de pluie et de forêts, un monde verdoyant. Pourtant, cela s'est déroulé presque exactement de la même manière. Où que l'on aille, le cœur des hommes se ressemble. Tout le reste n'est que décorum. » Il se lève et se rassoit aussitôt. « Comment s'appelait le garçon ? Celui que l'on pousse du haut de la tour ?

– Astyanax.

– Une pièce troublante. J'ai connu un garçon comme Astyanax, mais il n'est pas mort. Son père est mort. Ses frères et ses sœurs également. Toutes les personnes qu'il aimait sont mortes, à l'exception de sa mère. Elle a été enlevée, sans doute pour se faire violer par ces mêmes hommes qui ont tué ses enfants. Mais le garçon, lui, a survécu. Parfois, il le regrettait, mais pour une raison quelconque, la vie était solidement ancrée en lui, à l'image de ces mauvaises herbes qui poussent dans les endroits les plus inhospitaliers. Ce garçon est devenu riche, et on raconte qu'il a vu et fait des choses qui dépassent l'entendement. La rumeur affirme qu'il vit toujours.

– Et je parie que c'est vrai. »

Tuireann sourit.

« Eh bien, de quoi vouliez-vous me parler ? »

Je lui raconte tout. Je lui parle du décret qui autorise l'ouverture de la carrière à la fin du mois. J'ai un ami qui s'y trouve, un ami athénien, que je veux sauver. Avec d'autres si possible.

« Qu'en pense Gélon ? »

Mon premier réflexe est de mentir, mais je vois briller l'intelligence dans ces yeux sombres et je sais que ça ne servira à rien. Avec ce type, il faut jouer cartes sur table, et advienne que pourra.

« Il pense que je suis cinglé. Il refuse de m'aider. »

Tuireann hoche la tête, et une fois de plus, j'ai l'impression que je ne lui apprends rien. Néanmoins, aucune trace de son ironie habituelle sur son visage. Il est concentré. Comédie ou pas, il semble prendre ça au sérieux. Et je me dis qu'il pourrait peut-être m'aider. Alors, je n'y vais pas par quatre chemins :

« Aidez-moi, s'il vous plaît.

– Comment ? De quelle manière, précisément ? »

Les mots se déversent. En les entendant prononcés à voix haute, je m'aperçois qu'il s'agit moins d'un plan que d'une tentative désespérée, un délire né de ces nuits fiévreuses après la représentation. Mais Tuireann ne rit pas, il m'écoute simplement, et pour cette raison, je lui en suis reconnaissant. Quand tout est sorti, il frappe au mur et de la bouche de l'Hydre émerge le vieil homme avec son plateau tremblotant.

« Buvez.

– Je n'ai pas soif.

– Buvez avec moi, s'il vous plaît. »

Le vieil homme remplit deux gobelets d'un liquide épais et sombre. C'est ce même vin que nous avons bu chez Dismas l'autre soir. Tuireann porte un toast et murmure quelques mots dans un langage que je ne comprends pas.

« Si un de mes metteurs en scène devait venir me demander ça, j'aurais misé sur Gélon. Vous m'étonnez. Comment vous appelez-vous, déjà ?

– Lampo.

– Eh bien, Lampo, j'ai envie de vous aider. Vous me croyez ?

– Oui.

– Tant mieux, car c'est la vérité. Je vous ai mal jugé. Je m'en rends compte maintenant, alors croyez-moi quand je vous dis que je veux vous aider. Hélas, ce que vous proposez est impossible. »

Je bois une longue gorgée de ce liquide noir, dont la chaleur me fait venir les larmes aux yeux, et un léger goût salé enflamme les petites blessures à l'intérieur de ma bouche. L'homme ne cesse de me dévisager.

« Il y a à bord de ce bateau… certaines choses, dirons-nous. Des choses qui rendraient une fouille très problématique. Je ne peux pas courir un tel risque. Vous connaissez votre ville. Le port est animé jour et nuit. Imaginons que vous réussissiez à libérer vos amis. Que penseront les gens en vous voyant traverser les docks, vos camarades enchaînés et vous, puis monter sur ce navire ?

– Je vous en supplie. Ils mourront si nous ne faisons rien.

– Ils mourront quoi qu'il en soit. Un peu plus tard, voilà tout. »

Il se lève et passe sa main dans ses cheveux. Des traces noires maculent ses doigts. Il s'aperçoit que je l'ai remarqué, et son sourire réapparaît.

« La vanité, je sais. D'ailleurs, à l'origine, mes cheveux n'étaient même pas noirs, mais roux. Pas facile de teindre des cheveux roux. Maintenant, je dois vous demander de vous en aller. Le moment est particulièrement mal choisi, voyez-vous. Notre navire lève l'ancre demain. Mon travail ici est achevé.

– Quel travail ? »

Il m'adresse un clin d'œil et pose son index sur ses lèvres. Chut. L'ironie est de retour, et je vois bien qu'il se moque de moi de nouveau. Peut-être même qu'il n'a jamais arrêté.

« Allez vous faire foutre. »

Je vide le gobelet d'un trait, le laisse tomber par terre, et me lève pour m'en aller, mais il est rapide, ce salopard. Il est déjà planté devant la porte pour m'empêcher de passer.

« Hyccara.

– Hein ?

– Hyccara, répète-t-il tout bas. C'est là où accostera notre navire après-demain soir. De là, nous quitterons la Sicile pour atteindre Carthage. Et ensuite, la Grèce. Je ne peux pas les laisser embarquer ici, à Syracuse, mais si vous parvenez à les conduire jusqu'à Hyccara, je vous promets de les accueillir. »

Hyccara est à perpète. Il faudrait une semaine de marche pour y arriver. Je le lui fais remarquer. Il hausse les épaules et se rassoit. Il s'adosse au mur, sur lequel est clouée une chose sombre et fine qui pend à côté de son oreille comme une queue de serpent, mais ce n'est pas un serpent. C'est un morceau de corde, que je reconnais.

« Le vieux cul-de-jatte l'a vendue finalement ? »

Tuireann ne répond pas. Il porte son gobelet à ses lèvres et lève les yeux, surpris de constater que je suis toujours là.

« Bonne chance, dit-il. Je ne pense pas vous revoir à Hyccara, mais je l'espère quand même. Vous me croyez ?

– Je ne sais pas. »

Il me fait signe de m'en aller et je m'exécute. À peine ai-je franchi la porte qu'il se met à chanter. Je reconnais les paroles. C'est une chanson tirée des *Troyennes*, celle qu'Andromaque chante à Astyanax juste avant de le pousser du haut de la tour. Il la connaît par cœur – semble-t-il – et il la chante bien, si ce n'est qu'il pleure. Je m'arrête. Un instinct me pousse à m'éloigner de la lumière de la lampe pour me recroqueviller dans l'obscurité.

Peu de temps après, j'entends des gonds grincer, et Tuireann apparaît. Il a ôté son chiton et la pâleur de ses bras et de sa poitrine ne me prépare pas au spectacle démentiel de son dos. Chaque centimètre de peau, ou presque, est couvert d'horribles cicatrices, dont certaines présentent les froncements de peau caractéristiques d'innombrables marquages au fer rouge, comme s'il avait été vendu et acheté un grand nombre de fois. Surtout, il y a des traces de coups de fouet. Je n'ai jamais rien vu de semblable. Tuireann continue à chanter la chanson d'Astyanax en se débattant avec la serrure de la dernière porte. Celle-ci s'ouvre enfin, laissant voir une faible pulsation lumineuse, verdâtre, comme si un rayon de soleil traversait l'eau d'un puits. Il disparaît à l'intérieur.

28

Voilà bien longtemps que je n'ai pas entendu parler de Hyccara. Une ville fortifiée, située à l'autre bout de l'île, pillée et rasée par les Athéniens. C'était au début de l'invasion, quand ils paraissaient invincibles, quand les villes tombaient les unes après les autres, et que toute la Sicile disait que nous devions conclure un accord avant qu'il ne soit trop tard. L'assemblée brûlait du désir de sceller cet accord, pour sauver la cité. Et puis, parce que les dieux avaient eu des envies de changement, ou parce que notre heure était venue, les Athéniens avaient commencé à perdre. De petites escarmouches tout d'abord, sans réelles conséquences, mais chaque perte, chaque drame évité de justesse, rongeait un peu plus leur confiance et effilochait leur âme, si bien que lors des grandes batailles qui allaient décider de l'issue finale, ils n'y croyaient plus et on sentait leurs doutes flotter dans l'air, comme une pluie fétide charriée par le vent, et notre seul objectif désormais était de faire main basse sur toutes leurs possessions et d'obtenir une reddition totale.

Ce à quoi les gens s'attendent se produit rarement. Des choses qui semblent impossible adviennent. Il en a toujours été ainsi. Les dieux occupent les meilleures places en ville et nous sommes leur spectacle préféré. Un point de vue susceptible de gâcher votre plaisir si vous êtes satisfait de votre sort, ce qui n'est pas mon cas. Le bon sens affirme que je ne pourrai jamais faire sortir Pachès et les autres Athéniens de cette carrière sans me faire prendre, et si par miracle j'y parviens, Hyccara se trouve à l'autre bout de l'île : une semaine de marche dans le vent et sous la pluie, sur des routes de merde. Ils mourront avant d'arriver à destination, et même s'ils survivent, ce sera trop tard, car Tuireann n'attendra pas aussi longtemps. Après quelques jours, il mettra le cap sur Carthage. Mais toujours d'après le bon sens, nous aurions dû nous rendre il y a deux ans. Le bon sens manque d'imagination, il repose sur des précédents. Et celui qui le suit s'en trouve appauvri, sinon dans sa bourse du moins dans son cœur. Alors, merde au bon sens.

Me voici chez Alekto, à la recherche des chevaux et de la charrette. Le crottin forme des tas noirs et bourdonnants tout autour de moi, mais aucun signe des canassons. C'est mal barré. Pour que mon plan fonctionne, il me faut un moyen de locomotion déjà. Je le répète : essayer d'atteindre Hyccara à pied, c'est la mort à coup sûr. Seules solutions : un bateau ou une charrette. Après avoir quitté Tuireann, j'ai demandé à quelques pêcheurs combien coûterait la traversée jusqu'à Hyccara, mais leurs esquifs ne sont pas conçus pour de longues distances, et d'abord, qu'est-ce que j'irais foutre à Hyccara ? Il n'y a plus que des ruines. Tout le monde le sait. « Regardez le ciel, m'a répondu l'un d'eux en pointant le doigt vers la masse noire qui grossissait au-dessus de nos têtes. Jamais de la vie. »

La météo, mon manque d'argent et l'étrangeté de la destination font que personne ne veut m'emmener à Hyccara. Et c'est sans doute préférable, car ces pêcheurs sont des gens simples et il est fort probable, si je réussis mon coup et que je me pointe avec les Athéniens, qu'ils aient la trouille et me dénoncent. Et je me retrouverai non pas à Hyccara, mais en prison. Restent les chevaux, donc. Je fais le tour du jardin d'Alekto en suivant la piste des tas de crottin.

« Lampo ? »

C'est l'esclave libyen. Sa tête dépasse de la fenêtre située au-dessus de moi.

« Salut, vieux. Comment va ?

– Bien. Qu'est-ce que vous faites ? »

Je souris.

« Bah, tu sais ce que c'est. Je bricole à droite et à gauche.

– Je vais chercher Alekto.

– Non, inutile de la déranger. Passe-lui le bonjour. »

Il fronce les sourcils et disparaît à l'intérieur. Merde. Faut que je me tire. Alekto devait m'observer de quelque part, car la porte d'entrée s'ouvre et elle sort pour me demander ce qui m'intéresse tant dans le crottin de cheval. Je me mets à baratiner : ma mère en a besoin pour son jardin. À cause de toute cette putain de pluie, rien ne pousse. Mais je croise le regard d'Alekto et comprends que, comme avec Tuireann, mon seul espoir c'est de dire la vérité. Elle est trop futée. Il va falloir que je crache le morceau, mais on va se retrouver dans le pétrin tous les deux. Quand elle saura ce que je prépare, la loi l'obligera à me dénoncer. Rien qu'en l'informant, je la rends complice. Ma mère et Alekto étaient très proches quand elles étaient jeunes, mais elles ne sont plus très jeunes et peut-être que l'âge jouera en ma faveur. Alekto se dira peut-être qu'il ne lui reste plus longtemps à vivre, alors autant faire une bonne action. Mais ce n'est qu'un souhait. Certaines personnes ne croient pas qu'elles mourront un jour, pas vraiment, et ni les ans ni les rides ne peuvent les convaincre du contraire. Je pense qu'Alekto en fait partie, et avec elle, impossible de miser sur un caprice ou une impulsion. Je commence à dévoiler mon plan.

« Tais-toi.

– Hein ? »

Alekto balaie la cour du regard.

« Entre. »

J'obéis. Il y a des plumes partout, l'odeur entêtante de la colle fait vibrer l'air. Sur l'établi est posée une énorme aile, semblable à un Pégase démembré. Les esclaves d'Alekto piochent dans un amas de plumes, qu'ils fixent sur l'aile.

« Une nouvelle commande, explique la patronne. *Les Oiseaux* d'Aristophane. Je crois que votre spectacle a comblé le peu d'appétit que les habitants de cette ville avaient encore pour la tragédie. Un festival de comédie va être organisé durant tout l'hiver. Les gens réclament du rire à présent. »

Ne sachant quoi répondre, je murmure des paroles que moi-même je ne comprends pas. Alekto me fait asseoir, sort un pichet et remplit deux gobelets de vin blanc frais.

« Il ne faut jamais parler de ses affaires en public. C'était complètement idiot.

– Je l'avoue.

– Bon, explique-moi exactement ce que tu veux. Et ne mens pas. Si tu mens, je le saurai. »

Je n'en doute pas. Je déballe mon plan, si on peut l'appeler ainsi. Elle m'écoute, et pas uniquement avec ses oreilles : Alekto donne l'impression d'écouter avec chaque partie de son être : elle note les mouvements de vos yeux, la position de vos mains, les moindres hésitations, les changements d'intonation. C'est super indiscret. Je vais jusqu'au bout malgré tout. Et Alekto secoue la tête, comme si elle avait pitié de moi.

« Ça ne marchera pas.

– Il le faut. »

Un soupir.

« Tu crois que ces hommes seront capables d'escalader les parois de la carrière avec une corde ?

– Non. On les hissera. En attachant la corde à la charrette. Et avec les chevaux on…

– Ma charrette ? C'est bien ça ? Mes chevaux ?

– Oui.

– Admettons que tu réussisses à les hisser jusqu'en haut. Dans quel état seront-ils, à ton avis, après avoir été traînés contre une paroi rocheuse par des chevaux ? Si la corde ne se brise pas, ce sera leurs os.

– Dans ce cas, ils mourront. »

Elle me regarde, étonnée.

« Et ça te convient ? »

Oui, et je le lui dis. Si mon plan échoue, ils auront une mort rapide, et mieux vaut mourir d'un coup qu'à petit feu, de faim. En revanche, si nous réussissons, ils vivront. Pendant des années peut-être, alors j'estime que le risque est relatif.

Alekto sourit.

« La charrette ne peut transporter que quelques prisonniers.

– Quelques-uns, c'est déjà beaucoup. »

Elle se lève, marche jusqu'à l'établi, arrache une plume de l'aile et la laisse tomber.

« Le mélange de colle n'est pas bon. Il va falloir tout recommencer… » Puis, s'adressant à moi : « Reviens ce soir. La charrette sera prête.

– Vraiment ? Pourquoi ? »

Réaction idiote, mais je ne m'attendais pas à ce qu'elle accepte. Pas véritablement.

« Parce que tu es très persuasif. » Elle boit une gorgée de vin. « Parce que je suis une vieille femme et que je m'ennuie. Parce que cette carrière est un endroit maudit. Et peut-être que tu as raison : quelques-uns, c'est déjà beaucoup. » Encore une gorgée. « Mais surtout parce que je sais que tu le feras quand même, et que sans chevaux, tu mourras. Et ta mère sera très triste. »

Je veux la serrer dans mes bras, mais elle me repousse et m'ordonne de foutre le camp. Ils ont une aile à terminer.

Je trouve la corde sur les quais. Une arnaque. Lourde comme un âne mort. En raison de nombreux arrêts, il faut presque une heure pour la traîner jusque chez Alekto et la déposer dans la cour. Je m'éclipse aussitôt pour regagner la carrière. Le trajet m'épuise et la pression de chaque pas ravive la douleur des plaies et des hématomes sur mes jambes. Je m'aperçois que je boite des deux pieds maintenant. Si ça continue, j'aurai besoin d'une canne comme un vieillard. Je m'assois deux fois au bord de la route, le souffle coupé, pour m'apitoyer sur mon sort.

Arrivé à l'intersection, je m'arrête, verse un peu de vin sur le sol et récite une prière pour Alcar. Lorsque j'atteins la carrière, je n'y entre pas. Pour le moment. Je fais le tour, à la recherche d'un endroit propice pour lancer une corde. Un endroit où la paroi est relativement lisse, afin que Pachès – et ceux qui se joindront à lui – ne soient pas lacérés quand la charrette les tirera jusqu'en haut. Très vite, une évidence s'impose : il n'y a pas d'endroit propice. La porosité du calcaire, et le phénomène d'érosion, forment des parois pleines d'anfractuosités. D'ailleurs, il n'y a pas que du calcaire. On trouve également une pierre jaune et noirâtre, qui s'immisce dans la roche blanche comme des chicots, et je sais, pour avoir travaillé dans la carrière durant un été, il y a des années de cela, que cette pierre jaune, foutrement dure, est impitoyable avec les pioches, sans parler de la peau. Rampant à plat ventre, je fais plusieurs fois le tour pour examiner chaque portion de paroi. Peine perdue. Je vois mal les prisonniers réussir cette ascension. Je croyais véritablement ce que j'ai dit à Alekto : oui, les Athéniens risquent de mourir, mais compte tenu du sort qui les attendait, le risque était relatif. Toutefois, il y a une énorme différence entre une possibilité et une certitude. Je ne suis pas venu jusqu'ici, en pleine nuit, pour envoyer mon ami à la mort et rentrer chez moi ensuite.

Nouveau tour de carrière, et toujours rien. Mais soudain, je remarque une chose si évidente qu'il était facile de passer à côté. La clôture. Car voyez-vous, si Syracuse a rassemblé les Athéniens dans cette carrière, hormis pour fanfaronner, c'est qu'ils étaient trop nombreux. Nulle part en Sicile, et encore moins à Syracuse, il n'existait une prison suffisamment grande pour accueillir tous ces salopards, et en construire une aurait coûté une fortune. Les carrières, avec leurs puits profonds et leurs murs de pierre, constituaient des prisons toutes prêtes. En outre, il suffirait de quelques gardiens pour les surveiller. Toutefois, si les parois sont abruptes, il existe, du côté ouest, une petite bande de terrain, pas plus large que quelques stades, qui ressemble à une longue pente qu'un prisonnier téméraire pourrait gravir sans trop de peine. Afin de remédier à ce problème, la municipalité a fait ériger une clôture à cet endroit, d'environ sept mètres de haut : un mur de troncs d'arbre taillés en pointe et plantés dans le sol. Franchement, cette clôture était une mesure excessive, bien plus que suffisante pour remplir sa fonction, et en faisant plusieurs fois le tour de la carrière, je m'étais contenté d'y jeter un regard en passant. À présent, voyant que l'escalade de la paroi était synonyme de mort certaine, je décide de l'examiner de plus près, en prenant mon temps, poteau après poteau. Si je dois tuer Pachès, je veux être certain d'avoir fait tout mon possible pour éviter que ça se produise.

Je m'agenouille et me mets au travail. Comme je le craignais, chaque tronc doit être enfoncé de la taille d'un homme dans le sol, car ils ne bougent même pas d'un millimètre. Et ils sont espacés de deux ou trois doigts seulement. Certes les Athéniens ont sacrément maigri au cours de cette épreuve, mais pas à ce point. Néanmoins, je poursuis mon examen, pour me donner bonne conscience avant tout. Je balance un coup d'épaule dans chaque tronc afin de tester sa résistance, tel un charpentier qui vérifie la qualité de la marchandise d'un bûcheron. Du temps perdu. Sur ce, la pluie se met à tomber, drue. Mon chiton bleu vire au noir et se plaque contre ma peau, à tel point qu'on aperçoit mes putains de tétons. Pris de légers vertiges, je dois faire une pause et boire quelques gorgées du vin que j'avais apporté pour Pachès, histoire de me donner un coup de fouet. Mes pompes sont trempées et s'enfoncent dans le sol boueux comme dans un tapis mouillé. Je glisse et suis obligé de m'accrocher à la clôture pour ne pas tomber. Mes dents claquent si violemment que je crains qu'elles se cassent. Heureusement, elles tiennent bon, et, alors que j'approche de l'extrémité de la clôture, un miracle se produit. Un des poteaux bouge légèrement sous la pression. La pluie a ramolli le sol, transformé en terre glaise. Je pousse de toutes mes forces, à deux mains, jusqu'à ce que les veines ressemblent à des vers bleus qui gigotent, et le tronc bouge un peu plus : il y a maintenant la largeur d'une paume entre lui et son voisin. Ce n'est pas suffisant. Je pousse de nouveau. Je me dis qu'un de ces gros vers bleus va finir par éclater. Rien à faire. Le tronc refuse de bouger davantage. Il me faudrait un putain de cheval, ou plusieurs. Avec quelques canassons puissants, on pourrait élargir suffisamment cet espace pour permettre à un pauvre type affamé de s'y faufiler. Ce n'est pas gagné, mais c'est toujours mieux que d'escalader les parois de la carrière. Et si ça ne marche pas, au moins je ne l'aurai pas tué.

Je prends un pot d'olives, destinées elles aussi à Pachès, j'en fourre le maximum dans ma bouche et brise le pot contre le poteau. La terre cuite laisse au pied un petit tas d'éclats couleur rouille grâce auquel je pourrai retrouver ce tronc.

Un nouveau gardien est posté à l'entrée. Il ne veut pas de vin, seules les pièces d'argent l'intéressent, et je me retrouve quasiment à sec, mais je peux passer. C'est la première fois que je redescends dans la carrière depuis la représentation. Au cours des répétitions, il avait plu une ou deux fois, mais jamais avec une telle force. C'est un véritable déluge et le centre de la carrière, à ciel ouvert, est quasiment désert, la plupart des Athéniens ayant trouvé refuge contre les parois, dans les endroits où la roche forme des saillies servant d'abris. Ailleurs, les corniches créent des sortes de cascades de pluie. Malgré cela, des Athéniens restent blottis là, les uns contre les autres : trempés et cadavériques, ils me font penser à ces pauvres gars qui dérivent sur le Styx sous l'embarcation du passeur. La faim les a privés de toute capacité à réagir. Ils se disent que les parois devraient leur offrir une protection, alors ils ne bougent pas, même si la réalité leur prouve le contraire. Cette image des prisonniers en train de se noyer, immobiles, me trouble exagérément. Pris de tremblements, j'erre pendant un moment, en regardant de tous les côtés, je touche les empilements de pierres qui recouvrent leurs tombes. Si tout se passe bien, c'est la dernière fois que je viens ici. Si ça se passe mal, c'est la dernière fois que je viens ici. Je me ressaisis. Abattu et tremblotant, je continue d'avancer en scrutant chaque détail : je veux me souvenir de cet instant. Soudain, une main se referme autour de ma cheville. Je baisse le regard : c'est un Athénien en train d'agoniser, le ventre gonflé comme une femme enceinte, ses yeux mouillés brillent d'une couleur facétieuse.

« Mère ? murmure-t-il.

– Non », dis-je.

Il ne m'entend pas. Il est déjà parti trop loin.

« Mère, répète-t-il. Je suis désolé. Je suis désolé. »

Cette fois, je ne le détrompe pas. Je reste là, à l'écouter, et il se met à me parler comme si j'étais sa mère. Il est question d'une ferme. Il ne voulait pas devenir fermier, ce n'était pas fait pour lui. Il était nul, mais il viendra me chercher, me dit-il. Il a réussi, il a une maison sur le port du Pirée, avec vue sur la mer. Je vais l'adorer. Il ne pensait pas partir si longtemps. Est-ce que j'accepte de lui pardonner et de venir au Pirée ?

« Oui, je viendrai. »

Cette réponse ne le satisfait pas. Il en veut davantage. Il me demande si je l'aime encore, même si c'est un vaurien.

« Bien sûr que je t'aime, dis-je, en sanglotant. Je t'ai toujours aimé. Tu es mon fils. »

Il sourit en entendant ces mots et serre ma main dans la sienne avec une force surprenante. Je la tiens jusqu'à ce que cet étau d'os se relâche. Il est parti. Là où nous allons tous. Je me penche pour déposer un baiser sur sa tête, et quelques cheveux restent collés sur mes lèvres. Je me relève et repars.

La toile de fond des *Troyennes* est toujours là où nous l'avons laissée, appuyée contre le rocher. La pluie qui ruisselle sur les tours peintes et le ciel confèrent à ce décor l'aspect d'un rêve. Des prisonniers ont sans doute enterré les morts, car les cadavres ont disparu. Les seules traces de ce qui s'est passé sont les masques éparpillés un peu partout, brisés pour la plupart. La pluie fait briller le bois et la peinture, les bouches et les yeux miroitent sur le sol. Dans un état second, j'appelle Pachès, mais personne ne répond.

Il a toujours préféré la protection des tunnels, alors je les inspecte l'un après l'autre. Je glisse la tête à l'intérieur et crie son nom. Les Athéniens qui sont tapis là, dans le noir, me fixent de leurs yeux mouillés et brillants, mais pas d'yeux verts parmi eux. Il y a des flopées d'yeux bleus, marron et même gris, mais point d'yeux verts. Jusqu'à ces deux fentes émeraude, tels des brins d'herbe qui brillent sous la pluie.

« Pachès ! »

Un tressaillement et un gémissement.

« C'est moi, vieux. Tu ne me reconnais pas ? C'est Lampo.

– Lampo ? »

Je rampe à l'intérieur du tunnel. Tout d'abord, l'obscurité est si dense que je distingue à peine ses traits, mais mes yeux s'habituent vite et je découvre un spectacle choquant. Une semaine s'est écoulée depuis la représentation et, privé de rations, il a dépéri à toute allure. Les joues sont creusées, les yeux enfoncés dans leurs orbites, comme avant, ses cheveux noirs parsemés de mèches grises, mais en y regardant de plus près, je constate que c'est une toile d'araignée. Je l'ôte délicatement et souffle dessus. J'avais prévu de passer directement à l'action, mais il est trop amoché. Je lui tends le reste de vin rouge. Le pain que je transporte dans ma besace est trempé, mais Pachès s'en empiffre, ne s'arrêtant que pour téter l'outre et reprendre son souffle. Puis il se met à vomir. Je le tiens contre moi et lui tapote le dos.

« Doucement. On a tout le temps. »

Il se rince la bouche avec le pinard et s'attaque de nouveau à la miche de pain. Il parvient à tout garder cette fois, et quand il lève les yeux vers moi, ils ont perdu leur aspect vitreux.

« Lampo ? répète-t-il. Tu es revenu.

– Bien sûr. On monte *Œdipe roi*. Les répétitions commencent demain. On a pensé à toi pour jouer Jocaste. Un rôle consistant. Qu'en dis-tu ? »

C'est une plaisanterie de mauvais goût, et je ne sais pas pourquoi je l'ai faite. Pachès semble sur le point d'éclater en sanglots. Ne t'en fais pas, lui dis-je. Je déconnais. Il ne faut pas m'en vouloir, je ne suis pas au mieux de ma forme moi non plus.

« Plus de pièces de théâtre, par pitié, murmure-t-il.

– Je te le répète : c'était pour rire. D'accord ? »

Il hoche la tête. Il est pris d'un haut-le-cœur, mais il ne vomit pas. Dehors, la pierre de la carrière a un aspect cendreux. Bizarre. Le soleil, enveloppé de nuages, ne s'est pas montré de toute la journée, et maintenant qu'il se couche, tout est nimbé d'un rougeoiement déclinant. Je dois lui exposer mon plan, avant qu'il fasse nuit. Je lui parle du poteau branlant dans la clôture et des chevaux d'Alekto, du navire qui attend à Hyccara. Un navire qui le conduira à Athènes.

« Arrête de plaisanter, dit-il.

– Je ne plaisante pas. C'est la vérité.

– Arrête ! »

Je perçois sa colère, et s'il n'était pas aussi mal en point, j'aurais peur qu'il me frappe.

« Non, je n'arrête pas. Parce que c'est la vérité. Je le jure sur la tête de ma mère. Ce soir, on va te faire sortir d'ici. Alors, ferme-la et écoute, car le temps presse. »

Je l'entraîne hors du tunnel. Il marche si lentement, en titubant, que j'ai l'impression d'être un sprinteur aux jeux Olympiques. Je tends le doigt vers la clôture, dont les poteaux se dressent telle une langue de feu orangée.

« Et voilà, mon pote. Ton putain de deus ex machina. Tu vas disparaître. »

Il trébuche et je dois le retenir.

« Ça va, Pachès ? »

Il hoche la tête et se met à tousser. Je l'oblige à tourner la tête en direction de la colline, et la clôture au sommet. Soudain, cette colline m'apparaît comme le mont Olympe : beaucoup trop haute.

« Tu t'en sens capable ?

– Je ne sais pas.

– Si, tu le peux. Évidemment que tu peux, bordel. C'est rien du tout. Tu vas grimper jusque là-haut au petit trot. Pas vrai ?

– Oui. »

Sentant monter le désespoir, je lui crie dessus. Il va gravir cette colline, oui, mais il doit le faire de nuit pour que les gardiens ne le voient pas. Je ne peux pas l'aider. Je dois retourner chercher la charrette, et je serai là-haut, de l'autre côté, au soleil couchant. Je l'attendrai, car il va foutre le camp d'ici, pour rentrer à Athènes, mais pour ça, il doit traîner son cul jusqu'au sommet de cette colline. Qu'il fasse ce qu'il doit faire. Libre à lui d'en parler à quelques camarades, ceux qui ont suffisamment de forces pour l'aider. Nous en prendrons autant que la charrette peut en accueillir, mais nous ne partirons pas sans lui. Qu'il le dise à ses camarades. Il m'écoute. Je pense qu'il me croit maintenant. C'est déjà ça.

« Comment je saurai où tu es ?

– Quoi ?

– Cette clôture, elle est longue. Comment je saurai où tu es, derrière ? Je ne peux pas crier ton nom. »

Parfait. Il raisonne. Ne sachant pas quoi répondre, je fourre la main dans ma poche pour lui donner un truc à manger, mais j'en sors l'aulos d'Alcar.

« Avec ça ! dis-je.

– Je ne comprends pas.

– Je me servirai de cet instrument pour t'indiquer où je suis. Guette ce son. »

Je souffle dans la flûte en agitant les doigts. Elle produit un sifflement strident. Au niveau musical, c'est à chier, mais c'est le genre de son qu'un gardien pourrait prendre pour un chant d'oiseau. En tout cas, c'est mieux que de brailler : « Je suis là ! »

« Guette ce son, d'accord ? »

Il hoche la tête.

« Souviens-toi : fais-toi aider s'il le faut. Attends la nuit pour grimper et une fois là-haut, tends l'oreille. Ça va marcher, d'accord ?

– OK. »

Je le prends par les épaules et ébouriffe ses cheveux.

« Si je n'y arrive pas, dit-il, je veux que tu saches que…

– Pas de défaitisme ! Tu vas réussir. Tu vas foutre le camp d'ici. Il faut que je file. Toi, tu grimpes jusque là-haut ! »

Il veut dire quelque chose, mais je suis déjà parti. Je trace comme je peux avec mes deux pattes folles, et regagne la sortie de la carrière, où le gardien essore sa cape trempée. En me voyant, il m'adresse un grand sourire et précise que je serai toujours le bienvenu.

« Tu ne risques pas de me revoir. »

Je ne me rends pas directement chez Alekto. Même si je devrais, car le soleil s'est couché et les lampes balancent des arcs enflammés au bout de leurs chaînes, sous les étoiles bleuâtres. Je suis devant chez Dismas. Cela fait une éternité que je ne l'ai pas vue, pour une raison simple, et peut-être stupide. Autant l'avouer. Mon plan a peu de chances de réussir, et ça m'aiderait grandement si j'avais un dieu ou deux de mon côté. J'ai versé des litres de vin, j'ai prié à en avoir la bouche sèche. J'ai même envisagé de voler un veau pour demander à un prêtre de le sacrifier en l'honneur de Zeus ou de quiconque voudrait bien m'écouter, mais je ne l'ai pas fait. Il m'a semblé que le plus grand sacrifice que je pouvais faire, c'était de ne pas la voir. Jusqu'à ce que la mission soit accomplie. Je m'approche légèrement de la porte. Les volets sont ouverts, les fenêtres émettent une chaude lumière jaune, accompagnée des échos des discussions et des rires. Quelqu'un chante. Je me dis que je peux jeter un coup d'œil. « Ne pas la voir », dans mon esprit ça voulait dire ne pas lui parler, ne pas la toucher, ne pas m'en approcher pour sentir la chaleur et le parfum épicé de sa peau. Ça ne signifiait pas que je ne pouvais pas la « voir », littéralement. Les dieux ne sont pas débiles. Ils n'ont pas reproché à Ulysse d'entrapercevoir Pénélope avant de partir pour Troie.

J'entre. La taverne est bondée, l'air épais et étouffant. Je dois me frotter les yeux pour les habituer à la lumière tamisée et humide des lanternes disposées ici et là. Je distingue des visages luisants de sueur et d'alcool. Tous les regards sont orientés dans la même direction : vers la scène, sur laquelle se trouve Lyra. Sa tunique a glissé, laissant voir la courbe d'une épaule bronzée. Elle chante l'histoire d'une fille dont le père a disparu, et de sa quête pour le retrouver. Elle le cherche dans toute la ville, dans les tavernes, les hôtels, les ruelles, mais aucune trace de son père. À ce stade, la plupart des filles de son âge renonceraient, mais elle n'est pas comme les autres, et elle franchit les portes de la ville pour s'aventurer dans l'arrière-pays sombre, au-delà des remparts. Elle fait irruption dans des bouges enfumés pour demander si quelqu'un a vu son père : elle décrit ses sourcils broussailleux, ses chaussures orange, ses orteils recourbés. Personne ne l'a vu. Elle continue, de plus en plus loin de la ville, épuisée, sans être certaine de retrouver son chemin. C'est ainsi qu'elle arrive sur une plage, au crépuscule, alors que le soleil plonge dans une mer violette. Un navire est arrimé là. Un vieil homme au visage doux et grisonnant lui confie que son père se trouve à bord de ce bateau, si seulement elle voulait juste monter pour le saluer. Alors, elle s'exécute. Et quand elle redescend, elle a une chaîne autour du cou, et tout a changé : les odeurs dans l'air, les habits des gens, le langage qui sort de leurs bouches, sorte de babillage, et l'homme lui glisse à l'oreille, tout en la léchant : Voici ton nouveau pays, tu n'as plus de patrie.

La chanson terminée, les clients demeurent abasourdis, à l'exception d'un type près de la scène qui frappe du pied et tape dans ses mains. Lyra semble s'arracher à un état de transe. Elle remercie l'auditoire. Nos yeux se croisent, un court instant, et elle plaque sa main sur sa bouche, sous le choc. Mais quand elle la retire, dessous je découvre un grand sourire, et ses yeux pétillent. Je me dis : Ah, putain, aucun doute, elle ne fait pas semblant. Je murmure « Je t'aime ». Impossible de dire si elle a compris ou pas, toujours est-il qu'elle descend de scène pour venir vers moi, avec précipitation, en se frayant un passage entre les corps pressés les uns contre les autres, et je dois rassembler toute ma volonté pour m'en aller, car j'ai fait une promesse aux dieux : pas avant la fin de la mission. Tel est mon sacrifice. Je grimace de douleur en m'éloignant d'elle et du bar.

« Lampo ! »

C'est Lyra. Elle m'a suivi à l'extérieur. Je continue à avancer, mais à chaque pas, j'ai l'impression de recevoir un coup de couteau, et je me suis déjà retourné à moitié avant de me ressaisir. Si je la regarde maintenant, je sais que je romprai ma promesse, alors je presse le pas, soulevant des gerbes de sable, et je martèle le chemin de terre qui conduit en ville et chez Alekto.

La maison est plongée dans l'obscurité, les volets sont fermés. Aucune lanterne ni rien. Dans l'air flotte une forte odeur de crottin frais, et lorsque je franchis le portail, elle est là, au fond de la cour : la charrette est prête, les canassons sont attelés, leur haleine forme des nuages de vapeur dans la nuit. L'esclave libyen tient les rênes, il frotte ses mains l'une contre l'autre et souffle dessus pour les réchauffer.

« Ça caille, dis-je.

– Si on se fait arrêter, vous m'avez kidnappé et vous avez volé la charrette. C'est bien compris ?

– Oui, bien sûr. C'est le plan, de toute façon. »

Je lui adresse un clin d'œil et grimpe à l'arrière. Les chevaux partent au petit galop, la charrette suit bruyamment. Il fait aussi noir que dans un trou du cul. Je ferme les yeux et je passe mon plan en revue encore une fois, j'essaie de visualiser chaque étape, mais le sang cogne méchamment à l'intérieur de mon crâne, et mes boyaux sont comme des serpents qui ondulent. Ah, putain, j'ai besoin d'un verre.

« Tu as du vin, l'ami ? »

Aussitôt, on me fourre quelque chose entre les mains, une outre apparemment, au toucher, et je me retourne. Il y a quelqu'un dans la charrette avec moi. Je laisse échapper un cri de terreur.

« Alekto ?

– Avale donc ça, dit Gélon. Tu trembles. »

Je ne le vois pas, à cause de l'obscurité : je discerne juste sa silhouette. Je tends la main, qu'une autre main serre avec une force stupéfiante. Je grimace.

« Je suis désolé, dis-je. Je ne pensais pas toutes les conneries que j'ai sorties. Tu le sais, hein ?

– Bois. »

Je bois et nous nous passons l'outre, sans un mot. Peu à peu, mes yeux s'habituent à l'obscurité, et je distingue son visage, toujours amoché, orné d'hématomes et de croûtes violacées semblables à des pierres précieuses, mais aucun doute, ce sont bien ses yeux, et je n'avais pas conscience, avant cet instant, combien je me sentais seul et désespéré. Je le lui dis, mais il reste muet. Il boit une gorgée de vin et me rend l'outre.

La charrette s'arrête.

« On y est. »

Nous mettons pied à terre dans la boue. La pluie s'est transformée en crachin. Le ciel est lugubre. La lune, semblable à un os jauni rongé par les mâchoires des nuages, dispense au goutte-à-goutte une lumière insipide, et les étoiles ne sont guère plus reluisantes.

« Un orage approche. Il nous faut une lanterne.

– Trop risqué », répond Gélon, et il a raison, mais je ne vois rien.

La clôture n'est qu'une étendue d'obscurité plus dense. Je m'en approche en me moquant de mon idée de marquer le poteau branlant avec des débris de pot en terre cuite. Je trouvais ça génial, mais on ne voit que dalle. Je m'agenouille et me mets à secouer un poteau au hasard, en priant pour qu'il bouge un peu. La boue a durci légèrement depuis la fin du déluge et les dix premiers poteaux, environ, que je teste ne remuent pas d'un iota. Quand, enfin, l'un d'eux donne des signes de faiblesse, je suis obligé de me mordre la langue pour ne pas crier. Il ne branle pas autant que celui que j'avais marqué, et je peux à peine introduire deux doigts entre celui-ci et son voisin, mais il faudra faire avec. J'appelle Gélon à voix basse et lui fais signe. Il me rejoint. Nous nous mettons au boulot immédiatement. Nous creusons le sol boueux autour du tronc à l'aide de petites pelles, du genre de celles qu'on utilise pour jardiner, afin d'agrandir le trou et de permettre au tronc de bouger. Puis Gélon commence à pousser. Malgré ses blessures, il est beaucoup plus fort que moi, et le poteau tremble. L'écart s'élargit, mais pas assez.

« Les chevaux.

– Bien vu. »

Je vais chercher la corde que j'ai achetée sur les quais. Nous en attachons une extrémité autour du poteau et l'autre à une barre de fer à l'arrière de la charrette. Le Libyen tire sur les rênes et les chevaux avancent. Le poteau chancelle dans son trou, mais ça ne suffit pas. Alors, je vais flanquer une taloche aux canassons. Le Libyen m'engueule, il m'interdit de les toucher. Et il se met à leur parler, gentiment, en exerçant une traction constante sur les rênes, sans cesser de baragouiner, et les chevaux tirent de plus belle. Leurs muscles palpitent et brillent comme des limaces sous la pluie.

« Encore un peu », dit Gélon.

Ils renâclent et je vois de l'écume apparaître sur les gencives de l'un d'eux. Mauvais signe.

« Encore. »

La corde menace de craquer et les chevaux s'ébrouent furieusement. Je me dis que c'était un plan idiot.

« C'est assez », dit Gélon.

Je reviens vers la clôture. L'écart entre les deux poteaux mesure presque trente centimètres maintenant. Un homme en pleine santé ne pourrait pas passer, mais un pauvre gars à moitié mort de faim devrait pouvoir s'y faufiler.

« Bravo. »

Le Libyen ne dit rien. Il examine les chevaux, essuie la bave sur leurs nasaux et tente de les faire boire l'eau de son outre en leur parlant tendrement comme une mère avec ses enfants.

Je glisse la tête entre les poteaux pour jeter un coup d'œil. À cause de l'obscurité, je ne vois quasiment rien hormis la forme en demi-lune de la carrière dont la pierre blanche capte le peu de lumière mieux que toute créature vivante. Il y a là, en bas, des centaines d'Athéniens, sans doute en train de roupiller, mais je ne les vois pas et ne les entends pas, alors que la cavalcade des rats fait plus de potin que jamais.

Je souffle dans l'aulos d'Alcar : il en sort un sifflement grave qui évoque un oiseau malade. Gélon me l'arrache des mains.

« Qu'est-ce que tu fous ? »

Je lui explique. Il secoue la tête, comme s'il n'avait jamais rien entendu d'aussi débile, mais il souffle dans la flûte à son tour. Si mon oiseau était malade, le sien est en route pour les Enfers, tout juste capable d'émettre un faible couinement.

« J'ai les côtes fêlées », se justifie-t-il en me rendant l'aulos.

J'avale une bouffée d'air, comme un homme qui se noie, et souffle dans ce machin de toutes mes forces. Le son résonne dans la carrière, plus fort que le chant de n'importe quel oiseau : toutefois, avec le vent et la pluie, ça pourrait passer. Je continue à jouer – on ne peut pas vraiment appeler ça « jouer », évidemment –, mais les notes se heurtent à la débandade des rats et à leurs épouvantables cris aigus, et dans mon esprit, ces rats évoquent tout ce qui est foutu dans ce monde. Ils incarnent toutes ces choses qui se désagrègent, et cette partie de vous-même qui le désire. Ils sont les Athéniens qui incendient Hyccara, et les Syracusains qui balancent ces Athéniens dans la carrière. Ils sont la maladie invisible qui a rongé les entrailles du pauvre petit Hélios jusqu'à ce qu'il ne puisse plus marcher, ni même parler à la fin, uniquement pleurer de douleur. Ces rats sont la pire chose qui soit, sous un ciel indifférent. Mais le son qui s'échappe de l'aulos, aussi faiblard soit-il en comparaison, c'est nous, me dis-je, c'est nous qui essayons, nous qui bâtissons de la merde, qui chantons des chansons et faisons la cuisine, ce sont des baisers et des histoires racontées au coin du feu en hiver, c'est la morale, et tout ce que nous avons à donner, me dis-je, les poumons en feu et les yeux larmoyants, car je n'ai plus grand-chose à offrir, mais je continue à souffler dans l'aulos, à interpréter ma mélodie. Hélas, les rats sont plus bruyants que jamais, c'est de la folie. J'arrose le désert en espérant faire pousser des fleurs, et quelle importance si quelques-unes sortent de terre, nous sommes foutus. La musique s'arrête. Gélon a repris l'aulos et je suis trop épuisé pour protester. Je me sens vide. Il montre l'ouverture dans la clôture… d'où émerge un bras pâle, suivi d'une tête.

« Pachès ? »

La tête ne répond pas, elle émet juste un grognement, et les bras pâles agrippent le sol pour tenter de faire passer le reste du corps par l'ouverture. Je me précipite à son secours.

« Tu as réussi !

– Merci, dit une voix inconnue.

– Tu es qui, toi ?

– Céphale. Merci infiniment.

– Où est Pachès ? »

Le type secoue la tête et tousse.

« Il s'est écroulé… » Nouvelle quinte de toux. « Au milieu de la colline. »

Je le saisis par la gorge, il suffoque.

« Écoute-moi, connard. Je suis là pour Pachès. Si tu veux venir avec nous, tu dois l'amener avec toi. Alors, retourne le chercher, bordel de merde. »

Je repousse sa tête par l'ouverture. Il gémit, il me supplie de le laisser passer. Pachès et lui sont amis, me dit-il, et Pachès voulait que je l'emmène. Il n'a aucune chance de pouvoir le traîner jusqu'en haut. Ils mourront tous les deux. À quoi bon ?

« Il a raison, dit Gélon. Laisse-le passer. »

Je ne vois pas les choses de cette façon. Si on se fait choper par la patrouille municipale, on est baisés, et je refuse de me retrouver en prison pour un connard d'Athénien que je ne connais pas, non ?

Je lui tends la main et l'aide à se faufiler entre les poteaux. À genoux, il me remercie, puis il remercie Gélon. Je fais ce qui est bien. Assurément. Je sauve des vies. Pourtant, ça ne me semble pas bien. Je trouve ça complètement nul, au contraire. Je pousse le type sur le côté et colle mon visage à la clôture.

« Lampo ?

– Va chier. »

J'essaie de me glisser par l'ouverture. Je suis maigrelet, alors je force, jusqu'à ce que le bois m'arrache la peau du ventre et des côtes, comme on pèle un fruit, et je sens la chaleur visqueuse de mon sang qui coule. Jamais je ne pourrai passer. Même un enfant aurait du mal. Ces Athéniens sont plus maigres que des gamins.

« On ne peut pas partir sans lui, putain.

– On n'a pas le choix, répond Gélon. Les gardiens peuvent rappliquer. »

Un autre bras pâle se tend par l'ouverture. Je m'en saisis.

« Pachès ?

– Euh, non… mais Pachès voulait que vous m'emmeniez. »

C'en est trop. Je repousse ce salopard et je l'entends dégringoler dans la pente.

« Ces enfoirés doivent essayer. Pas question de sauver des inconnus et de laisser mourir Pachès. Ne compte pas sur moi.

– Comment veux-tu qu'ils fassent ? Ils sont à moitié morts. Ils ne peuvent pas porter un homme. »

Je détache la corde enroulée autour du poteau. Afin de disposer de plus de longueur, je demande au Libyen d'en faire autant au niveau de la charrette. Une autre main se tend, et comme les types d'avant, celui-ci supplie qu'on le laisse passer. Il parle de sa famille à Athènes, il explique que Pachès et lui étaient très proches.

« Je te ramènerai à Athènes », dis-je.

Il balbutie des remerciements et tente encore une fois de s'extraire de l'ouverture entre les poteaux, mais je le repousse et je lui lance la corde.

« Vous ne pouvez pas le porter, soit. Mais s'il est au milieu de la pente, attachez cette putain de corde autour de sa taille et remontez, on va le tirer. »

L'Athénien pleure à présent, il invoque tous les dieux et jure par chacun d'eux qu'il est un homme et un père pieux.

« Tant mieux. Tu vas redescendre et me ramener Pachès. »

Il disparaît. Pendant que nous attendons, de nouvelles têtes surgissent et nous supplient. À tous ces gens, je réponds la même chose. Ils sortent d'ici avec Pachès ou ils ne sortent pas. Gélon est dubitatif. Si je ne vois pas son visage, j'entends ses petits soupirs désapprobateurs. Le fugitif suivant affirme qu'il faisait partie du chœur : Anticlès. On se souvient forcément de lui, hein ? Je n'aperçois que le reflet argenté de sa barbe. Gélon le tire vers nous et je me précipite pour bloquer les autres. Ça fait un bail qu'on attend maintenant. Je souffle dans l'aulos au cas où ils se seraient perdus. Toujours rien. Et puis, soudain. La corde tressaille et un Athénien essoufflé bégaie qu'il a fait de son mieux, il pense que le nœud est solide. Je le laisse passer. Il s'écroule et baise le sol.

Je tire sur la corde : en effet, il y a quelque chose au bout, et c'est assez lourd.

« Un coup de main. »

Gélon se saisit de la corde lui aussi et nous tirons ensemble. Je n'aurais pas cru que ce serait aussi difficile, étant donné que Pachès n'a plus que la peau sur les os, mais Gélon est amoché, et je ne vaux guère mieux. En tout cas, on en bave et ça prend un temps fou. Enfin, on remonte toute la corde et quelque chose heurte la clôture. Il fait encore trop nuit pour distinguer le visage de cet homme, et de toute façon, il est couvert de boue.

« Pachès ? »

Pas de réponse.

« Pachès, c'est Lampo. C'est bien toi, vieux ? »

Toujours pas de réponse. Le corps est froid, mais la nuit aussi, et humide, alors peut-être… Je le tire vers moi aussi délicatement que possible.

« C'est lui ?

– Je ne sais pas. »

Gélon le prend dans ses bras et le porte jusqu'à la charrette. Il l'installe à l'arrière. C'est un inconnu, j'en suis sûr. L'Athénien a sans doute attaché le premier corps qui lui tombait sous la main. J'ai envie de vomir. D'autres prisonniers franchissent la clôture, en enfouissant leurs mains dans la terre, comme pour vérifier qu'ils ne rêvent pas, et ils rampent vers la charrette. Je ne les aide pas, mais je n'essaie plus de les arrêter. La charrette est pleine à craquer, elle ne peut plus accueillir personne. Il est temps de filer. J'évolue dans une sorte de brouillard. Je vois d'autres Athéniens qui continuent à se faufiler par l'ouverture : leurs mains pâles jaillissent dans l'obscurité.

« Il faut y aller, dit Gélon. Foutons le camp d'ici.

– OK, OK. »

Je reviens vers la clôture. Des mains se tendent vers moi, des visages supplient.

« Tu es Pachès ? » demandé-je à chacun.

Non, disent-ils. Un des types jure qu'il est Pachès, mais c'est faux. Je le repousse. Désolé, dis-je aux autres. Notre charrette est pleine. J'espère qu'ils réussiront à rentrer chez eux. Ils s'accrochent à moi, mais dans leur état de faiblesse, je les repousse sans peine, et je monte à bord de la charrette. Le gars qui est censé être Pachès ne bouge toujours pas. Je cale sa tête dans mes bras et tends l'oreille pour capter une respiration. La charrette s'ébranle. Les Athéniens restés près de la clôture nous supplient de nous arrêter. D'une voix gémissante, ils parlent de leurs femmes et de leurs enfants, mais nous continuons à rouler.

Nous ne nous arrêterons qu'à Hyccara.

29

Nous sortons de la carrière par la Porte de la Victoire. Il fait encore tellement sombre que je ne parviens pas à distinguer les traits du visage que je touche. Le nez me semble petit, droit et délicat, comme celui de Pachès, et la longueur des cheveux correspond plus ou moins. Plusieurs mèches me restent entre les mains, mais il en irait de même avec n'importe lequel de ces Athéniens. Ils sont tous détruits. Je sens leurs os saillants dans mon dos, la forte odeur de mort dans leur haleine. Je tente de les repousser afin que celui qui est dans mes bras puisse respirer, car il est vivant, je crois. J'ai posé la main à l'endroit où devrait se trouver son corps, et il me semble sentir un faible battement, irrégulier, derrière les côtes, comme un oiseau aux ailes brisées qui se débat en pleine tempête.

« Pachès ? »

Rien. Je verse un peu de vin sur son front et ses joues. Le breuvage coule sur son visage. Pas même un tressaillement. Je crois voir un des Athéniens lécher le vin rouge sur le plancher de la charrette, tel un chien assoiffé. Nous avons quitté les limites de la ville, nous roulons au milieu des terres agricoles. On entend braire les moutons et meugler les vaches, mais aucun son humain. Tant mieux, putain. Techniquement, nous nous trouvons toujours à Syracuse, mais nous sommes déjà dans l'arrière-pays. Et bientôt, nous serons sortis. La prudence voudrait que nous empruntions les petites routes et que nous restions cachés, mais le temps presse. Nous n'avons que deux jours devant nous pour atteindre Hyccara avant que Tuireann lève l'ancre. Une pensée me traverse l'esprit : tout ça, c'est du pipeau. Il s'est foutu de moi. En arrivant, nous ne trouverons qu'une ville en ruine et la mer déserte. Je chasse cette pensée et souris dans le noir.

« Prêts à retourner à Athènes, les gars ?

– Ouais, croasse un Athénien à côté de moi.

– Dans une semaine ou deux, vous siroterez du vin blanc bien frais sur l'agora, en écoutant des discours sur la Pnyx. Peut-être même que vous assisterez à une pièce de théâtre. Pas vrai ?

– Ma fille, dit un homme en larmes. J'espère qu'elle va bien. Je me fais beaucoup de souci pour elle.

– Haut les cœurs ! » Je ne sais pas pourquoi, mais l'entendre dire « J'espère » m'a foutu en rogne. « Évidemment qu'elle va bien, bordel. Elle est en pleine forme. Ta fille est un canon et tous les garçons en sont dingues. Elle attend que tu rentres pour pouvoir en choisir un.

– Elle a neuf ans.

– Bientôt vingt.

– Tais-toi, Lampo.

– Non, mon vieux. On leur sauve la vie et on se croirait à un enterrement. Où est l'excitation ? On… »

Gélon plaque sa main sur ma bouche et me murmure à l'oreille :

« Tu entends ? »

Je n'entends que sa question, et je le lui dirais s'il retirait sa main.

« Écoute. »

Cette fois, j'entends. Un bruit de sabots, droit devant, et une voix d'homme.

« Une patrouille frontalière, dit le Libyen qui tient les rênes. Qu'est-ce que je fais ?

– Arrêtez-vous immédiatement », ordonne une autre voix, plus proche.

Le Libyen ne se le fait pas dire deux fois. Il tire sur les rênes et la charrette s'immobilise dans un grincement. Les chevaux ruent et hennissent. Le garde-frontière possède sans doute une lanterne, car une lumière jaune traverse la toile de la charrette et glisse vers l'arrière, accompagnée par le bruit de succion de ses chaussures dans la boue. Et je découvre les Athéniens, des hommes qui jusqu'à cet instant étaient demeurés cachés, des individus décharnés, en haillons, aux yeux aveuglés par la terreur. Je regarde le visage que je tiens dans mes mains : c'est bien Pachès. Je soulève les paupières pour m'en assurer. Les yeux sont vert lézard. C'est lui. Putain. Hélas, le soulagement est de courte durée. Le rabat à l'arrière de la bâche se soulève et le garde-frontière apparaît devant nous. La flamme nue de sa lanterne paraît incroyablement vive après cette plongée dans l'obscurité, et je me frotte les yeux. Le garde-frontière recule d'un pas. Je le vois mieux à présent. C'est un type d'un certain âge au visage fatigué, dont la barbe grisonnante scintille sous le crachin. Il brandit sa lanterne dans son poing veiné de cicatrices, et dans l'autre une épée. Son regard nous englobe tous : les Athéniens qui ont encore leurs chaînes autour du cou et des chevilles. Gélon et moi, habillés normalement, mais amochés.

« Nous sommes des marchands d'esclaves, déclare Gélon.

– Et nous conduisons ces connards à Catane », dis-je.

Le garde-frontière ne dit rien, il nous dévisage. Sa main se resserre sur le pommeau de son épée, et je comprends que c'est la fin. Il a pigé ce qui se passe.

– Je vous connais, dit-il en s'adressant à Gélon.

– Non, je ne crois pas. »

Le garde-frontière lève sa lanterne afin que tout le poids de sa lumière frappe le visage de Gélon comme un marteau.

« Vous faisiez partie de la pièce de théâtre. Dans la carrière. Vous l'avez présentée. »

Gélon ne dit rien. Le garde-frontière regarde autour de lui en braquant sa lanterne sur les Athéniens tremblants, et sur moi qui tiens Pachès dans mes bras.

« Ces types jouaient dans la pièce ? Ce sont les survivants ?

– Quelle pièce ? demandé-je. Nous sommes des marchands d'esclaves et…

– Oui, ils jouaient dans la pièce », répond Gélon.

Le garde-frontière secoue la tête, et j'ai le sentiment qu'il ne sait pas ce qu'il va dire ou faire. Finalement, il pousse un soupir et lève les yeux vers le ciel.

« Sale nuit pour voyager. Vous feriez bien de reprendre la route. »

Sur ce, il laisse retomber la bâche de la charrette et repart. Nous écoutons les crissements mouillés de ses chaussures, puis la musique des sabots de son cheval lancé au galop vers les collines. Je me tourne vers Gélon. Peut-être sont-ces les prémices de l'aube, ou bien je me suis habitué à l'obscurité, mais je distingue ses joues tuméfiées, et je demande :

« Qu'est-ce qui s'est passé ? »

Gélon fronce les sourcils, mais c'est comme si la lanterne du garde-frontière avait laissé un peu de sa lumière dans les yeux de mon ami : ses joues, bien que toujours sombres et contusionnées, ont retrouvé un peu d'éclat. La charrette roule à toute allure, les rayons des roues font du boucan et les chevaux halètent, mais l'attelage tient bon, et en moins de temps qu'il n'en faut pour le dire, nous laissons Syracuse derrière nous, et nous voilà à l'intérieur des terres sur une route dont j'espère qu'elle conduit à Hyccara.

Mais il n'existe pas de route directe, ni même de route clairement tracée. Et pourquoi y en aurait-il ? Hyccara n'était rien de plus à l'époque qu'une ville fortifiée située à la pointe de l'île. Les gens n'en parlaient guère avant qu'elle disparaisse, et même après, ils parlaient moins de la cité que des Athéniens, de ce dont ils étaient capables et de l'enjeu si nous perdions cette guerre. C'était un avertissement et rien d'autre. Et quand j'annonce aux gars entassés dans la charrette où nous allons, tous prennent un air apeuré, perplexe. S'agit-il d'une plaisanterie de mauvais goût ? Je les interroge pour savoir ce qui s'est passé exactement à Hyccara, mais ils refusent d'en parler.

Nous nous arrêtons dans des tavernes pour acheter des vivres et demander notre chemin. Pour les vivres, il suffit de payer : en revanche, personne n'est capable de nous indiquer la direction. Un savetier nous conseille de suivre la route qui mène à Catane et de nous renseigner ensuite – ce que nous faisons. Le restant du trajet se déroule dans une sorte de rêve enfiévré, et bien que ce soit l'affaire de deux jours seulement, j'ai l'impression que nous passons plusieurs semaines à bord de cette charrette. Le temps s'étire. L'obscurité étouffante, la puanteur, tout cela devient insupportable, et finalement, je suis obligé de faire un trou dans la bâche pour laisser entrer de l'air. Ce n'est pas sans risque, évidemment, à cause de la météo pourrie : le crachin et le vent glacial s'engouffrent par cette ouverture, mais mes pensées s'éclaircissent, et ça change tout de pouvoir regarder dehors et voir le paysage changer. Je ne me suis jamais éloigné de plus de quelques kilomètres de Syracuse, et en traversant l'île à présent, je n'en reviens pas de voir combien la végétation est plus luxuriante au centre du pays. Il y a des forêts, des champs de blé semblables à de l'or frémissant, des temples étincelants construits sur des falaises, si près du bord qu'on les dirait suspendus au-dessus de la mer, et des montagnes également, couronnées de neige bleue. Cette île offre une incroyable variété dont je m'abreuve, en promettant de faire découvrir tout ça à Lyra, car c'est foutrement beau.

Pachès se réveille aux abords de Catane. Il est encore dans les vapes tout d'abord. Il ne cesse de répéter le même nom en boucle : « Philo. »

« Y a-t-il un nommé Philo parmi vous ? » demandé-je.

Non, répondent-ils. Le type à la barbe argentée marmonne quelque chose. Ce n'est pas Anticlès, le comédien du chœur. Je m'en aperçois maintenant. Son visage est plus anguleux et sa barbe a conservé quelques poils blonds. Il a menti pour sauver sa peau. Biton et sa bande ont certainement tué tous les comédiens.

« Qu'as-tu dit ?

– Ah, faut pas faire attention à lui, dit le barbu de sa voix éraillée. Philo est mort depuis longtemps. Pachès et lui partageaient une tente durant la guerre. Et même dans la carrière, ils avaient déniché un tunnel qu'ils voulaient garder pour eux seuls. On les entendait rigoler, comme s'il y avait de quoi rire là-bas. »

Je sens Pachès bouger dans mes bras, et en baissant les yeux, je vois ses paupières papilloter. Je lui donne de l'eau. Il est si faible qu'il peut juste avaler de toutes petites gorgées : j'ai l'impression de nourrir un enfant. Je songe que si je veux le maintenir en vie, je vais devoir lui faire ingurgiter de la nourriture, mais il peut à peine mâcher, alors je trempe le pain dans du vin, pour en faire une sorte de bouillie violette, que j'introduis dans sa bouche. Je passe tellement de temps à m'occuper de Pachès que je néglige totalement de suivre notre progression. C'est Gélon et le Libyen qui se tapent tout le boulot. Si nous atteignons Hyccara, et si les Athéniens sont sauvés, ce sera grâce à eux. Le second matin, je descends de la charrette pour me dégourdir les jambes et pisser. Nous sommes arrêtés sur une route de terre entourée de bois, au milieu de nulle part. Pas une seule cabane en vue, pas même des moutons, rien qui puisse donner le sentiment que des êtres humains ont mis les pieds ici, hormis cette route, tapissée de brins d'herbe givrés qui sortent du sol et lui donnent un aspect argenté, et nul doute que bientôt elle sera engloutie par les bois environnants. Les chevaux font peine à voir. L'un d'eux a un sabot cassé d'où coule le sang, et les deux ont les yeux infectés. Le Libyen essuie leurs bouches écumantes avec sa manche, il nettoie le pus dans leurs yeux et les embrasse sur la tête.

« On est encore loin ? » lui demandé-je.

Il l'ignore.

« Est-ce qu'on arrivera à temps ? C'est le dernier jour. »

Même réponse. Nous distribuons leurs rations aux Athéniens et nous les laissons descendre pour qu'ils fassent leurs besoins, mais à l'exception d'un seul, aucun ne peut se soulager. Comme si leurs corps emmagasinaient tout ce que nous leur donnons, au cas où les vivres viendraient à manquer. Du coup, leurs ventres sont étrangement gonflés et c'est troublant, car ils réussissent à paraître à la fois affamés et sur le point d'exploser.

La route de terre conduit à une colline, au-dessus de laquelle, au loin, se dresse une montagne noir et or, dont le sommet est enveloppé de brume.

Gélon pointe un gressin dans sa direction et déclare :

« Nous approchons. Derrière cette montagne, il y a la mer et Hyccara.

– Ne tardons pas, alors. »

Nous remontons tous à bord de la charrette, et à partir de cet instant, nous roulons à vive allure. Tout le monde est motivé, et les Athéniens eux-mêmes encouragent le Libyen à accélérer. Il les écoute, car nous y sommes. Les chevaux poussent des hennissements sauvages. Ils semblent terrorisés, et quelqu'un évoque les loups, mais quelque chose me dit que ce n'est pas ce qui les terrifie. L'angoisse vient de l'intérieur. Ils vont mourir et ils le savent. L'allure ralentit, la charrette fait de légères embardées. Les pauvres bêtes trébuchent et on devine qu'ils vont s'écrouler d'une seconde à l'autre et nous laisser là, échoués sur une route déserte. Mais non. Ils continuent d'avancer, ils nous conduisent au sommet de cette colline à la pente ridiculement raide, et le Libyen pousse un cri de triomphe.

La charrette s'arrête. Gélon en descend et je le suis. Pachès s'appuie sur moi. Un des chevaux met les genoux à terre et secoue la tête de droite à gauche, comme pour chasser les mouches, mais il n'y a pas de mouches. Le Libyen n'exprime plus sa joie. Il s'occupe du cheval malade, il lui caresse les oreilles et essaie de le faire boire. À nos pieds s'étend la mer, rouge sang au soleil couchant. La brume qui l'entoure est comme de la vapeur s'échappant d'une peau crevassée et il fait un froid de canard. Je suis obligé de taper des pieds pour rétablir la circulation dans mes orteils.

« Là-bas ! »

Malgré la brume de mer qui masque presque tout, je parviens en plissant les yeux à discerner ce qui ressemble à une cité fortifiée, avec des tours et des remparts dressés aux extrémités, quasiment sur la mer. Une cité entièrement noire. Même dans la lumière enivrante du soir, il n'y a pas d'autre couleur, c'est un trou creusé dans le monde. Derrière moi, j'entends les tintements des chaînes des Athéniens qui descendent de la charrette, et bien que je connaisse déjà la réponse, je demande à Pachès s'il s'agit de Hyccara, et il répond que oui, avant détourner le regard.

30

Les chevaux s'étant écroulés, nous terminons le trajet à pied. Nous y sommes presque et à partir de maintenant, ça descend. Même si Gélon et moi sommes obligés de nous arrêter une ou deux fois pour ramasser un Athénien qui est tombé, ou attendre qu'ils reprennent leur souffle, ils tiennent bon. Le Libyen est resté auprès de ses chevaux, mais il nous a donné une lanterne, fort bienvenue, pour la lumière qu'elle dispense autant que pour la chaleur de sa flamme. Nous avons atteint les remparts de la cité, nous voilà devant les portes, mais nous ne sommes pas encore entrés. Les murs de pierre ne sont pas très hauts. Pas assez hauts, en tout cas, pour remplir leur fonction. Et calcinés. Les portes, ou ce qu'il en reste, sont noires elles aussi, tout comme les rues que nous apercevons à travers les débris, ce qui rend cette chose qui se dresse devant nous d'autant plus effrayante. Un piédestal d'environ trois mètres de haut, composé de pointes de lance, de boucliers et casques étincelants, surmonté d'un plateau de bronze sur lequel repose la tête d'une divinité. Je reconnais Athéna. Il y a une inscription à la base.

« Qu'est-ce que ça dit ?

– J'ai du mal à voir », répond Pachès.

Je sais qu'il ment. Alors, je repose ma question.

« Il est écrit…, dit-il en regardant autour de lui. Il est écrit : “Ce trophée commémore la grande victoire des Athéniens sur les barbares de Hyccara. Le premier pas vers la libération de la Sicile.”

– Tu t'en souviens ? »

Pachès hoche la tête.

J'aimerais l'interroger davantage, mais la nuit approche – la lune grossit au-dessus de nous –, et nous n'avons pas le temps d'évoquer le passé. Nous contournons le trophée et entrons dans Hyccara par un trou béant dans la porte.

« Vous n'y êtes pas allés avec le dos de la cuillère, les gars. »

Les Athéniens ne disent rien.

Si tout est recouvert d'une épaisse croûte noire, on reconnaît la forme des choses, bizarrement. Les maisons et les rues sont toujours là. En regardant par les fenêtres calcinées, on aperçoit, parmi les amas de cendre, des lits, des chaises et même une poupée. Si quelqu'un en avait le désir, il pourrait reconstruire cet endroit à l'identique. Les rues sont si étroites que nous tachons de cendre nos vêtements et nos chaussures. Et il flotte une étrange odeur dans l'atmosphère. Hyccara a été mise à sac il y a plus de deux ans maintenant et l'odeur de brûlé demeure, plus forte que les effluves d'air marin, malgré la proximité de la mer. J'entends les vagues se briser non loin de là, mais je ne sens que la puanteur d'un gigantesque incendie, pourtant éteint depuis longtemps. Cela me file des frissons, et j'ai envie de foutre le camp d'ici. Les Athéniens aussi, apparemment, car je les vois presque trottiner malgré leurs chaînes, faisant preuve d'une vitalité dont je ne les croyais pas capables. Et curieusement, ils semblent connaître le chemin. Alors que je veux tourner, l'un d'eux me retient par le bras, en disant : « Non, le port, c'est par là. » Il se souvient, et il a raison. Après nous être faufilés dans une ruelle de cendres, nous émergeons dans un vaste espace dégagé, et je respire de nouveau. L'air marin envahit mes narines. La nuit est tombée, et la mer est noire elle aussi, mais d'un noir scintillant, comme des boucles dans une épaisse chevelure brune. Des marches conduisent à un port minuscule, dix fois plus petit que le nôtre, où est amarré un unique bateau.

Les Athéniens poussent des acclamations et se frappent la poitrine, et je les imite brièvement, car c'est en découvrant cette embarcation, bien réelle, que je m'aperçois que je ne croyais pas qu'elle serait là. Je n'y avais jamais cru. J'avais besoin d'y croire, ce qui n'est pas la même chose. Je prends le bras de Pachès et l'aide à descendre les marches, étroites et rendues glissantes par les algues. Nous marchons jusqu'au navire. Les lumières chancelantes des lanternes éclairent le pont. De l'intérieur s'échappe de la musique. Je crois percevoir une voix de femme, mais soudain, le vent se met à mugir, une des lanternes se détache et se brise. La musique s'arrête. Il y a des hommes sur le pont : toutefois, au lieu de se prélasser comme à leur habitude, ils transportent des cordes et des tonneaux, ils récurent les planchers. Concentrés sur leurs tâches, ils nous aperçoivent seulement lorsque, en arrivant au pied du navire, je me manifeste pour dire que nous souhaitons parler à leur capitaine.

Aussitôt, un des marins interrompt sa tâche pour dévaler l'échelle. C'est le type à la gorge fendue par une cicatrice. Tout sourire aujourd'hui, il me tape dans le dos comme si nous étions deux vieux potes. Son regard dérive vers les Athéniens et il n'en revient pas.

« Les pauvres gars, dit-il de sa voix détruite. Ils tiennent à peine debout.

– Ils ont besoin de manger, dis-je. Et de se reposer.

– Les rations et les corvées, c'est pas de mon ressort. » Il braille : « Allez prévenir le capitaine ! Dites-lui qu'ils ont réussi. »

Nous attendons. D'épaisses plaques de glace brillantes recouvrent certaines planches du pont, et j'en déduis que ça caille, mais curieusement, je ne sens pas le froid. Je ne sens que le sang qui bouillonne en moi, et l'impression que ça y est, sans trop savoir ce que ça veut dire. Tuireann vient de faire son apparition, emmitouflé dans des fourrures, et il nous toise. Manifestement surpris, mais moins que son équipage, il m'ordonne de faire monter tous les Athéniens à bord, car ils doivent lever l'ancre.

L'embarquement ne s'effectue pas aussi aisément ni aussi rapidement qu'on pourrait le penser, car les Athéniens ne cessent de tomber de l'échelle. Gélon et moi devons monter derrière eux et les pousser au cul, tandis que des matelots les hissent sur le pont. Une fois tout le monde à bord, les Athéniens s'écroulent. Je remarque, parmi les membres d'équipage, un manchot qui peine à faire un nœud. Quand il lève la tête, je découvre un cheval gravé au fer rouge sur sa tête.

« Vous avez acheté Chabrias ? »

Tuireann ne m'entend pas, il est trop occupé à distribuer des ordres.

« Faites chauffer du ragoût. Des capes pour chacun d'eux. » Il se tourne vers Gélon. « Vous êtes venu ? Voilà une agréable surprise. »

Gélon marmonne quelques mots et garde ses distances.

« Quant à vous, dit-il en se tournant vers moi, je dois avouer que je ne pensais pas vous voir ici.

– J'avais envie de changer de décor. »

Il ouvre de grands yeux en entendant cette réponse et me prend la main.

« Vraiment ?

– Hmmm.

– Vous savez que vous êtes le bienvenu sur ce bateau. Je vous paierai grassement. Aimeriez-vous découvrir le monde ? »

C'est un choc, car je pensais que Tuireann ne m'appréciait guère. Toutefois, je n'ai aucun mal à me décider.

« Non merci. »

Normalement, cela devrait mettre fin à la discussion, mais l'étau de sa main se resserre, et il repose sa question, en y insufflant une étrange intensité cette fois.

« Vous êtes sûr ? Je suis certain que vous seriez heureux avec nous. Sincèrement. Réfléchissez, le monde entier : Carthage, les pyramides d'Égypte, Babylone, la Lydie, Athènes. »

En entendant le mot Lydie, je sursaute, mais ma réponse ne varie pas. Je le remercie, mais Syracuse est ma patrie, et j'ai un travail à accomplir, une vie à bâtir.

Tuireann semble réellement déçu, mais cette fois, il hausse les épaules comme s'il ne pouvait pas faire davantage.

« N'oubliez pas ma proposition. Il faut vraiment que nous levions l'ancre à présent. » Il me tourne le dos, se dirige vers l'écoutille qui permet de descendre sous le pont, puis s'arrête. « Je pense que nous ne nous reverrons pas. J'en ai l'étrange certitude. Vous avez refusé mon offre d'emploi, c'est votre choix. Toutefois, si je peux faire quelque chose pour vous, dites-le-moi. »

Les mots m'échappent :

« J'ai besoin d'argent.

– Combien ? »

Une fois de plus, j'ai l'impression de le décevoir.

« Trois cents drachmes », réponds-je du tac au tac.

Tuireann soupire, décroche plusieurs des nombreuses bourses suspendues à sa ceinture et me les lance.

« Disons-nous adieu maintenant. Je vous souhaite bonne chance, mais je m'inquiète pour vous. Soyez prudent. »

Il s'incline et disparaît par l'écoutille.

Ensuite, tout va très vite. Les matelots s'activent, ils lèvent l'ancre et hissent les voiles. Je m'agenouille à côté de Pachès. Une fois sur le pont, il a failli s'évanouir d'épuisement, et il somnole à présent, enveloppé dans une épaisse cape de laine que lui a donnée un membre d'équipage. Je suis obligé de le secouer, mais quand il comprend que c'est le moment des adieux, il se lève.

« Prends soin de toi. »

Il m'embrasse sur les deux joues.

« À Athènes, c'est ainsi que les amis se quittent. »

J'ignore pourquoi ce geste m'émeut à ce point, mais j'ai la gorge nouée. Je souris et l'embrasse à mon tour. Pachès veut dire quelque chose, hélas, ses paroles se noient sous les braillements des matelots qui nous ordonnent de débarquer, si on ne veut pas rester à bord jusqu'à Carthage.

Gélon me tire par ma cape, et sans m'en rendre compte, je me retrouve sur la terre ferme, sur les planches givrées du port, tandis que le navire s'éloigne lentement. Un seul Athénien nous fait signe, dans un tintement de chaînes, et je crois entendre mon nom. Je ne peux retenir mes larmes. Gélon me demande ce qui ne va pas. Nous avons réussi. Je lui réponds que je suis foutrement heureux, voilà tout. Je m'assois sur la glace et regarde le navire disparaître.

31

Alors que nous traversons en sens inverse les ruines calcinées, je me surprends à formuler une question qui occupe mon esprit depuis une éternité. J'ai interrogé Gélon à plusieurs reprises, mais il n'a jamais répondu. Aujourd'hui peut-être, me dis-je. En essuyant mes yeux avec la manche de mon manteau déchiré, je laisse une traînée de cendres sur mes joues.

« Qu'as-tu réellement vu sur le navire de Tuireann ? C'était vraiment un dieu, ou alors tu t'es foutu de ma gueule ? »

Gélon s'arrête. Il paraît essoufflé bien que nous marchions lentement et son souffle dessine des formes étranges dans l'air : des fleurs grises qui jaillissent entre ses lèvres et flétrissent dans le vent.

« Desma, répond-il, enfin. J'ai vu Desma. Et Hélios. Ils étaient dans l'eau. »

Je frémis, même si, évidemment, c'est impossible. Et je le lui dis, car j'étais présent aux obsèques quand ils ont fait brûler le corps de Hélios sur le bûcher. Et Desma est en Italie, à en croire les rumeurs.

« Elle est morte, Lampo. J'ai compris tout ça sur le bateau. Peut-être que je ne l'ai pas vu, peut-être que je l'ai juste senti. C'était comme si j'entendais une chanson dans l'eau, je ne sais pas comment dire ça, mais je les reverrai. Le dieu me l'a annoncé. Je serai de nouveau avec Desma et Hélios. » Ses murmures sont chargés de conviction. « Il y avait d'autres choses également. Tu aurais dû regarder. » Je me fais peut-être des idées, mais pendant un instant, je crois déceler une hésitation dans sa voix, et j'en viens à me demander s'il a vraiment vu quelque chose. Perçoit-il le doute dans mon regard, car le sien se fait interrogateur.

« Tu sais quel est ton problème, Lampo ?

– Je suis trop beau. »

Gélon sourit et secoue la tête.

« À part ça. Ton problème, c'est ton imagination. »

Il me prend par les épaules et commence à réciter le premier livre de *L'Odyssée*. Bien que je n'aie aucune mémoire pour la poésie, je me souviens de quelques passages, et je me joins à lui quand je peux. C'est ainsi que nous quittons Hyccara.

Il nous a fallu deux jours pour nous y rendre, plusieurs semaines pour en revenir. Les chevaux sont à la ramasse et vont bientôt mourir, mais le Libyen est un sentimental, et il paie pour faire soigner les canassons dans une écurie tenue par un couple âgé, pendant que nous terminons à pied. Nous dormons dans les bois et les champs, nous nous désaltérons en buvant l'eau des puits quand nous le pouvons, mais ils sont rares, et la plupart du temps, ce sont des rivières, des ruisseaux, et parfois même des étangs. Nous cueillons des baies à en avoir les doigts en sang, dont le goût salé se mêle au sucre des fruits. Aux abords de Catane, nous découvrons une montagne noire qui rugit comme un ciel d'orage, et sur les flancs de laquelle coule une rivière rouge et fumante. Gélon m'explique que c'est l'Etna, et il vaut mieux l'éviter, ce que nous faisons. Nous voyons un tas de trucs en chemin, et je me sens heureux, à cause de tout ce que nous traversons, mais surtout de ce qui nous attend. En vérité, je suis impatient de rentrer.

Il fait beau le jour où nous pénétrons dans Syracuse. De mes chaussures en croco, usées, il ne reste plus qu'une pellicule verdâtre sous mes pieds nus, aussi durs que du cuir bouilli. Les gens nous dévisagent en faisant des messes basses. Je serre la pièce d'or dans ma main et garde la tête droite. Gélon et moi convenons de nous retrouver plus tard pour boire un verre et fêter ça. Nous avons pas mal éclusé sur le trajet du retour, mais là, c'est différent, car ce soir je vais racheter la liberté de Lyra. Certaines nuits, quand nous dormions dans les bois, sur un lit de feuilles gelées, en proie à la fièvre, je voyais des choses démentes et me réveillais paniqué, l'esprit rempli de visions ténébreuses, convaincu que les trois cents drachmes faisaient partie de ce délire : Tuireann ne m'avait jamais donné d'argent. J'étais toujours fauché, incapable de tenir parole, mais je touchais la pièce, j'appuyais le métal frais et apaisant contre mes tempes en feu, je mordais dans l'or, je sentais le goût de la richesse dorée, et je savais qu'elle était vraie, et ce qu'elle signifiait.

Je prends la direction de la mer pour me baigner. L'eau glacée me débarrasse du plus gros de la saleté, et le sel s'occupe de cicatriser les plaies, si bien qu'en ressortant, je ne sens plus la fatigue et le sang palpite dans mes veines.

Je suis super vivant. Je passe chez moi pour me changer et me regarder dans le miroir : j'ai maigri, mes joues se sont creusées, et je découvre dans ma barbe et au niveau des tempes des poils gris que je n'avais jamais remarqués. Ce n'est pas un beau visage, mais je peux le contempler sans grimacer comme auparavant. J'enduis mes cheveux d'huile et fais une raie, car Lyra trouve que ça me va bien. Je nourris le chien et me rends chez Gélon. Il s'est fait beau, comme moi.

« Tu es chic, dis-je. Prêt ? »

Il pose sur moi un regard honteux.

« Désolé, Lampo. Je ne peux pas aller boire un coup avec toi. Je… »

Un rire léger éclate derrière lui et un garçon apparaît, muni d'une canne à pêche. C'est Darès.

« Oh. »

Le garçon me sourit et me tape dans le dos.

« On va pêcher, annonce-t-il. Et quand on aura attrapé une belle morue, Gélon viendra chez moi et ma mère la cuisinera. C'est la meilleure cuisinière de Syracuse ! »

Il dit cela avec tant de conviction que je ne peux m'empêcher de rire. Il fronce les sourcils.

« C'est la vérité. Je ne mens jamais pour ce genre de choses. Vous pouvez venir, si vous me croyez pas.

– Oui, ce serait amusant, ajoute Gélon.

– Une autre fois peut-être. »

Ils hochent la tête, un peu soulagés peut-être, et nous repartons tous les trois. Nous faisons une partie du chemin ensemble, puis arrivés à la plage, ils bifurquent en direction des piscines naturelles, tandis que je continue à marcher sur le sable, jusque chez Dismas. J'entends longtemps les échos de leur bavardage et de leurs rires. Je fais tinter les pièces dans mes bourses et m'oblige à sourire. C'est une belle journée. La plus belle depuis un bail, et la mer a cette couleur bleue estivale qui vous donne envie de la boire. Et très vite je me retrouve devant chez Dismas. La taverne est méconnaissable. Ils ont repeint les murs d'un jaune pâle qui, rehaussé par le soleil, donne à l'ensemble l'apparence d'une lampe. Beaucoup plus grande qu'avant grâce aux extensions de part et d'autre. Il y a un nouveau videur également : un grand type mieux habillé que moi, et tout d'abord, il refuse de me laisser entrer, mais en voyant mon or, il s'incline et la porte s'ouvre en grand. Même choc à l'intérieur : je marche sur des tapis ! Imbibés d'alcool renversé, certes, mais des tapis quand même ! Les habituels relents de poisson ont été remplacés par un mélange douceâtre et discordant de différents parfums. Les visages qui se tournent vers moi sont aussi lisses que des galets. Uniquement des visages d'aristos, ou presque, et je sens le poids de leurs regards désapprobateurs. Qu'ils aillent se faire foutre. Je marche vers le bar en me pavanant, et en essayant de masquer ma claudication, et commande un pichet de vin de Catane.

Le jeune barman, au joli visage efféminé, me répond qu'ils ne servent plus de vin de Catane. C'est de la piquette.

« Un pichet de votre meilleur vin, alors », dis-je, avec un clin d'œil.

Il revient avec un vin rouge au goût de miel, sucré et écœurant.

« Où est Lyra ? »

Le garçon hausse les épaules comme s'il ne savait pas de quoi je parle.

« Lyra ? dis-je. Elle travaille ici. »

Un bâillement. Il part prendre une commande, et au moment où il passe devant moi, je le retiens par la manche.

« Où est Lyra, bordel de merde ?

– J'en sais rien. Je suis nouveau ici. »

Je me mets à transpirer, mais ma voix reste calme.

« Va me chercher Dismas. Il faut que je lui parle. »

Je prends sa main, fourre une pièce d'argent dans sa paume et le repousse brutalement.

« OK, OK. »

Il gravit l'escalier quatre à quatre. Les clients m'observent à présent, ils échangent des remarques à voix basse en secouant la tête. Je leur adresse un grand sourire, mais le pichet échappe à ma main moite et j'en renverse la moitié sur le comptoir. Le garçon est de retour.

« Dismas est absent. Revenez demain.

– C'est du pipeau.

– Euh… n-n-on, bégaie-t-il. Je vous le jure. Il est absent. »

Je saute par-dessus le comptoir, écarte le garçon d'un coup d'épaule qui le projette contre une étagère où s'alignent des pichets. Je les entends se briser sur le sol, mais je suis déjà en haut de l'escalier, et je fonce vers les appartements de Dismas. J'enfonce la porte d'un coup de pied, sans véritable raison, et bien entendu, Dismas est assis là, en train de lire. Il pousse un couinement en me voyant, sourit et lève les mains.

« Lampo ! Comment va ?

– Impec. »

Je lui lance les bourses. Il réussit à attraper les deux premières, mais la dernière l'atteint à la tempe, laissant une marque rouge de la taille d'un œuf.

« Il y a trois cents drachmes. Tout y est, tu peux compter. Je viens chercher Lyra. »

Il sourit de nouveau, un sourire forcé, en fuyant mon regard.

« Je suis désolé, Lampo. Sincèrement.

– Désolé pour quoi ? Elle va bien ?

– Oh, oui, elle va bien. Mais… » Il s'interrompt. « En fait, je l'ai vendue. »

Je l'agrippe par le col et l'oblige à se lever. Il refuse toujours de me regarder en face. Il a peur, et moi aussi.

« De quoi tu parles ? Non, tu ne l'as pas vendue.

– C'était une offre démente, Lampo. J'étais obligé d'accepter. N'importe qui en aurait fait autant. Je suis désolé. Je t'assure, sincèrement. Mais sept cents drachmes ! Une sacrée somme. Les gens croient que je fais mon beurre, je sais, mais j'ai des dettes, Lampo. Je croule sous les dettes. »

Une terrible douleur me transperce le crâne, comme si on m'enfonçait une aiguille dans l'oreille.

« À qui l'as-tu vendue ? Comment s'appelle-t-il ? J'irai lui parler.

– Ils sont repartis depuis longtemps, Lampo. C'était un étranger, avec un drôle de nom, que j'ai oublié. Il disait qu'il venait des îles de l'étain. Il était complètement dingue d'elle, Lampo. Il venait tous les soirs, rien que pour l'écouter chanter. Il disait qu'elle allait devenir célèbre. C'était une offre démente. »

Je reste planté là, tremblant, incapable de respirer. J'ai l'impression de me noyer, et plus j'essaie d'avaler de l'air, plus ça empire. Je m'écroule sur le sol, je sens dans ma bouche le goût de la poussière sur le plancher, et j'entends Dismas qui continue à jacasser là-haut. Il est affreusement désolé, mais il va recevoir d'autres filles, encore plus jolies, et il se fera un plaisir de me laisser choisir n'importe laquelle, pour le prix convenu, et même pour deux cent cinquante drachmes. Lyra avait de vilaines cicatrices et des dents de travers. Il va m'arranger ça. Je ferme les yeux. Le son qui sort de ma bouche évoque un animal. Dismas ferme sa gueule et quitte la pièce.

32

C'est le soir, je suis assis au sommet d'une colline, sous une légère pluie, étonnamment chaude. À l'endroit où se dressait jadis la clôture de la carrière. Le sol est encore creusé là où étaient plantés les poteaux. Il n'y a plus besoin de clôture. Je bois une gorgée au goulot et regarde en contrebas. Je ne vois rien. C'est-à-dire aucun Athénien. Au cours de ces dernières semaines, durant notre absence, ils ont disparu. Combien ont réussi à s'enfuir par l'ouverture que nous avons créée, combien se sont éteints, simplement ? Je l'ignore. En tout cas, la carrière est vide. Les rats eux-mêmes ont fichu le camp, à la recherche de nourriture, de viande, et il règne un silence troublant. Il n'y a pas un souffle de vent, pas la moindre brise. On n'entend ni les bruits de la ville, ni la mer. Uniquement le vin qui coule dans ma gorge, et ma respiration. Je décroche les bourses de ma ceinture. Je n'ai pas dépensé une seule pièce. La somme est intacte : trois cents drachmes.

J'en lance une. Elle produit un léger tintement en rebondissant contre un rocher plus bas. Un tailleur de pierre la trouvera peut-être demain, et se demandera comment elle a atterri là. Ce mystère changera peut-être sa vie, mais il n'aura jamais la réponse. Je lance une deuxième pièce. C'est un son agréable. Indépendant de moi et de cette respiration hachée. Celle d'un homme qui vient de participer à une course, mais je n'ai rien fait pour la mériter, je suis resté assis sur mon cul, à picoler. Je continue à lancer des pièces et à boire au goulot, en me demandant qui sera vide en premier : le pichet ou les bourses. C'est le pichet. Il reste encore pas mal de pièces, alors je les disperse comme une pluie d'or qui tombe d'un ciel sacré, jusqu'à ce que la dernière bourse soit vide elle aussi. J'imagine trois cents hommes différents qui découvrent ces pièces au fil des ans, trois cents mystères, et je me lève, en trébuchant, non pas à cause de l'alcool mais de mon pied, et je fais le serment de ne jamais revenir ici, je pisse et regagne la ville en fredonnant.

J'envisage de m'arrêter pour m'en jeter un autre. Les tavernes sont bondées, leurs fenêtres rougeoient comme des fours à céramique, les rires et la musique qui se déversent dans les rues m'aguichent. Mais je rentre directement chez moi. Ma mère est levée. Par sa porte entrouverte j'aperçois la flamme rougeâtre de la lampe et je sens l'odeur de l'huile qui se consume. Je m'arrête sur le seuil de sa chambre pour jeter un coup d'œil. Elle est assise, les mains jointes, et une femme se tient debout devant elle. C'est Alekto. Les cheveux gris de ma mère descendent plus bas que ses épaules : Alekto est en train de les couper, et les boucles tombent sur le sol tels des oisillons argentés. Elles sourient l'une et l'autre, bien qu'elles ne disent pas un mot, et je m'éloigne le plus discrètement possible pour rejoindre ma chambre. Je suis né dans cette pièce, et exception faite du voyage à Hyccara, et de cette soirée dans la carrière, j'ai dormi entre ces murs toutes les nuits de ma vie. La paille sort du matelas, j'en remets quelques touffes et balaie du regard tout ce que je possède : ce n'est pas grand-chose. Un petit soldat de quand j'étais petit, un lance-pierre et un poignard de la guerre, quelques chitons et des outils datant de l'époque de l'atelier de poterie. Le chien, assis dans le coin, aboie, comme pour dire : moi aussi je suis à toi. Je lui frotte les oreilles, il remue la queue et lèche mes doigts. Je continue à faire l'inventaire de mes biens, en ajoutant le chien et l'aulos d'Alcar, et juste au moment où je pense avoir fait le tour, en songeant que le bilan est bien maigre, je trouve un stylet et une tablette. Cachés dans une chaussure, avec l'argent que j'avais mis de côté en travaillant au marché. Je les sors. C'était mon dernier cadeau pour Lyra, mais je ne le lui ai jamais offert. C'était un cadeau égoïste, en vérité, car j'espérais secrètement qu'elle m'apprendrait à écrire. Elle a juste eu le temps d'inscrire mon nom dans le sable avec un caillou, ce soir-là sur la plage. Depuis ce jour, je me suis entraîné dès que je pouvais, avec des pierres, dans la boue. Je prends le stylet et commence à tracer les lettres. Ma main tremble tellement que le mot est tout tordu et branlant, mais il est là, gravé dans la cire :

Lampo

Je caresse les lettres et me maudis pour ne pas avoir appris à écrire son nom aussi. J'aurais adoré pouvoir l'accoler au mien, joindre les lettres afin qu'elles ne forment qu'un seul mot. Ah, ça aurait été quelque chose. Et je me dis que je devrais l'apprendre. Il n'est pas trop tard. Je pourrais trouver en ville quelqu'un qui me montre comment on écrit « Lyra ». Puis je me dis que ça ne suffit pas. Je veux tout apprendre. Je veux connaître tous les symboles qui permettent de créer un monde, comme ces gamins d'aristos à l'école, à qui on donne toutes les lettres et tous les mots. Et quand j'aurai appris, j'inscrirai tout dans la cire, dans l'argile ou sur ce que je trouve. Je l'écrirai pour ne jamais oublier ce que nous avons fait, mais je pourrais aussi le raconter oralement, maintenant que je suis parvenu à la fin. Tout cela est arrivé il y a bien des années, et je suis un vieux bonhomme à présent. Je n'ai jamais appris à lire et à écrire. J'ai essayé, pourtant, mais ça ne rentrait pas. J'ai dû m'en remettre à ce petit futé de Strabo pour écrire cette histoire, car il est grand maintenant, c'est un homme : et il vient souvent me rendre visite. Je lui raconte tout épisode par épisode, et il me dit qu'il écrit tout ça sur de grands rouleaux de papyrus. Je ne sais pas de quoi il parle, car j'ai perdu la vue, et Strabo dit en plaisantant que je suis comme le barde aveugle, un nouvel Homère.

Je ne voudrais pas finir sur une note déprimante, mais on raconte que Syracuse est condamnée. Nous sommes assiégés et les Carthaginois ont l'intention de piller la ville d'un jour à l'autre, de nous réduire en esclavage. Des gens s'enfuient, et Strabo voudrait que j'en fasse autant, mais je refuse. J'en suis incapable, je crois. Et je suis têtu. Et puis, je dois entretenir la tombe de Gélon. Elle se trouve au-delà d'Épipoles et je m'y rends presque chaque semaine pour lui raconter ce que je fais, c'est-à-dire pas grand-chose généralement. Parfois, je joue un air avec l'aulos, et même si je ne remporterai jamais un concours, ça fait un moment que je m'exerce et je crois que je ne suis pas mauvais. De temps en temps, d'anciens élèves viennent me présenter leurs hommages. Gélon a créé une petite école pour apprendre aux gamins *L'Iliade* et toutes ces conneries. Le but, c'était que je le rejoigne pour devenir prof moi aussi, mais évidemment, les gamins en savaient plus que moi.

Apparemment, il y a six cents navires dans le grand port. Encore plus que lors de l'attaque des Athéniens, mais pour moi, cela semble irréel, car je ne les vois pas. Le monde extérieur est devenu flou, comme si je le regardais à travers le brouillard.

C'est seulement quand je ferme les yeux que les choses s'éclaircissent. Alors je les vois : le théâtre dans la carrière, Gélon, les Athéniens, les gamins, et même Biton, tels que nous étions à l'époque. Et bien qu'elle n'y soit jamais venue, je vois Lyra également, et nous nous déplaçons à petits pas sous le ciel qui nous observe, grelottants de désir, enivrés par la certitude que ça y est, nous y sommes, le sol est froid sous nos pieds, l'éternité clignote tout là-haut, tandis que nous récitons nos rôles à voix basse, et tout cela m'apparaît comme une chose douce et fragile.

ATHÈNES

408 av. J.-C.

Au cours de la dernière nuit, un orage éclata, de ceux qui font hurler les chiens et pleurer les enfants : les tuiles arrachées des toits se mêlaient aux feuilles mortes. Les gens y virent un signe positif. Un homme qui avait écrit de tels mots ne pouvait partir accompagné par une chose aussi banale que le beau temps. Toutes ses affaires avaient été rangées dans des caisses et sa maison, débarrassée de ses effets personnels, paraissait étrangement nue. Quatre charrettes furent nécessaires pour tout transporter, dont deux uniquement pour les livres. Des rouleaux de papyrus aussi longs que des tapis. Aucun homme ne pouvait avoir l'usage d'autant de mots, et malgré cela, quand les invités arrivèrent pour lui faire leurs adieux, quels cadeaux tenaient-ils dans leurs mains tremblotantes ? Rien d'utile comme des fourrures pour lutter contre les rudes vents d'hiver, des bijoux ou de l'or. Non, ils apportèrent d'autres livres, en sachant qu'il n'aurait pas voulu qu'il en soit autrement.

Les caisses les plus grosses servirent de tables, les plus petites de sièges, et c'était un spectacle étrange, car ces hommes assis là, en attendant qu'on serve le dîner, comptaient parmi les plus riches et les plus estimés de la ville : ils étaient habitués à se prélasser sur des sofas, entourés d'esclaves prêts à exaucer leurs moindres souhaits. Ce soir, il n'y avait qu'un seul serviteur. Un vieil homme coiffé d'une épaisse chevelure gris ardoise, aux yeux sombres et pénétrants. Il se nommait Amphitryon, et il enrageait.

Pendant des années il avait toujours fait de son mieux pour tenir une maison digne de ce nom. C'était lui qui, au départ, avait suggéré que son maître organise des symposiums. Et ce qui n'était qu'une timide tentative pour le rendre plus respectable était devenu l'événement le plus couru en ville. Des nobles abordaient le serviteur dans les rues et l'imploraient de plaider en leur faveur : peut-être restait-il encore une place ? Ces réunions étaient pour Amphitryon l'œuvre de toute une vie. Ce que son maître mettait dans ses pièces, lui le mettait dans ses pâtisseries. Il se débattait avec des dilemmes – quel dessert choisir ? – comme un philosophe aux prises avec la cause première. Le choix du meilleur vin pour accompagner tel ou tel plat l'empêchait de dormir. Évidemment, il engageait les meilleurs musiciens, et des chanteurs dont les voix et le savoir-faire auraient fait rougir Orphée, qui se serait traité de simple amateur. Mais ce qu'il appréciait plus que tout, c'était la conversation. Un embrasement particulier qui survenait quand le vin, la musique et les esprits de qualité s'assemblaient. Et voilà à quoi on en était arrivé pour cette dernière soirée à Athènes : des hommes assis sur des caisses, l'estomac vide, et son maître qui n'avait toujours pas daigné faire son apparition.

Une main se posa sur son poignet. Baissant les yeux, le serviteur découvrit un jeune homme d'une beauté troublante, aux cheveux blonds ébouriffés, comme l'exigeait la mode, et au visage encore imberbe, à l'exception d'un léger duvet sur le menton. C'était le fils d'un politicien dont on parlait beaucoup. Fut un temps où Amphitryon aurait pu non seulement citer son nom, mais tracer également son arbre généalogique. Aujourd'hui, il était dépassé. Le jeune homme souriait à la manière des gens beaux – convaincus que leur sourire sera reçu chaleureusement – et pourtant, quand il s'exprima, on percevait dans sa voix une appréhension diffuse qu'il essayait manifestement de dissimuler au prix d'un douloureux effort.

« Pardonnez-moi… Vous croyez qu'il va bientôt venir ?

– Oui, monsieur. Il achève de rédiger une dépêche urgente, mais il ne va pas tarder à nous rejoindre. »

Un mensonge, évidemment, mais le serviteur ne pouvait pas dire la vérité. À savoir que ce dîner d'adieu était son idée à lui, car son maître voulait quitter la cité en pleine nuit, sans prévenir personne. Et qu'à cet instant, il était certainement occupé à lire, et ne descendrait qu'au tout dernier moment. Alors, oui, il valait infiniment mieux évoquer une dépêche urgente.

« Oh, j'imagine qu'il entretient une importante correspondance, dit le jeune homme. Avec des rois et des reines.

– C'est arrivé, en effet. »

C'était la vérité, et le serviteur se sentait soulagé de ne plus être obligé de mentir.

« Mais la Macédoine a-t-elle une importance quelconque ? »

C'était Kritias. Un autre politicien, si influent que même Amphitryon le connaissait. Brillant athlète dans sa jeunesse, il était devenu obèse à l'âge mûr, et les traits de son visage se fondaient les uns dans les autres. Que ce soit à cause de la faim ou par méchanceté, il enchaînait les remarques cassantes depuis son arrivée ce soir.

« Il me semble, poursuivit Kritias, que nous rabaissons la royauté en adhérant aux paroles du moindre petit chef. Il y a actuellement dans le quartier de Kerameikos un tire-laine qui se présente comme le roi des mendiants. Est-il un monarque pour autant ? »

Quelques invités gloussèrent. Amphitryon servit encore un peu de vin à Kritias.

« Je ne vois pas où vous voulez en venir, dit le jeune homme.

– Évidemment. Tu es bien le fils de ton père. Il faut t'expliquer les choses lentement, hein ? »

D'autres rires fusèrent et le jeune homme rougit, plus particulièrement au niveau des oreilles, qui devinrent écarlates.

« Puisque nous sommes invités, je ferai semblant de ne pas avoir entendu.

– Fais semblant si ça te chante. J'admire l'imagination des jeunes gens.

– Néanmoins, je suis obligé de protester contre ce que vous avez dit à propos de la Macédoine. C'est un pays puissant, dont la force grandit de jour en jour. » Il regarda autour de lui en clignant des paupières. Et je pense que si l'homme chez qui nous nous trouvons, un des plus brillants esprits que notre cité a enfantés, si cet homme a décidé de nous quitter pour transporter son art en Macédoine, pour cette seule raison, c'est un grand royaume. »

Avant que Kritias puisse répondre, Amphitryon s'excusa et monta dans les appartements de son maître, car franchement, c'en était trop. Comme il s'y attendait, il le trouva avec un livre sur les genoux.

« Vous devez descendre maintenant. Ils s'impatientent. »

Son maître leva les yeux.

« Il n'est pas venu donc ?

– Hélas, non. Il est très malade et il ne peut plus quitter son lit. Les médecins pensent qu'il ne passera pas l'hiver. »

Un hochement de tête, comme si c'était une nouvelle attendue.

« Pourtant, je suis sûr qu'il va s'en tirer. Ne serait-ce que pour m'enterrer. Il se sent obligé de gagner à tous les coups. »

Le maître sourit, mais il y avait de l'amertume dans ce sourire, de la mélancolie également.

Amphitryon lui apporta sa canne. Tous les deux marchaient avec une canne, mais le pommeau de celle du maître était ornée d'argent. Il se leva. Il était grand. Autrefois, il y avait une tête d'écart entre eux, mais à cause de problèmes de dos, il se tenait voûté, et ils faisaient la même taille à présent. Seuls les membres signalaient encore cette différence : ceux d'Amphitryon étaient courtauds, ceux de son maître longs et fins, et il avait des doigts fragiles comme des roseaux, tachés aux extrémités à force d'écrire. Ensemble, lentement, ils descendirent l'escalier aux marches grinçantes.

En le voyant, les invités se levèrent et applaudirent.

« Pardonnez-moi pour l'état de cette maison, dit le maître à la cantonade. Nous partons demain, voyez-vous. La seule chose que je n'ai pas mise dans une caisse, c'est mon lit. Quelqu'un veut un lit ? »

Personne, apparemment.

« C'est un bon lit. En chêne. »

Le jeune homme leva la main.

« J'écris de la poésie, confia-t-il. J'essaie, en vérité. Peut-être qu'il me portera chance. »

Kritias ricana et Amphitryon se prépara au pire. Son maître avait une langue acérée et il était possible qu'il châtie une telle ineptie.

« Je te le donne dans ce cas, mais je tiens à te prévenir que je n'ai jamais été un grand poète. »

Amphitryon sourit et servit le dîner. La soupe était presque froide, car le feu n'était plus qu'un tapis de braises, et pour enrichir le repas il apporta divers fromages. Les hommes mangèrent voracement, sans rationner leurs compliments. Le maître parlait peu et semblait mal à l'aise. La conversation dériva bien évidemment vers le sujet de la guerre. Les invités appartenaient à différentes factions qui se méfiaient les unes des autres. C'est pourquoi ils évoquèrent les choses de manière détournée, et quand quelqu'un frappa à la porte, cela fut perçu comme un répit bienvenu.

Kritias tapa sur son genou et lança, avec un large sourire :

« Des danseuses ? Oh, franchement, il ne fallait pas.

– Non, monsieur, répondit Amphitryon d'un ton glacial. Ce n'est pas le genre de la maison. »

Les coups frappés à la porte se firent plus insistants. Le serviteur s'inclina et alla ouvrir. Il sentait battre en lui cette vieille excitation, si fréquente jadis, lorsqu'ils indiquaient l'arrivée d'une nouvelle personne magnifique. Il souleva le loquet, ouvrit la porte et découvrit sur le seuil un homme trempé. Un étranger, car s'ils s'étaient déjà rencontrés, il se serait certainement souvenu de cet homme. De taille moyenne, ses cheveux emmêlés étaient aussi noirs que des plumes de corbeau. Les profondes rides de ses joues ressemblaient à des cicatrices et ses yeux étaient du même vert éclatant que des écailles de serpent. C'était le visage d'un vagabond, mais ses vêtements, d'un pourpre profond, rehaussé d'or, étaient de toute beauté, et coupés à la dernière mode.

« Suis-je bien chez le dramaturge Euripide ? » demanda une voix jeune.

Surpris par l'incongruité de ce timbre, Amphitryon eut un moment d'hésitation.

« Euh, oui.

– Oh, Dieu soit loué. Puis-je entrer, je vous prie ? J'aimerais beaucoup lui parler.

– Je crains que ce ne soit pas possible. Car voyez-vous… »

L'inconnu leva les mains dans un geste de supplication.

« Je sais qu'il part demain. D'où ma présence ce soir. J'aurais voulu venir plus tôt, mais je n'ai pas pu. Je crois que j'avais peur. »

Le premier réflexe d'Amphitryon fut de lui claquer la porte au nez, mais il se retint. Pour quelle raison ? Il n'aurait su le dire. L'orage, peut-être. L'inconnu ruisselait de pluie comme si lui-même était un nuage. Non, il avait déjà refoulé des intrus par mauvais temps. C'était autre chose. La voix peut-être. La jeunesse qui émanait de cet individu pourtant ravagé. Quoi qu'il en soit, il soupira et se demanda ce qu'allaient penser les invités.

« Entrez. Mais je vous prie de faire vite. Il reçoit du monde. »

L'inconnu prit sa main entre les siennes.

« Vous êtes bon. Vous êtes bon.

– Assez. Entrez avant de mourir noyé. »

L'étranger le suivit en demeurant quelques pas en arrière. L'eau dégoulinait bruyamment sur le sol carrelé. Les hommes assis sur les caisses se dévissèrent le cou pour examiner le nouvel arrivant, et ils furent déçus, pour ne pas dire plus.

« Pardonnez-moi, messieurs, mais cet homme… »

La voix d'Amphitryon mourut. Face à son maître et à quelques-uns des plus éminents citoyens d'Athènes, il s'aperçut qu'il ne savait pas quoi dire. Il ne voyait pas comment présenter cet inconnu.

« Pardonnez-moi, dit celui-ci. Puis-je savoir lequel d'entre vous est Euripide ? »

Il y eut quelques rires, gênés et forcés. En vérité, l'assistance était plus tendue qu'amusée.

« C'est moi, dit le maître. Bienvenue dans ma maison. Veuillez excuser sa triste apparence. »

L'étranger marcha vers lui et s'agenouilla à ses pieds.

« Je crois que vous avez un admirateur », commenta Kritias.

Amphitryon prit peur soudain. Et s'il avait laissé entrer un fou capable de violence ?

Sans se relever, l'étranger prit la main d'Euripide et la baisa. Amphitryon vit luire les jointures de son maître. L'étranger pleurait.

« Oh, je suis désolé, pardonnez-moi. J'avais préparé un discours, mais j'ai tout oublié.

– Levez-vous, dit Euripide d'un ton doux. C'est forcément moins grave que ça en a l'air. Il reste une caisse là-bas. »

L'étranger s'y assit.

« Voulez-vous un peu de vin ? Vous êtes glacé jusqu'aux os, je suppose.

– Oui, volontiers. Je crois bien que vous avez raison. »

On apporta du vin à l'étranger, qui le but à petites gorgées. Dans la lumière des lampes, ses larmes faisaient scintiller ses rides. Il les essuya avec la manche de son manteau en marmonnant quelques mots.

« Comment vous appelez-vous, mon brave ? Nous sommes-nous déjà rencontrés ?

– Je m'appelle Pachès, fils de Croton, bafouilla-t-il. Et nous nous sommes vus une fois, très brièvement, quand j'étais enfant. Vous m'avez donné un bonbon, mais je me doute que vous ne vous en souvenez pas. »

Le maître plissa le front et secoua la tête.

« Hélas, non. Mais peu importe : nous ne sommes donc pas des inconnus l'un pour l'autre. Que puis-je faire pour vous, Pachès ? Je vous écoute. »

L'étranger glissa la main à l'intérieur de son manteau, d'où il sortit un rouleau de papyrus.

« C'est pour vous, dit-il en le déroulant. C'est un texte de Héraclite, écrit de sa propre main. Très rare, me dit-on. »

Le maître sourit.

« Je vous remercie, mais c'est trop, véritablement. Je vous ai donné un bonbon et en échange je reçois ceci. »

L'étranger secoua la tête avec véhémence et agrippa de nouveau les mains du maître.

« Je vous dois la vie. Mille livres ne pourraient acquitter ma dette ! »

Kritias murmura une remarque qui fit rire les autres.

« J'étais prisonnier à Syracuse », dit l'étranger.

Les rires cessèrent immédiatement.

Aujourd'hui encore, quatre ans après les faits, le simple nom de Syracuse suffisait à provoquer un courant d'air glacé et malveillant dans la pièce. Certes, quelques soldats avaient échappé au désastre, mais ils s'étaient enfuis après l'ultime bataille. De tous ceux qui avaient été emprisonnés, aucun n'était revenu. Du moins, personne sous ce toit ne les avait vus. Kritias lui-même adopta une attitude solennelle. Il serrait son gobelet dans ses mains et tendait l'oreille pour entendre la suite.

Racontées d'une voix différente par l'étranger et habitées par cette assurance que donne la résignation, les paroles coulaient aisément. C'était une curieuse histoire. Trop improbable pour être crue. Il était question d'un théâtre dans une carrière, d'une pièce montée par des potiers et des enfants. Des prisonniers, dont il faisait partie, avaient reçu à manger pour déclamer les mots du maître. Des mots synonymes de vie pour eux, voilà pourquoi il était ici ce soir, que l'on pardonne cette intrusion et son visage ravagé, mais il n'avait pas toujours eu cette apparence, et il devait absolument venir. Amphitryon remarqua que son maître s'était mis à pleurer durant ce récit, à sa manière, en silence. Il prit la tête de l'étranger dans ses mains et l'appuya contre son front, comme s'il voulait que leurs pensées elles-mêmes s'unissent. Et pendant le restant de la soirée, il ignora les autres invités pour bavarder uniquement avec cet homme.

Amphitryon se demandait comment on en était arrivé là. Et pourquoi son maître avait décidé de passer leur dernière soirée à écouter les inventions de cet homme brisé. Peut-être était-ce approprié, raisonna-t-il, car son maître était amoureux du malheur, et pour lui le monde était une chose blessée, que seules les histoires pouvaient soigner.

REMERCIEMENTS

Il m'a fallu longtemps pour écrire ce livre : sept ans environ entre la première ligne et la dernière. Très souvent, j'ai perdu la foi. Je me disais que je ferais mieux de faire autre chose, de totalement différent. Alors, j'essayais pendant quelque temps, mais en définitive, je revenais toujours à ce roman. Il *fallait* que je le termine. Toutefois, cet impératif ne m'aurait jamais permis d'aller jusqu'au bout sans l'aide de nombreuses personnes en chemin.

Tout d'abord, merci à ma famille : mes frères, Anthony et David, pour leur soutien permanent, leurs encouragements et leurs rires. Merci à ma mère Anne. Rares sont les parents qui téléphonent à leur fils, jamais publié, pour lui dire qu'en aucun cas il ne doit laisser son boulot le détourner de son travail d'écriture. Notre maison a toujours été pleine de livres, et tu m'as appris qu'il y avait des choses plus importantes que de gagner de l'argent.

Merci aux deux Rebecca. Merci à Rebecca Stott. Sans son soutien et ses encouragements dès le départ, ce roman serait certainement resté une anecdote. Merci à ma merveilleuse agente, Rebecca Carter, qui a su voir le potentiel de ce projet, qui m'a accompagné et offert son regard avisé. Merci à Chris Clemans, mon fantastique agent américain. Quelle chance d'être représenté par vous et Rebecca. Merci à la formidable équipe de chez Janklow & Nesbit.

J'ai eu le privilège d'avoir non pas une, mais deux éditrices formidables : Helen Garnons-Williams et Caroline Zancan. Merci à toutes les deux qui avez choyé ce roman et l'avez amélioré avec vos remarques, vos questions et vos corrections. Merci d'avoir rendu ce processus aussi agréable et amusant. Un immense merci aux équipes incroyables de chez Fig Tree et à Henry Holt pour son travail remarquable sur ce livre.

Merci à Shane Mac An Bhaird. Pendant des années tu as été un de mes premiers lecteurs, car j'ai confiance en ton jugement, et tu ne m'as jamais laissé tomber. Cette fois encore.

Merci à mes amis et collègues de DWG Paris. Merci à Albert Alla, Peter Brown, Helen Cusack O'Keefe, Amanda Denis, Nina Marie Gardner, Rachel Kapelke-Dale, Rafael Herrero, Matt Jones, Corinne Labalme, Samuel Leader, Reine Arcache Melvin, Dina Nayeri, Chris Newens, Tasha Ong, Alberto Rigettini, Jonathan Schiffman et Nafkote Tamirat. Merci à Nicolas Padamsee, John Patrick McHugh et Rory Gleeson pour leur amitié, leurs discussions littéraires et leur soutien.

Merci aux enseignants d'UEA et à tous les formidables écrivains que j'y ai rencontrés. Merci à Elizabeth Reapy qui a publié mes premières nouvelles dont elle avait perçu le potentiel.

Des remerciements particuliers à Sarah Bannan et à toute l'équipe d'Arts Council Ireland. Durant l'écriture de ce roman, j'étais souvent fauché et les deux bourses que j'ai reçues à des moments cruciaux m'ont permis de continuer à amasser des mots et à payer le loyer.

Merci au Kildare Arts Service qui a financé ma résidence à Annaghmakerrig. Merci à tout le personnel qui s'est si bien occupé de nous et a su créer cette chose rarissime : un lieu où nous n'avions rien d'autre à faire qu'écrire.

Merci à Carol McGuire, cette enseignante géniale qui m'a fait découvrir Thucydide et *La guerre du Péloponnèse.* Je lui en serai éternellement reconnaissant. Merci au département de lettres classiques de l'University College Dublin où j'ai fait mes études.

Merci à mon fils, Aaron, qui, âgé de quatre mois durant les ultimes corrections, a eu un apport éditorial forcément limité, et pourtant, je pense qu'il m'a aidé, et qu'il continue à m'accompagner sur mon chemin.

Surtout, je remercie ma première lectrice et épouse : Emma Durrant-Lennon. Ce livre t'est dédié, et c'est bien naturel. Ta croyance en mes talents d'écrivains et en cette histoire m'a permis de continuer. Tout va beaucoup mieux depuis le soir où tu as débarqué au Tags's Head. Je t'aime plus que Gélon aime Euripide.

CET OUVRAGE A ÉTÉ MIS EN PAGES
PAR NORD COMPO
REPRODUIT ET ACHEVÉ D'IMPRIMER
EN FÉVRIER 2024
DANS LES ATELIERS DE NORMANDIE ROTO IMPRESSION S.A.S.
61250 LONRAI

N° d'impression : 2400653
Dépôt légal : mars 2024
Imprimé en France